MW01600068

Valérie Guinot

# La nuit
# de l'enchanteur

RAGEOT

Couverture de Stéphanie Hans

ISBN 978-2-7002-3405-3

*Pour Lydie.*

*Je remercie Pierre pour son dévouement,
mes enfants pour leur patience,
Olivier et Sylvaine pour une longue et éclairante
conversation de Nouvel An
devant les flammes d'un feu de bois.*

# I

# Le fugitif

Fin août 477.
Armorique, mont Tumba.


*Ninian dévalait la pente en relevant les pans de sa*
*robe de bure. Des ronces balafraient ses bras et ses joues,*
*des pierres blessaient ses pieds nus dans les sandales.*
*Était-ce la pluie qui trempait son visage, étaient-ce des*
*larmes ? Devant lui Priscus filait, comme porté par le vent*
*qui secouait les arbres de la forêt et fouettait leurs visages*
*par rafales mouillées.*
*– Là-bas ! Je les ai vus ! Par ici, mon frère !*
*La voix de Chanao tonnait derrière eux. Lui et*
*Pandarus les poursuivaient, ivres de colère, armés de*
*bâtons. Ils étaient la fureur de Dieu, les instruments de Sa*
*vengeance.*
*À bout de forces, à bout de souffle, Ninian gémit de*
*terreur.*
*Priscus et lui dégringolaient le chemin boueux qui rejoi-*
*gnait la voie romaine au pied de la colline solitaire du*
*mont Tumba[1]. Une aube grise se levait. Autour d'eux les*
*bois n'offraient guère de cachettes, mais s'ils parvenaient*

1. Actuel Mont-Saint-Michel.

jusqu'à la route, ils pourraient s'enfoncer dans l'immense forêt qui entourait le mont.

Des nuées de petites mouches noires volèrent devant les yeux de Ninian. D'une main nerveuse il tenta de les chasser. En vain. Ce n'était qu'une illusion due à l'épuisement.

– Arrêtez-vous ! Maudits ! MAUDITS !

Chanao semblait avoir devancé Pandarus. Ninian tourna la tête, aperçut, plus proche qu'il ne le pensait, l'affreux visage du frère tordu par un rictus de haine. Quel plaisir il aurait à les tuer tous les deux ! La terreur insuffla à Ninian une énergie nouvelle. Il accéléra, se rapprocha de son ami. Il fallait atteindre la route, il fallait semer Chanao !

Mais soudain incapable de continuer, il s'arrêta en trébuchant, plié en deux.

– Voleur ! Assassin !

C'était terminé. Quelles chances avaient-ils de toute façon ? Et quand bien même ils atteindraient la forêt, les ours ou une meute de loups les dévoreraient.

Priscus ne méritait pas un tel châtiment. Mais, lui, Ninian, venait de commettre le pire des crimes et sa vie ne valait plus rien.

Il tomba à genoux. Ses poumons se vidaient à chaque inspiration avec un sifflement rauque. Il s'affala en avant, dans la boue, les yeux fermés, s'attendant à être saisi et roué de coups. Un voile rouge recouvrit l'obscurité sous ses paupières closes.

La mort, prête à le cueillir, aurait pour visage le faciès haineux d'un moine. Quelle ironie ! Quel destin absurde ! Un rire amer, désespéré, secoua sa poitrine.

Entendant une cavalcade et des exclamations, il serra les dents, se préparant à souffrir. La terreur figea son cœur, tordit son ventre.

Alors au lieu de se recommander à Dieu et de Lui demander pardon, son esprit vola vers sa sœur jumelle. Ses lèvres murmurèrent « Azilis » et il sombra dans l'inconscience.

À des milles et des milles de là, au-delà de la mer, loin du mont Tumba, Azilis poussa un cri de terreur et se dressa sur son lit en hurlant.

# La lettre dans le feu

Quinze jours plus tôt.
Mont Tumba.

# 1

– Où est le messager? insista Ninian. Je veux le voir.

– Je l'ai renvoyé, reprit froidement l'abbé, gardant la lettre alors que Ninian tendait la main. J'ai veillé à ce qu'on le nourrisse mais ne lui ai pas accordé l'hospitalité. L'isolement est notre règle.

– Frère Mewen, c'est sûrement ma sœur qui m'écrit.

– Ta sœur? Celle qui nous a apporté la violence et la mort?

L'abbé désigna du menton la tombe du barde Aneurin.

– Ce courrier est de Niniane Sennia, en effet. Mais dois-je te rappeler que tu n'as plus de sœur? Notre communauté est ta seule famille, frère Ninian. En franchissant la porte du monastère tu as juré de renoncer au Diable et aux passions de la chair, aux affaires humaines et aux attaches familiales. Ce sont nos règles, frère Ninian.

Ninian approuva, les yeux baissés. Jamais son renoncement au monde ne lui avait tant coûté. Il ne verrait pas les mots qu'Azilis avait tracés à son intention.

– Tu auras la lettre, dit l'abbé. Mais prépare ton âme à cette épreuve. Tu devras lire ces nouvelles en chassant tes émotions, en méprisant ce bavardage venu du monde extérieur. Après quoi tu me rendras le parchemin et je le brûlerai. Ainsi tu n'auras pas trahi tes vœux. Va traire Alba en attendant. Et efface de ton visage ce sourire stupide !

Ninian s'inclina devant son maître spirituel, incapable de brider l'immense joie que ces mots lui procuraient. L'épreuve était dure même s'il en comprenait la nécessité. L'abbé le répétait volontiers : on n'abandonne pas la vie terrestre à moitié. Chercher Dieu est pour un moine une occupation qui dévore son existence entière.

Alors qu'il arrachait la chèvre Alba du noisetier où elle avait grimpé, les lèvres de Ninian murmuraient le Notre Père, en une litanie sans cesse recommencée.

Mais son esprit s'était séparé des mots qu'il récitait par cœur. Il s'envolait vers l'ouest, évoquait Azilis : le pire obstacle pour Ninian dans sa quête de Dieu.

Si elle écrivait, c'est qu'elle était sauve.

Il aimait trop sa sœur, il le savait. Elle était la partie de son être à laquelle il lui était le plus difficile de renoncer.

Le passage tragique d'Azilis au monastère un mois plus tôt – leur cousin Aneurin était mort et elle avait failli mourir – avait anéanti deux ans d'efforts pour oublier le passé familial. Ninian se surprenait à penser à sa jumelle pendant les offices et, quand on le tirait du sommeil à matines[1], il émergeait le plus souvent d'un rêve où il se trouvait en sa compagnie.

À la nuit tombée, l'abbé lui remit la lettre.

Les moines n'avaient pas droit aux chandelles.

---

1. Premières prières des moines, vers trois heures du matin.

# 2

Ninian veilla au fond de sa cellule humide dans une totale obscurité, tenant à la main ce courrier qu'il ne pouvait pas lire.

Au matin, juste après laudes[1] qui lui semblèrent durer une éternité, il se réfugia dans le verger désert et courut s'asseoir sous un pommier. Aussitôt il lut et relut la lettre d'Azilis au point de la connaître au mot près. L'abbé pouvait bien la brûler, elle s'était gravée au burin au plus profond de son cœur.

*Niniane Sennia à son cher frère.*

*Mon Ninian, je t'écris d'Ynis-Witrin, ce 1ᵉʳ août 477, pour te dire que je suis vivante et libre. Le messager que je t'envoie n'est pas le seul à partir; toute l'île de Bretagne apprendra bientôt la nouvelle : Arturus, le dux bellorum[2], à qui j'ai remis l'épée Kaledvour, a vaincu l'armée d'Aelle le Saxon.*

1. Service ayant lieu entre cinq heures et six heures du matin.
2. Seigneur des batailles ou chef des guerres.

16

*Ainsi le vœu d'Aneurin est accompli. L'épée « qui ferait saigner le vent », comme il disait, a animé le courage des Bretons avant la bataille.*

*Autre chose. J'ai retrouvé notre frère Caius vivant ! Et plus flamboyant que jamais ! Il est le second d'Arturus, te rends-tu compte ? Et il t'embrasse fraternellement.*

Caius ! Vivant ! Des larmes de joie brouillèrent la vue de Ninian et il remercia le Seigneur d'avoir protégé son aîné. Il cligna des paupières et poursuivit sa lecture.

*Quant à Kian, il partage désormais ma vie. Considère-le comme ton frère.*

Ninian étouffa un cri. Cette brute épaisse ! Peu importait qu'il fût esclave : Ninian espérait s'être lavé de ces préjugés, et les hommes étaient frères, égaux devant Dieu, mais sa jumelle épouse d'un tel homme ! Elle qui était si exigeante, si raffinée...

La fin de la lettre était encore plus troublante.

*Rends-toi compte, mon Ninian. Kian et moi sommes devenus compagnons d'Arturus. Nous mangeons à sa table, nous sommes ses hôtes. Et, pour nous remercier de lui avoir apporté Kaledvour, Arturus m'a offert une villa à vingt milles[1] au sud d'Aquae Sulis[2].*

*Je m'y établirai pour soigner les malades. Oui, Ninian, ma vocation est la médecine. Devines-tu ce que j'ai à te proposer ? J'ai apporté l'épée, je soigne les corps. Tu pourrais apporter la parole de Dieu et soigner les âmes. Nous serions réunis ! J'ose à peine en rêver. Il ne manque qu'un homme de Dieu auprès du dux bellorum. Et si*

1. Soit une trentaine de kilomètres (un mille romain égale 1480 mètres).
2. Aujourd'hui Bath, ville du sud de l'Angleterre.

*le Christ t'appelait à témoigner autrement qu'en t'isolant au moment où ta famille se réunit ? Autrement qu'en te taisant, alors que tu es si cultivé ? Cette victoire d'Arturus contre des barbares païens, n'est-ce pas un signe de Dieu ?*

*Le messager attend. Je m'arrête là. Réponds-moi vite. Tu me manques tant.*

*Ta sœur qui t'embrasse,*

*Niniane*

Ninian ne put s'empêcher de sourire. Comme il retrouvait Azilis dans ces lignes ! Rien ne l'arrêtait quand elle voulait arriver à ses fins.

Elle dont la foi était tiède, pour ne pas dire inexistante, osait lui parler de signes, de messages du Christ !

Chaque mot éloignait Ninian de ses vœux de moine. Mais détruire ces lignes tracées par sa sœur ? L'idée lui répugnait.

– Frère ?

# 3

Ninian poussa un cri et fit volte-face. Le jeune Priscus se tenait derrière lui.

– Je t'ai effrayé, mon frère?

– Ce n'est rien, j'étais si absorbé par ma lecture que je ne t'ai pas entendu.

Priscus s'approcha, la mine curieuse.

– Tu as reçu du courrier? Et l'abbé t'a permis de le lire! Quelle chance tu as! Je trouve si dur d'être privé de contacts avec le monde extérieur!

Surpris par le propos, Ninian dévisagea son jeune confrère. La tonsure qui agrandissait son front ne parvenait pas à lui donner l'air sage. Son sourire découvrait de petites dents très blanches, ses yeux bruns trop rapprochés pétillaient de malice, ses oreilles un peu pointues ressemblaient à celles d'un faune[1] des temps païens.

– Nous devons nous consacrer entièrement à Dieu, frère Priscus! C'est la règle.

Priscus se mordit les lèvres.

1. Divinité champêtre mythologique, à l'image du dieu Pan.

– Je sais, frère Ninian, je sais. Tu es si consciencieux, si fervent...

– Pas tant que ça. Tu vois cette lettre ? L'abbé m'a autorisé à la lire à condition que je la lui remette ensuite pour qu'il la détruise. Eh bien, je ne parviens pas à en détacher les yeux et il m'en coûte d'obéir à l'ordre de notre supérieur.

– Pardonne ma curiosité, mais de qui est ce message ?

– De ma sœur jumelle. Nous étions proches. Elle me manque.

– C'est normal, non ? Comme tu es sévère avec toi-même !

Ninian ne put s'empêcher de sourire.

– Tu ne connais pas ma sœur.

Il se sentait bien, assis sous le pommier avec Priscus, prêt à lui raconter la vie à laquelle il avait renoncé depuis trois ans. Parler d'Azilis – parler enfin d'Azilis –, c'était faire surgir une villa somptueuse, des frères, des esclaves. Et une bibliothèque. Tout ce qu'il cherchait à gommer jour après jour pour se consacrer à Dieu, et qui revenait le hanter dans son ermitage.

Priscus s'était allongé sur le dos et regardait le ciel en souriant. Le jeune moine avait été d'emblée sympathique à Ninian. Arrivé deux semaines plus tôt, il n'avait pas assisté au passage d'Azilis et à la mort tragique d'Aneurin. Il savait seulement que la tombe fraîchement creusée près de la chapelle était celle d'un barde, cousin de Ninian. L'abbé avait changé le bois de la croix où Azilis avait scandaleusement gravé son nom.

Âgé de quinze ans, Priscus était issu d'une famille aisée et savait lire et écrire contrairement aux autres moines, l'abbé et Ninian exceptés. Il avait l'esprit vif et enjoué. Malgré les trop rares occasions de bavarder, les garçons s'étaient découvert des affinités.

– Comment s'appelle-t-elle ? demanda-t-il.
– Azilis. Enfin non, Niniane.
Priscus se remit à rire.
– Tu as oublié le nom de ta sœur ?
– Ce n'est pas ça. Elle ne veut plus qu'on l'appelle Azilis. Et Niniane est son surnom depuis toujours, tu devines pourquoi.
– Parce que vous êtes jumeaux et que vous vous ressemblez.
– Physiquement, oui. Mais moralement... Elle est aussi téméraire que je suis timoré, aussi autoritaire que je suis effacé.
– Tu es *vraiment* sévère avec toi, frère Ninian, décréta Priscus. Tu n'es pas timoré, tu es réfléchi. Tu n'es pas effacé, tu es modeste. Et honnête, intelligent, érudit...
Ninian se dérida enfin.
– Ne flatte pas mon orgueil. Entre nous, à quoi sert ici mon érudition ? L'abbé Mewen affirme que le savoir ne nous rapproche pas de Dieu, qu'il suffit de Le prier et de L'aimer.
Frère Priscus réfléchit un instant et lui demanda gravement :
– Est-ce que l'un empêche l'autre ? Tu pourrais mettre ton savoir au service du Christ.
Ninian entendait dans la bouche d'un autre ce que sa sœur venait de lui écrire et ce que lui-même pensait de plus en plus souvent.
– Pour cela, dit-il d'une voix sourde, il faudrait que je quitte l'ermitage et que j'entre dans le clergé séculier[1]. Mais ce n'est pas ce que j'envisage.

_____

1. Les membres du clergé séculier (prêtres, évêques, cardinaux...) servent l'Église au sein de la société, contrairement aux moines qui vivent le plus souvent en retrait du monde.

Priscus hocha la tête et se leva d'un bond.

– Pour ma grande joie, frère Ninian, pour ma grande joie ! Bon, je te quitte, soupira-t-il en désignant le fagot à ses pieds. On va trouver que j'ai mis du temps à ramasser ce bois !

– Tu as raison. Merci pour ta gentillesse, frère Priscus.

Le jeune moine s'éloigna d'un pas léger. Ninian jeta un dernier regard au parchemin et le rangea en soupirant.

Après tierce[1], Ninian remit la lettre à l'abbé. Mewen ne tendit pas la main pour s'en saisir mais chuchota avec douceur :

– Le démon utilise les mots et les êtres. Des voix qu'on aime. Des discours logiques en apparence… Voilà comment se présentent les pires des tentations. Je n'ai pas besoin de lire cette lettre pour comprendre. Ton expression m'en dit assez.

Ninian demeura un moment silencieux. Puis, la gorge serrée, il jeta le parchemin dans le feu du brasero.

Mewen le bénit et l'abandonna à sa solitude.

---

1. Cet office tient son nom de la troisième heure du jour. Il a lieu vers neuf heures du matin.

# Tentations

# 1

Une pluie fine tombait depuis sexte[1], emplissant l'air d'une brume odorante, martelant les feuillages.

Ninian, agenouillé dans le champ de pois, se releva en grimaçant.

Son dos et ses genoux étaient douloureux, ses mains égratignées et rugueuses à force d'ôter du sol cailloux et mauvaises herbes. À se demander si les pierres ne poussaient pas comme des orties !

*Et si le Christ t'appelait à témoigner autrement qu'en t'isolant au moment où ta famille se réunit ? Autrement qu'en te taisant, alors que tu es si cultivé ?*

Depuis trois jours, il s'efforçait de chasser de son esprit la lettre d'Azilis. C'était peine perdue. Les mots tracés par sa jumelle revenaient sans cesse à sa mémoire, s'immisçaient entre les paroles des prières, s'enroulaient la nuit autour de lui.

1. Prières de midi.

Était-il victime de l'appel de Satan, comme l'avait suggéré l'abbé Mewen?

Ou, plus simplement, la proie de ses propres démons?

*Il ne manque qu'un homme de Dieu auprès du dux bellorum...*

Il s'étira puis se frotta les reins. Sa lourde bure était froide et humide. Si la pluie ne cessait pas très vite – et le ciel restait obstinément gris – Ninian serait bientôt trempé jusqu'aux os.

– Déjà fatigué, frère Ninian?

Comment ne pas percevoir dans la voix de frère Chanao un subtil mélange de moquerie et de satisfaction qui chargeait la question d'agressivité?

– Je n'ai pas ton endurance, mon frère, répliqua Ninian avec calme. Mais je prie Notre Seigneur chaque jour pour qu'Il me donne la force d'accomplir mon labeur aussi bien que toi.

Un grognement de Chanao laissa entendre qu'il faudrait à Ninian un nombre incalculable de prières avant qu'un tel miracle s'accomplît. Il tourna vers lui son visage aux traits épais. Sa lippe dédaigneuse montrait clairement son mépris.

– Évidemment, quand on a vécu entouré d'esclaves, on ne sait pas ce que c'est que travailler.

– Je pense que j'ai appris ce qu'était le travail ces deux dernières années, répliqua Ninian en reprenant sa tâche.

– Deux ans! Qu'est-ce que c'est, après tant d'années de luxure? Tu as encore beaucoup à te faire pardonner.

Ninian se mordit l'intérieur des joues, chassant la colère qui le gagnait.

– Je n'en doute pas, concéda-t-il, de même que je ne doute pas que l'Éternel, dans sa grande bonté, me pardonnera beaucoup. Cela dit, frère Chanao, s'il est vrai que j'ai vécu dans le luxe, je n'ai jamais mené une vie dépravée. J'ai toujours été pieux, et ma seule débauche fut de consacrer l'essentiel de mon temps à l'étude et à la lecture. Et puis je suis entré dans ce monastère à quinze ans, c'est un peu jeune pour avoir mené une vie de luxure, non?

– Inutile de te justifier, frère Ninian. Les riches Romains commencent leurs turpitudes dès l'enfance! Mais peu importe. Dieu voit en toi et connaît ton cœur. Il jugera. Quant à se consacrer à l'étude, ce n'est pas ce qui sauvera ton âme! Un cœur pur a plus de prix qu'un esprit encombré de savoir.

– C'est certain, mon frère, marmonna Ninian à bout de patience. Reprenons notre labeur sans nous perdre en bavardages inutiles.

Chanao n'ajouta rien, sans doute satisfait d'avoir – une fois de plus – humilié Ninian.

Ce moine le détestait et Ninian avait mis du temps à comprendre pourquoi. « Il est jaloux, lui avait un jour affirmé le frère Pandarus. Il est né pauvre, tu es né riche. Il est ignare, tu es savant. »

Ninian ne voyait pas d'autre explication. Chanao avait ses raisons pour haïr les riches familles sénatoriales comme celles dont Ninian était issu. Et il ne manquait pas une occasion de rappeler à son condisciple qu'« il est plus facile pour un chameau de passer par le chas d'une aiguille que pour un riche d'entrer au royaume des cieux[1]. » Peu importait qu'aujourd'hui Ninian fût aussi pauvre que lui!

1. *Évangile selon saint Matthieu*, chapitre XIX, 24.

Chanao était arrivé au monastère l'hiver précédent. Il s'enorgueillissait d'une expérience dans un ermitage d'Armorique où les règles étaient plus sévères et le mode de vie plus strict. On y vivait de baies, de glands et de champignons, on y priait les bras en croix pendant des heures, debout dans l'eau glacée d'une rivière, pour mieux se pénétrer des souffrances de notre Seigneur Jésus-Christ, on se flagellait à la moindre pensée coupable, au moindre manquement à cette vie d'ascétisme et de pénitence.

« Seuls les plus fervents sont capables de servir Dieu comme nous le faisions », répétait Chanao à ses nouveaux condisciples.

Un raid de pirates saxons avait décimé la petite communauté. Ceux qui n'avaient pas trouvé la mort sous les coups des barbares avaient été enlevés et vendus comme esclaves. Dieu avait permis à Chanao de s'échapper et de rejoindre la communauté de l'abbé Mewen.

Depuis, songeait Ninian avec amertume, Chanao exerçait son influence sur Mewen. L'abbé était fasciné par l'exaltation mystique de ce moine fruste mais malin, charpenté comme un bûcheron et plus ignorant qu'une bûche. Il voyait en lui l'incarnation d'une foi pure.

En six mois, l'ascendant de Chanao sur le monastère et sur son chef spirituel était devenu considérable. Mewen incitait les autres moines à prendre exemple sur la frugalité de Chanao, sur la foi de Chanao, sur le courage de Chanao... Le personnage affichait une humilité que Ninian devinait fausse et perverse. Et Chanao, qui savait parfaitement que Ninian n'était pas dupe, ne perdait pas une occasion de le provoquer.

# Azilis

La cloche sonna les vêpres[1]. Ninian rangea sa bêche et se dirigea vers la chapelle où il se glissa près de Priscus. Le jeune homme l'accueillit avec un sourire chaleureux. L'office débuta et Ninian s'efforça de chasser la révolte et la colère qui le troublaient. Il pria pour que Dieu lui donne la force de ne plus détester frère Chanao, sa grossièreté, sa saleté.

Et pour chasser de son esprit la tentation de quitter le monastère afin de rejoindre Azilis.

---

1. Prières qui se situent vers dix-sept heures, au déclin du jour.

# 2

– « Or il y avait là beaucoup d'herbe, et ils s'y assirent au nombre d'environ cinq mille hommes. Jésus prit donc les cinq pains, et, après avoir rendu grâces, il les distribua à ceux qui étaient assis ; il leur donna de même les deux poissons autant qu'ils en voulaient. Quand ils furent rassasiés... »

Un bruit sourd, suivi d'une exclamation, interrompit l'abbé Mewen au beau milieu de l'Évangile de saint Jean. Ce ne pouvait être qu'un événement exceptionnel. Aucun chrétien digne de ce nom n'interromprait la lecture du saint Livre ! Les moines s'étaient agglutinés autour d'un des leurs, étendu sur le sol de terre battue. Frère Pandarus, à genoux, tentait sans succès de le réanimer.

– C'est frère Servius, balbutia le jeune Priscus, il s'est évanoui !

– Je ne suis pas aveugle, mon fils ! répliqua l'abbé d'un ton sec.

Le moine baissa les yeux et recula, sans doute conscient de sa sottise. Ce jeune niais parlait toujours pour ne rien dire et riait sans raison.

– Il respire à peine, fit Pandarus en levant le visage vers l'abbé. Si tu le permets, je vais le ramener à sa cellule et tenter de le soigner.

L'abbé approuva d'un signe.

– Frère Ninian, aide frère Pandarus à transporter frère Servius dans votre cellule. Quant à nous, reprenons la célébration de cette messe.

Pandarus souleva le corps de Servius. L'homme était si décharné que le secours de Ninian était superflu mais il n'aurait pas été convenable que Pandarus charge le vieux moine sur son épaule comme un sac de farine.

L'idée de farine évoqua celle du pain et l'estomac de Ninian se tordit en un spasme douloureux. Cela n'avait pas cessé pendant la lecture de l'Évangile. Cette année, sous l'influence de Chanao, l'abbé avait décidé que les moines ne déjeuneraient plus qu'une fois par jour et qu'ils banniraient la viande de leur ordinaire. Ils n'avaient donc avalé qu'un bouillon de légumes accompagné d'un peu de pain et de fromage la veille au soir.

Ninian n'était pas le seul à souffrir de cette frugalité exagérée. Les autres moines aussi avaient les joues creuses et le regard fiévreux. Priscus, en pleine croissance, était particulièrement affamé. Pourtant le jeune moine n'avait pas caché à Ninian qu'il « trichait ». Chaque jour il subtilisait aux cuisines un morceau de pain supplémentaire, des noisettes ou une pomme séchée.

Ninian aurait dû le sermonner pour ces vols, voire le dénoncer. Il en était incapable. Et pas seulement parce que Priscus lui offrait souvent une partie de son butin. Plutôt parce que Ninian désapprouvait ce jeûne excessif, tout comme il désapprouvait la ferveur fanatique de Chanao. Mais il n'avait pas le courage de défendre ses convictions.

– Allonge-le sur sa paillasse. Voilà, comme ça.

Frère Pandarus posa sa tête sur la poitrine de Servius.

– Il est bien faible.

– Il meurt de faim, comme nous tous! Une tranche de jambon et du miel le remettraient sur pied. Du bon miel de ses abeilles. Dans un peu de lait chaud. Il aime tellement ça!

Pandarus lança à Ninian un regard en biais.

– L'abbé interdit la viande.

– Peut-être fera-t-il une exception pour sauver notre frère?

– Peut-être. Encore qu'il soit sans doute trop tard. Sa mauvaise fièvre l'a terriblement affaibli. il aurait fallu qu'il mange davantage pour fortifier son corps contre la maladie.

Ninian détourna la tête pour cacher ses larmes. Il partageait la cellule du vieux moine depuis son arrivée et s'était beaucoup attaché à lui. Servius l'avait aidé pendant ses premiers mois de vie monacale. Habitué à être servi par une nuée d'esclaves, Ninian avait découvert les courbatures, les mains cloquées par le maniement de la bêche, la fatigue née d'un dur labeur. Servius savait trouver les mots qui encouragent. Il avait aussi montré à Ninian comment s'occuper des abeilles qu'il abritait dans des ruches installées non loin de là.

– Je sais que tu aimes frère Servius, déclara Pandarus en lui serrant le bras. Mais tu devrais te réjouir pour lui, frère Ninian, au lieu de le pleurer. Il va rejoindre notre Créateur après une longue vie d'amour et de prières.

Ninian acquiesça, s'essuya les yeux d'un revers de main.

– Je retourne à la chapelle. Je prierai pour lui.

# 3

Ninian se glissa sans bruit à côté de Priscus qui lui jeta un regard interrogateur. D'une simple moue, il laissa entendre à son ami que l'espoir de sauver Servius était faible. Enfin l'abbé prononça les paroles qui achevaient la messe.

– *Ite missa est.*

Les moines sortirent en silence mais, à peine franchie la porte de la chapelle, assaillirent Ninian de questions.

– Il est mourant, expliqua-t-il. Le jeûne l'a trop affaibli.

– Que dis-tu là ?

La voix autoritaire de l'abbé fit sursauter Ninian. Il se retourna en rougissant.

– Je dis que frère Servius, en raison de son grand âge et de la maladie qui l'a affecté, supporte mal le jeûne. Il est à l'agonie. C'est ce que pense frère Pandarus, ajouta-t-il précipitamment devant l'air courroucé de son supérieur.

Il eut aussitôt honte de se défausser sur Pandarus. Quelle lâcheté ! Pourquoi n'était-il pas capable d'affirmer ce qu'il pensait haut et fort ? De quoi avait-il peur ?

– Pandarus a sans doute raison, déclara l'abbé.

Il y eut un instant de flottement.

Les moines jetèrent des regards furtifs à leur supérieur et à Chanao qui écoutait Ninian, les bras croisés et l'air méprisant. Un fol espoir naquit en Ninian qui suggéra :

– Il suffirait peut-être de lui donner du lait avec du miel pour qu'il reprenne des forces. Ensuite, si tu lui permets un régime moins sévère, un peu de viande, deux fois par semaine...

– C'est hors de question, rétorqua l'abbé d'un ton sec.

– Mais père abbé, il va mourir si...

– Et alors, mon frère ! l'interrompit Chanao d'un ton railleur. Une fois encore, ton esprit s'égare. Tu restes attaché aux illusions de ce monde ! Ne comprends-tu pas qu'il n'est rien de plus beau pour un moine que d'achever sa vie en servant notre Seigneur Jésus-Christ ? Du lait et du miel, vraiment !

Son ton hautain fit sortir Ninian de ses gonds.

– Saint Basile lui-même prône la modération dans l'ascèse, répliqua-t-il, et admet qu'un moine à l'estomac fragile boive du vin et non de l'eau !

Chanao accueillit ses paroles avec un ricanement. Les yeux de l'abbé se plissèrent et fixèrent Ninian avec froideur.

Les autres moines se replièrent. Jamais personne ne s'était opposé à l'abbé si directement.

– Assez ! s'exclama celui-ci d'un ton froid et cinglant. Saint Basile, cher frère érudit, a aussi décrété que, dans les monastères, c'était au supérieur de juger de ces choses, et non aux moines. Tu méditeras cela dans ta cellule, ce soir, au lieu de prendre part au repas. Maintenant, va. Il me semble que le potager a besoin d'être bêché.

Sa voix était restée égale mais chaque mot était acéré comme un coup de poignard. Ninian baissa la tête en signe d'obéissance et se dirigea vers le muret qui séparait l'espace sacré du monastère de l'espace profane où les moines travaillaient la terre. Il n'était pas besoin de beaucoup d'imagination pour se figurer l'air satisfait que devait arborer le visage simiesque de Chanao.

Malgré la fatigue et la faim, bêcher lui ferait le plus grand bien.

# 4

Allongé dans l'obscurité de sa cellule, cette hutte de pierres au toit de chaume qu'il avait partagée avec frère Servius, Ninian luttait contre le chagrin qui lui serrait la gorge. Le vieux moine était mort. Son corps reposait dans la chapelle où les moines se succéderaient la nuit durant pour prier.

Demain, une tombe serait creusée près de celle d'Aneurin et on y glisserait Servius dans sa robe de bure devenue suaire.

Maintenant qu'il y était seul, sa cellule semblait à Ninian plus froide et plus nue que jamais. À moins qu'il n'obtienne de l'abbé la permission de la partager avec Priscus. Il serait peu judicieux de proposer cet arrangement pour l'instant. Pas après avoir défié l'autorité de Mewen devant la communauté. Mieux vaudrait le persuader à son insu, faire en sorte que l'idée vienne de lui...

Quelle duplicité! Comment pouvait-il envisager de telles manœuvres? Était-il la proie de Satan pour rêver de tromper son abbé? Ou bien...

Une ombre se glissa dans la cellule. Il se redressa sur un coude :

– Qui va là ?

– C'est moi, Priscus. Je ne te réveille pas ?

– Non. Que veux-tu ?

– J'ai quelque chose pour toi.

Priscus s'assit près de lui et glissa dans sa main une grosse tranche de pain d'avoine tartinée de fromage de chèvre.

– Mais... d'où vient ce pain ? Est-ce *ta* part, Priscus ? Ou l'as-tu volé à la cuisine ?

– Ne t'inquiète pas ! Mange. Tu étais si pâle à complies[1] ! J'ai cru que tu allais t'effondrer comme ce pauvre Servius.

– Tu es pâle aussi, et plus maigre encore que moi. Je refuse de prendre ta part.

L'estomac de Ninian émit un gargouillis impossible à dissimuler.

– Ton ventre n'a pas tes scrupules, frère Ninian. Puisque je te l'offre ! Allez, mange ! Ça me fait plaisir.

Ninian ne put résister davantage et mordit à pleines dents dans le pain. C'était si bon qu'il soupira. Il s'efforça de ne pas mâcher trop vite, de bien savourer chaque bouchée. Mais la tranche fut rapidement engloutie sans que sa faim, elle, ait disparu.

– Je te remercie, Priscus. Malgré tout j'ai honte de t'avoir privé de ton pain.

Priscus prit la main de Ninian et la serra.

– Moi, j'avais honte de déguster ce festin pendant que tu criais famine dans ta cellule. Surtout après ce que tu as dit à Chanao et à l'abbé ! Je t'ai trouvé admirable, tu sais ! Personne d'autre n'aurait osé leur tenir tête !

---

1. Dernière prière de la journée qui a lieu peu après le coucher du soleil ou juste avant.

Ninian laissa échapper un petit rire. Bien que frugal, ce repas lui avait fait du bien. La chaleur de la main de Priscus dans la sienne le réconfortait. Soudain il n'était plus seul, il reprenait courage.

— Admirable ? Penses-tu ! J'étais juste bouleversé.

— Bouleversé ou pas, tu as eu raison ! Pourquoi l'abbé écoute-t-il ce fou ? C'est pire chaque jour ! Mewen nous fait travailler comme des esclaves et nous prive de nourriture ! Tu trouves ça charitable, toi ? Tu trouves que c'est *chrétien* ?

Ninian médita les paroles de Priscus. Plus libre, moins sage, il disait tout haut ce que lui-même osait à peine penser.

— Tout est la faute de Chanao, chuchota Ninian. L'abbé n'était pas aussi dur avant son arrivée. Oh ! Mewen a toujours été exigeant. Mais il n'était pas impitoyable. Maintenant il est comme... possédé.

— Oui, on croirait que Chanao et lui veulent devenir des saints martyrs, marmonna Priscus. Si c'est le cas, qu'ils aillent convertir les Saxons ou les Francs ! Ils trouveront à qui parler et nous ficheront la paix !

— Priscus ! s'exclama Ninian, moitié choqué moitié hilare. Comment oses-tu parler ainsi ?

— Oh, il n'y a qu'à toi que je dis ces choses-là, répondit le garçon d'un ton rassurant. Je sais bien que tu ne t'en offusques pas.

— Si, je m'en offusque, protesta Ninian d'un ton qu'il ne jugea guère convaincant.

Ils restèrent silencieux. Puis Ninian soupira :

— Je ne supporte plus cette vie de labeur et de privations, et je ne supporte plus frère Chanao, son arrogance, son fanatisme et sa crasse !

— Ah ! Tu ne peux pas lui reprocher d'être sale ! Il pense sans doute comme saint Jérôme : « Qu'a-t-il besoin de se baigner, celui qui a été définitivement lavé par l'eau régénératrice du baptême? »

– Tu as raison, approuva Ninian en riant. Mais je ne suis pas sûr qu'il omette de se laver uniquement par dévotion pour saint Jérôme ! Tu vois, je ne suis pas digne d'être ici. Je ne rêve que de me gaver de viande et de pommes au miel avant de plonger dans l'eau chaude des thermes.

– Ce qui n'est pas très recommandé pour la digestion...

Ninian rit à nouveau. C'était un plaisir si rare, au monastère, où sourire était considéré comme indécent ! « Une souillure de la bouche », affirmait Chanao.

– Ninian, déclara soudain Priscus avec sérieux, si nous quittions ce monastère pour une communauté moins stricte ? Il n'y a que ton amitié qui me retient ici.

Sans prendre le temps de réfléchir, Ninian répondit :

– Je vais t'avouer un secret, moi aussi je veux partir.

Son cœur s'affola. Confesser ses projets à un autre que lui, c'était un premier pas vers leur réalisation. Et celle-ci l'effrayait encore. Il enchaîna :

– Je veux rejoindre ma sœur en Bretagne. Elle m'a donné des indications sur l'endroit où elle vit. Je devrais être capable de la trouver.

Il y eut un silence. Impossible de savoir ce que pensait Priscus dont le visage était caché par l'obscurité.

– Est-ce que tu m'emmènerais avec toi, Ninian ?

Ninian n'hésita pas un instant :

– Je t'emmènerai, c'est juré.

Le jeune moine poussa un soupir de soulagement.

– Merci ! Je crois que je deviendrais fou ici, sans toi. Je n'ai pas la vocation d'être moine, je m'en rends compte maintenant. Je n'imaginais pas une vie aussi rude !

Il se tut, plongé dans ses pensées, puis demanda :

– Mais que ferons-nous en Bretagne ? Le pays est aux mains des Saxons, non ?

– Pas entièrement.

Ninian raconta brièvement ce qu'Azilis lui avait appris.

Il révéla aussi à Priscus ébahi le rôle joué par sa jumelle auprès du chef de guerre Arturus.

– Je comprends pourquoi tu parlais ainsi de ta sœur ! s'exclama Priscus. Elle doit avoir un caractère hors du commun. J'aimerais tant la rencontrer ! Et... si nous partions dès demain ?

– C'est trop tôt, répondit Ninian très vite, effrayé par l'enthousiasme qu'il suscitait.

Il se justifia en ajoutant :

– Comment paierons-nous la traversée ? À supposer que nous arrivions jusqu'à Coriallo[1] ! Nous n'avons pas de chevaux, pas de vivres, nous sommes épuisés par le jeûne, la forêt est infestée de bandits et de bêtes sauvages. Niniane avait une bourse bien remplie et un guerrier pour la protéger.

– Nous n'aurons qu'à mendier, rétorqua Priscus sans se démonter. C'est ce que faisaient les moines du désert.

– Priscus, lorsque nous quitterons ce monastère, nous ne serons plus moines.

Après un bref instant de réflexion, Priscus répliqua :

– Peut-être, mais qui le saura ? Nous aurons toujours notre tonsure et nos robes de bure ! Ah ! La cloche sonne. Je dois veiller frère Servius. Repose-toi, Ninian, tu peux dormir jusqu'à matines...

Il sortit de la cellule aussi discrètement qu'il y était entré.

1. Aujourd'hui Cherbourg.

Malgré sa fatigue, Ninian ne s'endormit pas immédiatement. Les événements se précipitaient : la lettre d'Azilis, la mort de Servius, l'altercation avec Mewen, la discussion avec Priscus... Le temps réglé du monastère semblait sur le point de voler en éclats.

Il sombra dans le sommeil en s'imaginant sur le pont d'un navire voguant vers la Bretagne.

# 5

Le frère Budic piqua du nez et émit un ronflement sonore qui le fit sursauter. Il marmonna quelques mots incompréhensibles puis sa tête retomba sur sa poitrine. Cette fois, il dormait pour de bon et ne se réveillerait pas avant que la cloche n'appelle les moines à la chapelle.

Priscus se leva sans bruit, abandonnant à ses rêves le moine qui partageait sa cellule. Chaque jour, pendant l'heure qui suivait la fin des laudes, Budic s'absorbait dans des prières qui le plongeaient très vite dans un profond sommeil. Alors Priscus filait en toute discrétion.

Il aurait volontiers profité de ce temps de méditation pour se reposer. Mais la faim le taraudait davantage que la fatigue.

Il se glissa au-dehors, vérifia que personne ne se trouvait aux alentours. Le monastère était plongé dans le silence et les huttes enveloppées de brume émergeaient à peine de l'obscurité. À l'est, une lueur rosée derrière les nuages tenait lieu de lever de soleil.

Il rabattit le grand capuchon de sa bure pour se protéger de la bruine iodée. Il sursauta, surpris par le cri rauque d'un goéland. Ici les oiseaux marins côtoyaient rapaces et passereaux. La haute colline où se trouvait le monastère était semblable à une île isolée entre deux déserts : l'immense mer houleuse à l'ouest, la forêt profonde et menaçante partout ailleurs.

Priscus franchit la petite barrière qui séparait l'espace sacré du monastère des bâtiments profanes : les ateliers, la cuisine, la réserve de nourriture et la hutte des visiteurs. C'était sans doute là que la sœur et le cousin de Ninian avaient séjourné. Comme il regrettait de ne pas les avoir rencontrés ! Il était encore captivé par le récit de Ninian qui avait aiguisé son désir de s'enfuir loin du mont Tumba.

Il contourna la cuisine et, comme à chaque fois, son cœur s'accéléra, ses pas se ralentirent. Il avait accompli ces gestes à plusieurs reprises sans être pris mais la peur ne disparaissait pas. Aucune mauvaise conscience cependant. Il était certain que Jésus n'avait jamais demandé à ses disciples de mourir de faim en son nom. Et il ne volait pas puisque cette nourriture était le bien de la communauté !

Priscus s'assura une nouvelle fois qu'aucun moine n'avait la mauvaise idée de se promener dans les parages. Oh ! Le risque était minime ! Ils étaient si dociles, si obéissants ! Tous, sauf Ninian.

À la pensée de son ami, son courage revint et l'espoir aussi. Ils allaient partir. Ils vogueraient vers la Bretagne avec Caius, le héros qui se battait contre les barbares. Ils rejoindraient la belle Niniane – elle ne pouvait qu'être belle si elle ressemblait à Ninian. Ils rencontreraient Arturus, le dux bellorum ! Et Ninian et lui ne se quitteraient plus jamais.

Réconforté, Priscus sortit la pointe de métal qu'il tenait cachée dans le pli d'une manche et l'enfonça avec précaution dans la serrure de la hutte. Rien de plus aisé à crocheter que cette fermeture grossière qui se reverrouillait ensuite d'un simple claquement de porte. Le loquet ne résista pas longtemps et il pénétra dans la pièce.

Les réserves étaient maigres. Quelques sacs de farine et de pois secs, des pommes séchées, des noix et noisettes... Mais il y avait aussi les pots de miel du bon frère Servius et de savoureux fromages de chèvre.

Priscus plongea la main dans le sac de noix, préleva trois poignées qu'il enferma dans un sac de toile de jute. Il lui était malheureusement impossible de subtiliser les fromages car ils étaient comptés par l'abbé, mais qui devinerait qu'il avait subtilisé une ou deux cuillerées de miel dans chacun des pots? Il dégusta le nectar doré avec délice, regrettant de ne pouvoir en faire profiter Ninian.

Il s'assit à même le sol pour manger l'une des petites pommes grises. Il en rapporterait à son ami qui le sermonnerait sans doute un peu. Lorsque Priscus était arrivé au monastère, il avait immédiatement remarqué Ninian. Avec son latin d'aristocrate, sa peau sans défauts et ses grands yeux verts, il ressemblait à un ange. Enfin, à l'idée que Priscus se faisait d'un ange car Chanao n'imaginait sans doute pas les créatures célestes sous les traits de Ninian! Priscus se mit à rire et saisit une autre pomme dans laquelle il croqua énergiquement.

Comme il s'était senti perdu et seul à son arrivée au mont Tumba! Aurait-il supporté cette vie austère sans la présence de son ami? Non. Il se serait enfui au risque de se perdre et d'être dévoré par les loups.

Priscus n'avait pas connu l'amitié avant d'entrer au monastère. Les garçons qu'il côtoyait ne pensaient qu'aux bagarres, au sexe, à l'argent. Il se sentait si différent d'eux ! C'était cela qui l'avait poussé à venir au mont Tumba. Et c'était cette différence qu'il avait reconnue chez Ninian.

Celui-ci était devenu son premier ami. Grâce à lui, Priscus avait supporté les nuits trop brèves et les repas trop maigres, le travail monotone et ennuyeux, le froid et l'isolement.

Priscus prit une troisième pomme. Le fruit desséché conservait encore l'odeur du printemps qui l'avait vu naître. Il respira longuement son parfum avant de mordre ce souvenir d'une saison morte.

Il n'eut pas le temps de déguster une deuxième bouchée.

La porte s'ouvrit à la volée. L'abbé et Chanao surgirent dans la réserve. Avant qu'il ait eu le temps de réagir, Priscus fut soulevé par un bras puissant et jeté dehors.

Ce ne fut qu'au moment où sa joue heurtait le sol boueux qu'il comprit que son séjour au paradis prenait fin.

# Les moines rebelles

# 1

Ninian achevait la lecture de l'Apocalypse de Jean quand il entendit les cris et les invectives. Il se précipita vers la porte de sa cellule, demeura figé en découvrant le spectacle qui s'offrait à ses yeux.

Dans la lumière terne de la matinée pluvieuse, Chanao traînait Priscus par le bras en hurlant des insultes. Derrière eux l'abbé marchait à grandes enjambées, le visage déformé par la colère. Il tenait un fouet à la main. En un instant, les moines de la communauté se rassemblèrent autour d'eux.

– ... se gavait du fruit de nos efforts pendant que nous priions ! Misérable larve gloutonne ! Menteur impie qui insulte notre Seigneur Jésus-Christ en volant la nourriture de ses frères !

Ninian, abasourdi, regardait l'expression effrayée de Priscus et le rictus haineux de Chanao qui secouait le jeune homme d'une poigne de fer en vociférant.

– Voyez le mauvais moine, mes frères ! Dieu vous préserve de jamais succomber à la tentation du démon dont ce misérable est devenu la proie !

Ninian se rapprocha du groupe. Priscus avait les lèvres serrées et le teint pâle. Il parut rassuré en apercevant Ninian et la peur disparut de son visage.

– Lâche-le, frère Chanao, ordonna l'abbé Mewen.

Chanao lança Priscus sur le sol plus qu'il ne le lâcha et croisa les bras sans s'éloigner de sa victime.

– Mes frères, reprit l'abbé d'un ton lugubre, frère Chanao m'a averti qu'il avait remarqué que frère Priscus quittait discrètement sa cellule chaque jour après laudes. Il le soupçonnait de quelque méfait et il avait raison. Nous venons de le trouver en train de voler des pommes dans nos réserves !

Plusieurs moines poussèrent des exclamations outrées. L'abbé se tourna vers le frère Budic.

– Comment se fait-il que tu ne te sois pas aperçu des absences répétées du frère qui partage ta cellule ?

– Eh bien… Je… euh… Je suis si absorbé par mes prières que ce qui m'entoure disparaît à mes yeux.

L'abbé ne discuta pas l'excuse du frère Budic.

– Cela t'honore, mon frère, mais la dévotion ne doit pas rendre aveugle et sourd. Tu aurais dû réagir et m'informer des agissements de frère Priscus. Heureusement frère Chanao veillait, lui.

Il se tourna vers Chanao qui fixait ses pieds, l'air modeste. Une vague de haine, aussi violente qu'irrépressible, déferla dans le cœur de Ninian.

– La punition qui sera infligée à notre frère pour sa faute sera sévère, décréta Mewen. Il a enfreint la règle, volé notre nourriture, péché par mensonge et par gourmandise. Pour cela, il sera fouetté et enfermé seul dans une cellule pendant quatre jours. Personne ne l'approchera, il sera privé de ma bénédiction et n'aura droit ni au boire ni au manger.

– Mais vous allez le tuer !

Ninian avait crié. Il s'avança vers l'abbé, tentant de retrouver son calme. Il fallait qu'il persuade Mewen d'adoucir sa sentence et ce ne serait pas en hurlant qu'il y parviendrait.

– Mon père... commença-t-il.

– Inutile, frère Ninian! fit Mewen, l'œil brillant. Frère Priscus subira un châtiment à la mesure de ses égarements!

– Il est si jeune, plaida Ninian. Sans doute ne s'est-il pas rendu compte...

– Si jeune! s'exclama Chanao. Servius était trop vieux et Priscus est trop jeune! Quelle autre sottise vas-tu encore inventer, frère Ninian, pour justifier la foi tiède et le manque de volonté? Peut-être te trouves-tu trop distingué pour servir Dieu avec ferveur et penses-tu qu'on devrait t'en exempter?

– Je ne parle pas de moi, s'écria Ninian exaspéré. Je demande juste un peu de clémence pour un garçon qui sort à peine de l'enfance!

– Tu oses remettre en cause mon autorité? gronda Mewen. Je te dis, moi, qu'il faut extirper le démon qui l'habite avant qu'il ne soit trop tard. Et c'est ce que je vais faire immédiatement en lui infligeant une punition dont il se souviendra!

L'abbé s'avança vers Priscus et le releva d'une main ferme.

– Ôte ta bure et laisse la main de ton père abbé te châtier!

# 2

Priscus ne bougea pas. Chanao le saisit et tenta de lui enlever sa bure. Ninian, glacé d'horreur, prit les autres moines à témoin.

– Mes frères, les supplia-t-il, cette punition est excessive! Priscus a mal agi, mais Jésus-Christ a prôné le pardon et l'indulgence. N'a-t-il pas protégé la femme adultère? Son péché était pourtant plus grave que la gourmandise de Priscus!

Les moines baissèrent les yeux. Frère Pandarus, seul, paraissait sur le point d'intervenir. Mais l'abbé s'emporta.

– Tu défies encore mon autorité, frère Ninian? Tu incites tes frères à la rébellion? Es-tu donc possédé par un démon, toi que j'ai connu si pieux et si docile? Pourquoi défendre ce misérable? Est-ce lui, le démon qui t'inspire? Tu évoques la femme adultère? Belle comparaison, en effet!

Il s'approcha de Ninian, pointant vers lui le fouet qu'il tenait à la main. Ses yeux brillaient méchamment.

Ninian ne recula pas. Une fureur implacable l'avait envahi.

Balayant la peur et les remords, elle naissait du plus profond de lui, nourrie de mille colères étouffées avant d'avoir éclaté, de mille vexations niées et tues. Inconscient de l'exaspération du jeune moine, l'abbé continuait :

– Sais-tu quels péchés sont aussi abominables aux yeux de Dieu que l'adultère ? L'inceste, frère Ninian, et l'amour interdit que certains hommes pratiquent entre eux. Pensez-vous que je ne me suis pas aperçu de la complicité qui vous lie ?

Budic, qui se tenait à côté de Ninian, poussa une exclamation affolée et se signa plusieurs fois. Chanao eut un ricanement de joie mauvaise.

– Inutile de demander qui vous a mis de telles idées en tête, répliqua Ninian d'une voix qui tremblait de rage. Je ne veux même pas répondre. Laissez-nous quitter cette communauté si vous nous en jugez indignes. Pour ma part, je ne souhaite plus rester parmi vous.

Cette fois, ce fut Chanao qui s'écria avec rage :

– Tu ne nies pas, bête impure ! Et tu crois qu'il suffit de partir pour que vos fautes soient effacées ? Ce serait trop facile !

– Trop facile, en effet ! reprit l'abbé. Vous partirez, oui, mais pas sans avoir été châtiés comme vous le méritez !

L'abbé leva son fouet et l'abattit avec rage sur Ninian.

Le jeune homme leva le bras à temps pour éviter que la lanière de cuir ne touche son visage. La large manche de la bure le protégea et amortit le coup.

Mewen se détourna de lui et voulut frapper Priscus. Ninian se jeta sur son supérieur, déterminé à lui arracher son arme. Il attrapa le manche du fouet, tira de toutes ses forces sans que l'abbé lâche prise.

– Je vous maudis! cria Mewen. Toi et Priscus! Impies! Moines dévoyés! Je vous chasse et vous maudis!

Ninian ouvrit les mains. L'abbé, qui tirait toujours aussi violemment sur le fouet, fut projeté en arrière et tomba lourdement. Sa tête heurta une pierre avec un bruit sourd et il s'immobilisa. Une flaque de sang apparut sous le crâne de Mewen. Il y eut un silence effrayant.

– Il l'a tué! hurla Chanao. Ninian a tué notre abbé.

Alors Ninian et Priscus s'enfuirent en courant.

# 3

Priscus filait droit devant lui, si vite que les arbres qui longeaient le chemin semblaient ne plus former qu'une vaste haie. Il gémissait de terreur, les mains crispées sur sa bure relevée. Ses sandales glissaient sur le sol trempé, les branches lui griffaient les joues, son souffle lui brûlait la gorge, mais rien ne l'arrêtait. La peur le faisait courir sans réfléchir. La même peur animale, triomphante, qui le saisissait déjà quand il avait neuf ans et que les autres garçons le pourchassaient. Parce qu'il était plus petit, moins fort, moins bête.

– Arrêtez-vous ! Maudits ! MAUDITS !

Courir. Encore. Plus vite. Plus loin.

Courir poursuivi par des cris. Comme lorsqu'il était enfant.

« *Priscus ! Poule mouillée ! On va te plumer !* »

Les moqueries du passé resurgissaient dans sa mémoire, plus assourdissantes que les cris des moines qui le poursuivaient. Elles étaient à jamais plantées au fond de son cœur, flèches empoisonnées toujours prêtes à distiller leur amertume.

Il trébucha, fut projeté en avant mais parvint à reprendre sa course. Derrière lui, il entrevit Ninian, les yeux écarquillés et les joues rouges. Et, à peine plus loin, les silhouettes massives de Chanao et de Pandarus.

Ils l'attraperaient et ils le frapperaient, il le savait.

– Voleur! Assassin!

Cette fois, les insultes n'étaient pas de simples moqueries. On ne se contenterait pas de l'abandonner après l'avoir bourré de coups de pied, le laissant plié en deux sur le sol, le nez en sang, hoquetant, en larmes.

Non, cette fois, on le frapperait jusqu'à ce que ses côtes se brisent, que ses dents se cassent. On laverait ses péchés dans le sang. Et il mourrait. Achevé par ceux auprès desquels il s'était réfugié.

La paix et la douceur. Un rempart contre la brutalité des hommes. Voilà ce qu'il pensait trouver au monastère!

Il s'était trompé.

Priscus entendit le bruit sourd d'une chute dans son dos. Un cri étouffé. Ninian était tombé!

Priscus ralentit, dérapa à nouveau et se rattrapa de justesse au tronc d'un arbre. Une douleur aiguë transperçait son côté.

Jamais il n'abandonnerait Ninian! Pour la première fois, il se battrait. Pour aider son ami comme il l'avait aidé. Le seul qui l'ait jamais défendu, et qui allait le payer de sa vie!

Alors Priscus se retourna, les poings serrés, prêt à bondir sur les assaillants.

# 4

– Ouvre les yeux, au nom du Ciel !

Quelqu'un secouait Ninian, aspergeait son visage d'eau froide. Il souleva ses paupières. Son corps était douloureux. De hautes branches apparurent au-dessus de lui, secouées par un vent léger et mouillées par la bruine.

La poursuite ! Il avait dû perdre conscience !

– Bois, frère Ninian, ajouta frère Pandarus agenouillé près de lui, les mains jointes en forme de coquille.

Mais pourquoi Pandarus le secourait-il ? Pourquoi l'appelait-il « frère » ? C'était fini, il ne serait plus jamais le frère des autres moines. Il était devenu un assassin qui n'avait sa place ni sur terre ni au royaume de Dieu.

– Je suis maudit ! balbutia-t-il en claquant des dents. J'ai tué l'abbé !

Il but quand même dans la paume de Pandarus.

Priscus, assis en tailleur à côté de lui, le visage enfoui dans ses mains, tremblait de tous ses membres. Un peu plus loin gisait Chanao.

– Je l'ai assommé, expliqua Pandarus. Profitez-en pour déguerpir.

– Pourquoi nous aides-tu, Pandarus ?

– Tu ne voulais pas blesser Mewen, frère Ninian. C'était un accident, je l'ai bien vu. Dieu vous punira s'Il le souhaite mais ce n'est pas à ce moine-là de vous juger.

Il désigna Chanao et reprit :

– Sournois, jaloux, vicieux. Je l'ai surpris en train de voler du fromage il y a deux jours.

Pandarus eut un rire méprisant.

– Il m'a supplié de ne pas le dénoncer. Il a juré qu'il se flagellerait pour se punir. Comme si j'étais dupe du plaisir malsain qu'il y prend ! Mais je ne regrette pas mon silence. Ça me donne une arme contre lui. Et puis, ajouta-t-il avec une douceur inhabituelle, il sait que je n'ai pas votre cœur tendre, mes garçons. Il faut davantage qu'un Chanao pour impressionner un vieux guerrier comme moi !

Depuis que Ninian le connaissait, l'ancien soldat Pandarus n'avait jamais autant parlé.

– Merci, frère Pandarus, dit Priscus. Merci !

– Je suis sûr que Dieu te le rendra, ajouta Ninian d'une voix presque inaudible.

Pandarus se releva.

– Assez parlé. Filez, il se réveille et les autres arrivent.

Chanao remuait en grognant.

Priscus saisit la main de Ninian et l'aida à se lever, puis ils coururent sous le couvert des châtaigniers qui bordaient le chemin. En un éclair, Ninian revit son cousin étendu sur le sol, baignant dans son sang, des combattants francs morts autour de lui, et le grand guerrier au regard de fauve qui portait dans ses bras Azilis évanouie.

Il avait perdu conscience à l'endroit où avait eu lieu le combat.

À quelques pas, Pandarus avait retrouvé son habituel ton bourru :

– Désolé, frère Chanao. Vous avez heurté cette branche en courant. J'ai préféré vous porter secours mais ils ont réussi à s'enfuir. Il y a un ruisseau juste là. Tenez, buvez un peu d'eau fraîche... Ah ! Ça ne vaut plus la peine de les pourchasser, maintenant. Mais n'ayez crainte, Dieu fera justice, mon frère, *Dieu* fera justice.

– Dépêche-toi, Ninian, vite !

Priscus le tirait par le bras, l'entraînant hors du chemin. Ils devaient s'enfoncer dans les sous-bois obscurs pour ne pas être aperçus. Au risque de se perdre.

Ils s'enfuirent du refuge qui les avait rejetés pour s'enfoncer dans la solitude menaçante de la forêt sauvage.

# Le festin d'un fauve

# 1

– Marchons vers l'est jusqu'à ce que nous retrou-
vions la voie romaine, déclara Priscus.

– Non, vers le nord. Nous aurions dû rejoindre la
route depuis longtemps.

Ninian et Priscus s'étaient assis au pied d'un chêne.
Ninian, affamé, ne se sentait plus la force de continuer.
Il leva les yeux vers le ciel qu'assombrissait un voile de
nuages tenaces, gonflés de pluie. Le soleil, invisible, ne
les aiderait pas à s'orienter.

« Dieu m'a abandonné, se désola Ninian. Le soleil ne
brille pas pour les meurtriers. »

– Le nord? répéta Priscus d'une voix songeuse. Tu as
sans doute raison. Mais comment nous orienter?

Priscus attendait une réponse de la part de Ninian. Il
le considérait comme un puits de science, avait en lui
une confiance aveugle et était persuadé qu'il trouverait
une solution à tous leurs problèmes.

Ninian leva vers Priscus un regard las. Il faudrait lui
avouer qu'il était incapable de se diriger dans une forêt,

qu'il avait passé sa vie à s'évader dans la lecture et la rêverie. Que le monastère avait été le refuge suprême avant... Eh bien, avant que la vie ne bascule et fasse de lui cet assassin, ce moine défroqué, cette épave affamée perdue dans un lieu hostile.

– Alors ? interrogea Priscus.

La figure du jeune garçon était sale. Sur ses joues maculées de terre, les larmes avaient tracé des sillons plus clairs et les branchages avaient laissé des griffures rouges. Mais ses yeux en amande luisaient de joie et un sourire éclairait son visage. Nul doute, aucun remords ne troublait l'espoir qui transparaissait dans son regard.

Ninian prit une profonde inspiration. Il ne pouvait abandonner Priscus. C'était son devoir de l'aider. Le garçon était plus jeune et n'avait personne sur qui compter. Pour la première fois, alors qu'il était au fond du désespoir, Ninian était celui vers qui l'on se tournait pour réclamer de l'aide. Il n'avait jamais eu à jouer ce rôle. C'était toujours Azilis qui avait décidé de leurs jeux. C'était elle qui imaginait mille astuces pour détourner l'attention de leur nourrice avant qu'ils n'aillent s'amuser dans la pars rustica de la villa ou qu'ils ne s'éclipsent de leur domus de Condate pour faire un tour sur le forum. Et, plus tard, comment aurait-il pu s'imposer face à des hommes tels que son père, Marcus, Caius ? Inutile d'essayer. C'était son destin d'être un rêveur, un garçon docile et effacé.

Si seulement il n'avait pas été tourmenté par la faim ! La tête lui tournait tant il était faible. Comment retrouver la voie romaine qui les mènerait jusqu'à Abrinca[1] ?

1. Aujourd'hui Avranches.

– Ninian?

Répondre, rassurer... Il n'en avait pas la force. Ses paupières s'étaient fermées, il était incapable de les soulever.

Une fresque longtemps oubliée s'animait dans l'obscurité de son esprit...

*Sa première partie de chasse. Marcus et Caius, loin devant, tentent mutuellement de se dépasser. Appius chevauche près de lui. Peut-être son père pense-t-il que Ninian l'admire. Appius a tué un grand cerf, une bête magnifique aux bois immenses. Ninian a difficilement surmonté la nausée que lui a donnée la curée. Il est parvenu aussi à maîtriser ses larmes. Ni son père ni ses frères ne se sont aperçus de son dégoût.*

*Il a dix ans et il déteste qu'on massacre les créatures du Seigneur. Même si les chasseurs étaient son père et ses frères.*

*Appius lui parle de la forêt, des passées du gibier, des cris des oiseaux, des repères à prendre pour s'orienter. Il écoute peu et mal, les yeux fixés sur la bête sanguinolente qu'un cheval transporte attachée sur son dos. Les mots d'Appius effleurent à peine sa conscience avant de disparaître dans le gouffre de l'oubli.*

– Ninian! Ninian! Au nom du Christ! Réveille-toi!

Priscus le secouait énergiquement, lui donnait de petites claques sur les joues. Ninian battit des paupières et balbutia les mots qu'il avait entendus sept ans plus tôt :

– Le nord se trouve du côté moussu des arbres. Le tronc y est moins exposé au soleil.

– Enfin! Tu reviens à toi! J'ai eu si peur!

Priscus l'aida à se redresser et à appuyer son dos contre le chêne. Ninian retrouva peu à peu la conscience de ce qui l'entourait.

– Le côté moussu des arbres... répéta Priscus avec une admiration manifeste.

– Partons maintenant, Priscus. Les heures passent et je n'aimerais pas que nous nous trouvions en pleine forêt quand la nuit sera tombée.

# 2

Pourtant, ils y erraient encore lorsque le crépuscule plongea la Terre dans l'ombre. L'espoir de rejoindre la voie romaine avait presque disparu.

Ils s'étaient taillé un passage au milieu des hautes fougères, accrochant leurs bures aux ronces, s'enfonçant souvent dans la terre boueuse jusqu'aux mollets.

Parfois un gros rocher affleurait du sol. Ninian et Priscus l'escaladaient dans l'espoir de distinguer un sentier ou un espace dégagé. Mais partout s'étendait une sylve sans fin, si haute qu'elle semblait s'élever jusqu'au ciel.

Enfin, quand la lumière du jour déclina, ils s'assirent sur un tronc abattu dans une petite clairière. Ninian se sentait à bout de courage. Ses mains tremblaient de faiblesse.

Les deux garçons s'étaient à peine parlé de la journée. La concentration et l'effort de la marche, ajoutés à l'habitude du silence qu'ils avaient contractée au monastère, leur ôtaient l'idée de bavarder.

Ils restèrent silencieux dans le jour finissant, alors que les chants des oiseaux du soir s'élevaient et que s'éveillaient les premiers animaux nocturnes. Une somnolence inquiétante envahissait Ninian. Il rompit le silence au prix d'un effort énorme.

– Priscus, je suis incapable d'aller plus loin.

– Eh bien nous dormirons là. Tu iras mieux après t'être reposé.

– Je l'espère... Malgré tout, si j'étais incapable de repartir demain, il faudrait que tu poursuives la route seul.

– Tu es fou ! Jamais je ne te laisserai.

– Et nous serions deux à mourir au lieu d'un ?

Priscus secoua la tête, les yeux pleins d'angoisse.

– Je serais incapable de m'en sortir sans toi, Ninian. Si tu restes ici, je resterai aussi.

La panique remplaça la résignation dans le cœur de Ninian. Après avoir tué son père abbé, serait-il responsable de la mort de son ami ?

– Pardonne-moi, murmura-t-il. La fatigue me fait perdre courage. J'irai mieux demain, tu as raison. Prions ensemble et demandons à Dieu Son pardon pour nos offenses.

– Et Son aide pour trouver notre route, ajouta Priscus avec un sourire.

# 3

Ninian récitait le Notre Père avec ferveur. Pourtant, peu à peu, ses pensées s'envolèrent, son esprit s'engourdit, sombra dans le gouffre du sommeil. La forêt disparut. Les chants des oiseaux furent chassés par la voix de son père. Pour la seconde fois de la journée, des bribes du passé remontèrent à sa mémoire...

*– Il est incapable de chasser, incapable de se battre ! Seigneur ! Je lui offre une mise à mort et il pleure ! Ce n'est pas un garçon, Olwen, c'est une fillette ! Il me fait honte !*

*Ninian ne devrait pas rester caché derrière la tenture qui sépare la chambre de ses parents du réduit où dort Calpurnia, la vieille esclave. Il voulait se réfugier auprès de sa mère mais Appius l'a suivie dans leur chambre et Ninian s'est caché. Comment sortir d'ici sans qu'ils le voient ?*

*Sa mère parle à son tour. Comme il aime la cadence mélodieuse de son accent breton ! Sa voix profonde et chaude agit comme un baume qui apaise sa peine.*

— *Pourquoi veux-tu que tes fils se ressemblent tous, Appius ? Marcus a ton don pour la chasse, Caius a l'âme d'un guerrier. Ninian les dépasse en intelligence et en subtilité. Tu le dis toi-même : ses capacités t'impressionnent. Tu vantes sa mémoire, sa rapidité de compréhension...*

— *Est-ce que ça doit l'empêcher d'être un homme ? Je te dis qu'il n'est pas normal. Par le Christ ! Si seulement Azilis était un garçon ! Tu verrais ce qu'elle accomplirait ! Elle est aussi intelligente que Ninian et rien ne l'effraie ! Pourquoi Dieu s'est-il amusé à échanger leurs âmes dans ton ventre ?*

*La gorge de Ninian se serre au point de l'étouffer. Quel mépris dans la voix de son père ! Quelle déception ! Oui, pourquoi Dieu a-t-il échangé son âme et celle de sa sœur ? Pourquoi ?*

— *Je t'interdis de parler ainsi de notre fils !*

*Cette fois la voix d'Olwen est vibrante de colère.*

— *Si nous étions en Bretagne, il serait devenu barde, comme mon père et ses pères avant lui ! Des guerriers, des chasseurs, le monde en est rempli ! Rares sont les hommes à qui Dieu a fait don d'une âme comme celle de Ninian ! Il est d'une essence supérieure que tes yeux de Romain ne peuvent pas percevoir !*

*Jamais Ninian n'a entendu sa mère s'adresser ainsi à son père ! Ni qui que ce soit d'autre, d'ailleurs. Ninian a peur pour elle. Mais Appius ne se fâche pas. Ses mots sont empreints de tristesse quand il lui répond.*

— *Nous sommes en Gaule, Olwen, et, ici, il n'y a plus de bardes. Tout ce que Ninian peut espérer, c'est entrer dans les ordres. S'il n'a pas plus de goût pour les femmes qu'il n'en a pour les autres passions viriles, cela lui conviendra parfaitement.*

— *Si cette voie est la sienne, qu'il l'emprunte. Mais ne le force pas à la suivre contre son gré.*

– *Je ne le forcerai pas, non. J'espère qu'il le comprendra de lui-même.*

*Devenir prêtre. Devenir moine. Ne pas avoir à se battre. Ne pas avoir à chasser, à tuer. Vivre en paix et obéir à Dieu. Pour quelle autre raison lui aurait-Il donné cette douceur féminine si ce n'est pour Le servir? Son père a raison. Il ne le décevra pas sur ce point. Il sera moine et tout sera pour le mieux.*

# 4

– Ninian !

La conscience de Ninian remonta à la surface du présent comme une bulle. Il retrouva l'odeur de terre humide, l'air frais, le tronc rugueux et le bruissement du vent dans les arbres. Pourtant les voix de ses parents résonnaient dans son esprit, comme s'il venait de surprendre cette conversation qui avait eu lieu six ou sept ans plus tôt.

Il l'avait totalement oubliée. Les mots cinglants de son père s'étaient enfouis au fond de son âme. Comment était-ce possible ? Et pourquoi resurgissaient-ils maintenant ?

– Ninian ! Regarde !

Il cligna des paupières, chercha aux alentours ce qui avait attiré l'attention de Priscus. Il faisait nuit mais, dans le ciel enfin dégagé, la pleine lune éclairait la forêt de sa lumière blanche.

Soudain il le vit. De l'autre côté de la clairière ! Un chat énorme au pelage roux, aux pattes puissantes, aux oreilles surmontées de pinceaux de poils noirs.

Un lynx occupé à dévorer un faon.

Ninian comprit alors que le félin ne les avait ni vus ni sentis. Priscus et lui étaient immobiles dans leurs bures sombres, allongés contre le tronc à terre. Le vent venait de face et ne portait pas leur odeur vers l'animal.

– Si nous courons vers lui en hurlant et en agitant des branches, chuchota Priscus, il s'enfuira sans emporter son festin.

– Et... ?

– Nous le lui volerons, bien sûr ! Et nous aurons enfin de quoi manger !

– Nous ne pouvons pas faire de feu, Priscus, remarqua Ninian, stupéfait par cette suggestion.

– Eh bien nous mangerons de la viande crue. Je préfère ça à mourir de faim.

Sans attendre davantage, Priscus tâtonna dans l'ombre et attrapa une branche du vieux tronc contre lequel ils s'étaient appuyés. Le bois céda avec un bruit sec qui fit aussitôt lever la tête au lynx.

Priscus se précipita vers lui en poussant des cris sauvages et en agitant les bras. Ninian eut à peine le temps de se lever : le fauve s'était enfui, effrayé par cette attaque aussi soudaine que bruyante, abandonnant sa proie derrière lui.

Ninian aida Priscus à dépouiller une cuisse du faon avec une pierre tranchante, puis à découper des morceaux de chair tiède.

Jamais il n'avait eu à faire une chose aussi répugnante. Il luttait contre les sanglots de désespoir qui montaient en lui comme des vagues.

Plus encore que l'écœurante odeur de sang, c'était l'impression d'être ravalé au rang d'un animal qui lui donnait une irrépressible nausée.

« Dieu me punit pour mon crime, pensa-t-il. Comment mieux me signifier qu'en tuant l'abbé j'ai agi comme une bête sauvage ? »

Priscus, lui, n'avait pas ces scrupules. Il dévorait la chair avec acharnement. Ninian leva les yeux. Les milliers d'étoiles de la voie lactée scintillaient dans les ténèbres. S'il avait été seul, il se serait allongé sur le sol, les yeux tournés vers le ciel, et aurait attendu que la mort l'emporte vers elles.

Mais il n'en avait pas le droit.

Alors, d'un coup de dents, il arracha un morceau de chair et la mastiqua avec rage.

# 5

Le soleil réveilla Ninian tôt le lendemain.

Il avait dans la bouche l'horrible goût de son repas de la veille et ses muscles étaient endoloris par une nuit passée à même le sol. Il se leva et s'étira en frissonnant. La journée promettait d'être belle mais la fraîcheur nocturne ne s'était pas dissipée.

Priscus dormait roulé en boule contre le tronc moussu. Ninian se frotta les bras et le torse pour se réchauffer, puis marcha d'un pas rapide, s'enfonçant entre de hautes fougères qui cachaient une moelleuse épaisseur de mousse humide. Il ne fit pas vingt pas avant de découvrir un étang.

« Voilà où le lynx a attrapé le jeune chevreuil, pensa-t-il. Il devait être à l'affût du gibier qui vient boire ici. »

Il s'approcha de l'eau, y plongea les mains pour boire et s'asperger la figure. Il se sentait curieusement détendu et calme après la terrible journée de la veille. Il observa le reflet de son visage dans le miroir que lui tendait l'étang. Avait-il beaucoup changé depuis son départ de la villa? Il avait quinze ans alors, l'âge de Priscus aujourd'hui. Il se trouva les joues creuses, la mâchoire dure, les yeux agrandis. Il avait sûrement beaucoup maigri ; ses traits, eux, n'avaient pas changé.

« Je ressemble encore à Azilis », se dit-il.

Cette idée lui insuffla courage. Malgré les milles qui les séparaient, sa jumelle et lui demeuraient inexorablement liés. S'il ne cédait pas au désespoir, s'il se montrait déterminé et courageux, ils seraient bientôt réunis. Ce qu'il ferait en Bretagne, il n'en avait aucune idée. C'était sans importance.

Il rejoignit la clairière d'un pas décidé. Il était temps qu'il prenne sa vie en main, qu'il cesse de se conformer à ce que l'on attendait de lui, qu'il s'endurcisse et s'affirme. Bien sûr, il ne serait jamais comme son père ou ses frères. Et il ne serait jamais comme Azilis. Mais s'il affrontait le monde au lieu de le fuir, il deviendrait lui-même.

Il sortirait de cette forêt avec Priscus et ils traverseraient la mer comme ils l'avaient décidé. Priscus lui faisait confiance. Olwen avait cru en lui. Azilis l'aimait de tout son cœur. Il lui restait maintenant à se montrer digne d'eux.

Quant au meurtre de Mewen, Ninian ne le confesserait publiquement qu'une fois en Bretagne. Il savait qu'il serait excommunié[1] pour cet acte abominable. Il lui faudrait subir une longue pénitence avant qu'un évêque ne lui accorde – peut-être ! – la rémission de ce péché[2]. C'était la durée de cette pénitence qui le

1. L'excommunication interdit au fidèle de prendre part à l'eucharistie (c'est-à-dire de recevoir l'hostie consacrée – le corps du Christ – et de boire le vin de messe – le sang du Christ), de recevoir les sacrements et, enfin, d'obtenir un office ou une charge dans l'Église. De ce fait, Ninian ne peut plus être moine.
2. Après que le pénitent avait confessé publiquement ses péchés, la rémission des fautes graves s'obtenait par son excommunication et par des prières de la communauté. L'évêque jugeait ensuite s'il pouvait être à nouveau admis dans la communion de l'Église. Cette décision se prenait le plus souvent à Pâques.

poussait à retarder sa confession. Pas question de différer son départ au printemps prochain. D'ici là, il s'abstiendrait de prendre part à la communion. Goûter au corps et au sang du Christ sans avoir été lavé de ses fautes serait le pire des sacrilèges !

« Si je meurs sans m'être confessé, songea-t-il avec terreur, je me présenterai devant Dieu l'âme souillée par mon crime. Alors plus rien ne me sauvera de la damnation éternelle. »

Quand Ninian rejoignit son ami, celui-ci se réveillait. Ils reprirent leur route peu après, se dirigeant vers le nord dans l'espoir de déboucher enfin sur la voie romaine.

Peu à peu, la forêt s'éclaircit, il leur fut aisé de s'y frayer un chemin. Pourtant, à l'exception d'une harde de daims qui s'enfuit à leur approche, ils ne croisèrent aucun être vivant. Vers midi, ils s'arrêtèrent près d'un énorme buisson de mûres dont ils firent un vrai festin. Pour la première fois depuis leur fuite du monastère, ils furent pris d'un fou rire devant leurs lèvres et leur langue bleuies par les fruits qu'ils avaient dévorés.

– Si Chanao nous voyait, déclara Priscus en se léchant les doigts, il jurerait que la noirceur de notre âme se reflète sur notre visage !

– Ne me parle pas de ce monstre, fit Ninian soudain assombri. Quand je songe à ce que Pandarus nous a révélé sur lui ! Quel menteur, quel hypocrite !

– Et ce qu'il a osé suggérer sur nous à l'abbé, renchérit Priscus en rougissant. Il devait se délecter à imaginer de telles choses !

– N'y pensons plus, marmonna Ninian, gêné. Je ne peux pas m'empêcher de croire que tout est sa faute. Sans lui, l'abbé serait toujours en vie et nous serions encore au monastère.

– Tu regrettes que nous soyons partis?

Ninian répondit d'une voix hésitante :

– J'aurais préféré que cela se passe différemment.

– Moi aussi, bien sûr. Mais c'était peut-être le prix à payer pour notre liberté.

– La mort de Mewen? Et ma possible damnation pour l'avoir provoquée? C'est cher payé!

– Voyons Ninian, tu ne seras pas damné pour un acte que tu as commis par accident! D'ailleurs, si toi tu es damné, alors nous le serons tous. Et souviens-toi de ce que Chanao a déclaré à la mort du frère Servius : « Il n'est rien de plus beau pour un moine que d'achever sa vie en servant notre Seigneur Jésus-Christ. » Eh bien, c'est exactement ce qui est arrivé à Mewen!

Ninian dévisagea son ami, incapable de répondre quoi que ce fût. L'argument ne manquait pas de logique mais il ne percevait pas les choses ainsi. Il savait qu'il ne se débarrasserait pas si facilement du fardeau de la culpabilité.

– Espérons que tu aies raison, Priscus, déclara-t-il avec un soupir. Partons maintenant. Je n'ai aucune envie de passer une deuxième nuit dans cette forêt!

Ils s'avancèrent sur un terrain marécageux, s'enfonçant parfois jusqu'aux cuisses dans des trous d'eau fangeuse. Les moustiques les harcelaient et, à plusieurs reprises, ils arrachèrent de leurs chevilles les sangsues qui s'y étaient collées. La peur de ne jamais sortir de ces marais décuplait leur énergie et les poussait à avancer sans relâche.

Enfin, après une longue marche épuisante, ils atteignirent la voie romaine. Allongés côte à côte, ils laissèrent les rayons du soleil sécher leurs bures souillées par la boue et dorer leurs visages.

– Je crois que je vais m'endormir, murmura Ninian.

Priscus ne répondit rien. Il dormait déjà.

# 6

Un souffle chaud et un meuglement réveillèrent Ninian en sursaut. Il eut un mouvement de recul en découvrant le mufle d'un bœuf au-dessus de son visage.

– Je me demandais si vous étiez vivants, grommela une voix bourrue.

En se relevant, Ninian eut un vertige et dut s'appuyer contre le bovin pour ne pas tomber. Priscus, encore étendu par terre, poussa une exclamation de surprise.

Le bœuf auquel Ninian s'était appuyé était attelé à une charrette menée par un paysan à la peau tannée et à la barbe grisonnante. Il observait les deux jeunes gens d'un air méfiant et Ninian vit que sa main droite avait lâché les rênes pour se poser sur une hache.

– Nous sommes moines, déclara Priscus en se levant précipitamment. Nous nous rendions à Abrinca lorsque nous avons été attaqués par des voleurs qui nous ont pris nos vivres. Nous nous sommes enfuis dans la forêt pour leur échapper et nous nous sommes perdus. Aide-nous, pour l'amour du Christ !

Le paysan les détailla lentement des pieds à la tête. Sans doute convaincu par leur air misérable autant qu'inoffensif, il hocha la tête et déclara :

– Ces bandits ne respectent même pas les serviteurs du Seigneur ! Ils ne valent pas mieux que des barbares ! C'est bon, montez dans ma charrette ! Je me rends à Abrinca pour vendre mes pommes. Vous avez de la chance !

– Dieu te le rendra, murmura Ninian.

– J'espère bien, répliqua l'homme qui ajouta en désignant un panier posé près de lui : vous trouverez une miche de pain et de la viande de porc séchée là-dedans. Et des pommes, évidemment. Servez-vous. Vous avez l'air de ne pas avoir mangé à votre faim depuis un moment. Y a aussi une outre de vin. Mais la videz pas, hein ! Faudrait pas abuser de ma générosité !

Les deux garçons grimpèrent près de l'homme en multipliant les remerciements et les bénédictions. Puis ils s'absorbèrent dans la dégustation du pain et de la viande pendant que la charrette reprenait son lent cheminement vers la ville.

# Les combats
# de Ninian

# 1

Leur errance à travers bois les avait conduits plus au nord qu'ils ne l'imaginaient. Ils étaient parvenus à une dizaine de milles[1] d'Abrinca que la carriole atteignit avant la fin de la journée. Une demi-heure après avoir franchi les portes de la ville et pris congé de l'homme qui les avait aidés, Ninian et Priscus se tenaient sur le porche de la domus de Sextus Cogles.

– Nous avons déjà donné les restes de repas ce midi, déclara le domestique avant que Ninian ait pu se présenter. Revenez demain matin avec les autres mendiants!

Il s'apprêtait à claquer la porte mais Ninian parvint à glisser son pied dans l'embrasure pour la maintenir ouverte.

– Nous ne demandons pas l'aumône, expliqua-t-il hâtivement. Dis à ton maître que le frère Ninian souhaite le rencontrer. Il me connaît bien. Il m'a souvent rendu visite au monastère du mont Tumba.

L'homme fronça les sourcils.

– Je vais l'informer de ta visite. Attendez-moi là.

1. Soit une quinzaine de kilomètres.

– Je comprends sa méfiance, fit Priscus une fois le serviteur reparti et la porte close. À sa place, je ne nous aurais pas autorisé à entrer non plus ! Je n'ai jamais été aussi sale et puant !

Ninian acquiesça d'un sourire, dissimulant sa crainte que Sextus refuse de les accueillir et de leur apporter son aide. Il lui faudrait alors aller trouver Marcus, en espérant que son frère accepte de les héberger et de lui donner l'argent nécessaire à leur voyage vers la Bretagne.

Mais le serviteur revint et les laissa pénétrer dans la domus.

Ce retour soudain à un monde civilisé et raffiné fit à Ninian un choc immense. Le péristyle aux colonnes de marbre, la fontaine au doux murmure, les rosiers épanouis qui embaumaient le jardin... Quelle beauté ! Quelle paix ! Quelle douceur ! Il avait vécu si loin de tout cela si longtemps ! Une émotion immense l'envahit, mille souvenirs l'assaillirent. Il les chassa résolument, prit une profonde inspiration et se concentra sur les explications qu'il donnerait à Sextus Cogles.

– Voilà, Sextus. Je t'ai tout confessé. Tu as devant toi l'assassin de l'abbé Mewen. Et un homme qui, malgré son crime, te supplie de lui accorder ton aide.

Bien sûr, il aurait pu mentir. Ou du moins, ne pas avouer l'entière vérité. Mais il en avait été incapable. Le regard de Sextus était si bon et son accueil avait été si chaleureux que Ninian s'était senti tenu de ne rien cacher. Malgré les coups d'œil inquiets de Priscus. Malgré le risque que Sextus les jette dehors ou, pire encore, les livre à la milice.

– Eh bien, frère Ninian, voilà une terrible histoire, déclara leur hôte en joignant les mains. Une terrible histoire ! Qui aurait imaginé pareille infortune ?

Sextus Cogles les observait d'un air désolé. Il était assis dans un grand fauteuil d'osier derrière un bureau couvert de rouleaux et de papyrus. Les deux jeunes gens avaient pris place sur une élégante banquette appuyée contre un mur aux tons ocre et jaune.

– Ninian n'a jamais voulu tuer notre abbé, intervint Priscus. Il voulait seulement me protéger ! C'est un accident ! S'il ne m'avait pas défendu, c'est sans doute moi qui serais mort. Et tout ça parce que j'étais affamé !

– Je te crois volontiers, mon garçon, répondit Sextus avec douceur. Je suis certain que Ninian ne désirait pas blesser Mewen...

– Moi, je n'en suis pas si sûr !

Ninian s'était levé brutalement.

– J'étais fou de rage, dit-il. Quand il nous a insultés, quand il a levé son fouet sur nous, je le détestais tant que je souhaitais qu'il meure. Bien sûr je ne l'ai pas frappé. Mais je me doutais qu'il tomberait quand je lâcherais le fouet. Et j'espérais qu'il se blesserait.

Ninian baissa la tête et ajouta d'une voix sourde :

– Je ne suis pas l'être d'amour et de douceur que vous imaginez. J'ai de la violence en moi, et de la haine. Seulement, d'habitude, elles sont tapies derrière ma faiblesse et ma timidité. Tu me prends pour un saint, Priscus, et je ne suis qu'un lâche...

Il y eut un silence puis Sextus Cogles se leva et s'approcha de Ninian toujours debout au milieu de la pièce. Il le prit par l'épaule et le serra contre sa poitrine en murmurant :

– Mon pauvre petit ! Comme tu as dû souffrir !

Ninian, d'abord raide et tendu dans les bras du vieil homme, s'abandonna à son chagrin. De nouvelles larmes surgirent, des sanglots secouèrent sa poitrine, et il pleura longtemps sur l'épaule de Sextus.

Étrangement, ces larmes de désespoir se muèrent peu à peu en larmes de soulagement. C'était la première fois qu'un homme faisait preuve de bienveillance à son égard. Au lieu de le rejeter et de le mépriser, Sextus lui offrait la compassion que son propre père ne lui avait jamais montrée.

Quand Ninian cessa de pleurer, Sextus les invita à se changer et à se reposer avant le dîner. Ils se baignèrent dans des cuves d'eau chaude, puis des esclaves massèrent leurs corps fatigués avec des huiles parfumées. Ils revêtirent des vêtements propres dont le tissu leur sembla d'une douceur extraordinaire comparé à la rude étoffe de leurs robes de moine. Ni Priscus ni Ninian n'évoquèrent ce qui venait de se passer dans le bureau de Sextus. Ils s'abandonnèrent avec délices à ces plaisirs luxueux qui remisaient leur expérience monacale à un ailleurs lointain.

# 2

Le repas leur parut un festin digne du palais d'un roi.
On leur servit des huîtres et du crabe, du porc farci, de
fines tranches de bœuf, des asperges sauvages et des
fèves, des fromages variés, des pommes cuites dans du
miel, le tout accompagné d'un vin capiteux. Ils englou-
tirent ces mets avec gourmandise sous le regard amusé
de leur hôte. Quand enfin ils furent rassasiés, celui-ci
se cala dans son fauteuil et les interrogea :

– Quels sont vos projets, mes amis, et en quoi puis-
je vous aider ? J'ai cru deviner que vous ne comptiez
pas reprendre une vie de moine...

– Tu ne te trompes pas, Sextus, confirma Ninian. Je
te l'ai dit, nous étions décidés à quitter le monastère
avant même cette horrible affaire.

– Mais tu ne m'as pas dit où vous comptiez vous
rendre.

Ninian hésita. N'était-ce pas demander beaucoup à
Sextus que d'implorer son aide financière et matérielle
pour leur voyage ? Seraient-ils jamais en mesure de lui
rendre l'argent qu'il y engagerait ?

– Nous voulons rejoindre la sœur de Ninian en Bretagne, déclara Priscus dont les yeux brillants trahissaient une légère ivresse.

– En Bretagne! s'exclama Sextus.

– Nous souhaitons embarquer sur l'un de tes navires, avoua Ninian. Mais nous ne pouvons pas payer notre voyage et, une fois que nous aurons rejoint ma sœur, il nous sera difficile de te rembourser. C'est sans doute abuser de ta générosité...

– La question n'est pas là, Ninian, le coupa Sextus en levant une main rassurante. Je serais ravi si ma fortune contribuait à votre bonheur. Mais est-ce vous aider que de vous envoyer sur cette île?

– Niniane y vit en paix et en sécurité, assura Ninian. Elle m'a envoyé une lettre dans laquelle elle m'invitait à la rejoindre.

– J'ai reçu une lettre de ta sœur, moi aussi, sans doute apportée par le même messager. Elle m'a raconté son voyage, sa rencontre avec le dux bellorum, la victoire de ce dernier contre les hordes d'Aelle... J'ai été transporté de joie de la savoir vivante et en lieu sûr. Mais cela ne signifie pas que votre voyage se passera sans encombre. Niniane a eu la chance de traverser le Mare Britannicum[1] alors que les Saxons étaient assemblés à terre pour affronter Arturus. Ce n'est plus le cas aujourd'hui. Ils ont repris leurs habitudes de piraterie, et ils ne sont pas les seuls à écumer la mer en quête de navires à piller. Les Francs installés au nord de la Gaule ne sont pas en reste. J'ai failli perdre un de mes bateaux il y a deux semaines! Une bataille sanglante qui a coûté la vie à la moitié de mon équipage. Il s'en est fallu de peu pour que tous périssent ou soient capturés pour être vendus comme esclaves.

1. La Manche.

Priscus tourna vers Ninian un visage inquiet. Le discours de Sextus l'avait impressionné. Sans doute n'avait-il pas clairement perçu les risques qu'ils encourraient en entreprenant un tel périple.

— Vous pourriez rester ici, reprit Sextus doucement. Je me fais vieux, je n'ai pas d'enfants... Si Dieu m'offrait l'appui de deux jeunes gens au crépuscule de ma vie, je me considérerais bénit.

Ninian demeura muet de stupéfaction. Ainsi Sextus était prêt à les garder près de lui, à les traiter comme ses fils, à leur offrir un avenir ! C'était inespéré, miraculeux même. Ninian prit la parole, la gorge serrée par l'émotion :

— Ce que tu nous proposes, Sextus, va au-delà de ce dont je rêvais en me présentant chez toi. Je savais, grâce aux échanges que nous avions eus lors de tes visites au monastère, que tu étais un homme bienveillant et pieux. Mais j'étais loin d'avoir deviné l'étendue de ta bonté. Je te remercie infiniment de la confiance que tu nous accordes. Permets-moi cependant de différer ma réponse. J'ai besoin de réfléchir à tête reposée avant de m'engager.

Sextus acquiesça.

— Prenez le temps nécessaire à la réflexion, mes enfants. Reposez-vous, retrouvez goût à la vie, pensez à votre avenir. Et quand vous aurez mûrement pesé les choses, vous me communiquerez votre décision.

# 3

Au fond, Ninian aurait pu donner sa réponse à Sextus immédiatement. Mais il préféra se taire et laisser Priscus libre de réfléchir. D'un commun accord, les deux jeunes gens ne parlèrent plus de la proposition de Sextus pendant la semaine suivante qu'ils mirent à profit pour reprendre des forces.

Sextus apaisa leurs scrupules et leur ordonna de le laisser les gâter autant qu'il le souhaitait. Dès le lendemain, un coiffeur effaça la dernière trace du passé monacal de Ninian et de Priscus. Leurs cheveux furent coupés si court que leur tonsure s'apercevait à peine. En découvrant son visage dans le miroir, Ninian se trouva un air viril et dur qui ne lui déplut pas.

Sextus demanda à son tailleur de leur confectionner des vêtements. La vie au monastère avait presque effacé de la mémoire de Ninian la chemise de lin à manches courtes qu'on enfilait au-dessus d'une autre chemise descendant jusqu'aux genoux, les braies serrées aux mollets par des bandes en lin elles aussi, les bottes de cuir, la saie[1]. Quelle joie de porter ces fines étoffes, cette laine chaude et douce après avoir supporté pendant des années une bure rêche qui irritait la peau ! Quelle honte, aussi, d'en éprouver une telle satisfaction ! Car le dégoût se mêlait sans cesse au bonheur sensuel que Ninian prenait à ces retrouvailles avec le monde. Sa quête spirituelle avait échoué, il avait tué un homme, il s'était exclu de la communauté chrétienne, et il se délectait de telles futilités !

Comme il s'était trompé sur lui-même !

Priscus n'était pas tourmenté par ce genre de remords. Son bon sens et son optimisme l'emportaient. Il débordait d'une joie enfantine, arborait un sourire permanent et un enthousiasme inaltérable. Sa gaieté et ses fous rires étaient visiblement bénéfiques à Sextus. Lui que Ninian avait d'abord jugé vieilli et fatigué paraissait rajeunir au contact du jeune garçon, retrouvant un appétit de vivre oublié. Ninian aussi se laissait distraire et charmer par son ami, mais le poids sombre de la culpabilité rongeait son âme et le réveillait souvent avant l'aube.

Chaque matin, Priscus entraîna Ninian aux thermes de la ville pour y goûter aux plaisirs des bains[2] auxquels succédait toujours un massage revigorant. En l'espace de quelques jours, Ninian en apprit davantage sur son ami qu'en plusieurs mois au monastère.

1. Grand manteau de laine carré. On le fermait en rabattant les deux pans sur le devant et en les attachant sur l'épaule droite grâce à une fibule.
2. Les thermes étaient constitués du caldarium où se trouvaient les piscines d'eau chaude, du tepidarium, partie des bains dans laquelle la chaleur était modérée et qui servait de transition avant d'aller dans le frigidarium, où se trouvaient les bains froids. Dans le tepidarium, on huilait son corps avant d'ôter l'huile avec un strigile (une râpe) qui nettoyait la peau.

Finies les heures consacrées au travail et à la prière, envolée l'interdiction de bavarder ! Priscus parlait sans arrêt comme pour rattraper le temps perdu. Et Ninian l'écoutait, se confiant peu, attentif à ne rien montrer de son désarroi intérieur.

Il apprit ainsi que Priscus, dernier-né d'une famille de dix enfants, était le fils de l'intendant d'une villa située non loin d'Abrinca. Et il comprit sans mal que l'engagement du jeune garçon dans la vie monacale était davantage dû à son incapacité à se faire une place dans le monde qu'à une foi profonde. « Comme moi, se dit-il. Mais Priscus, lui, ne s'est jamais leurré sur sa vocation. »

Quand ils retrouvaient leur hôte au cours des repas, celui-ci les interrogeait sur leurs occupations. Il évoquait aussi son négoce et ses voyages, ce qui passionnait Priscus. Il paraissait comprendre sans mal les arcanes des négociations et les calculs savants qui promettaient de solides bénéfices, choses auxquelles Ninian ne parvenait pas à s'intéresser. Cependant, il aimait entendre Sextus évoquer les coutumes et les paysages des pays lointains qu'il avait visités.

Un soir, alors qu'ils fêtaient le huitième jour de leur arrivée à Abrinca en dévorant un plantureux repas, Sextus soupira :

– Bien sûr, je ne peux plus voyager désormais. Je souffre tant de mes rhumatismes ! C'est pour ça que je ne suis pas venu au mont Tumba l'année passée.

– Comme j'aimerais découvrir Constantinople, murmura Priscus, rêveur. Et ces étendues de sable brûlant que tu as traversées en Afrique.

– Tu les verras peut-être un jour, lui répondit Sextus. Cela ne dépend que de toi... En attendant, lequel de vous deux accepte de m'affronter aux dames ?

– Une partie de dames ! s'exclama Ninian. Mon Dieu, il y a si longtemps que je n'y ai joué ! C'était le seul jeu où je battais Caius et Niniane.

Sextus, les yeux pétillants, avoua avec un petit rire :

– J'ai constaté que ta sœur ne jouait pas très bien, en effet. Mais elle prenait ses échecs avec fatalité.

– La force de l'habitude, dit Ninian en souriant.

Il ajouta soudain avec sérieux :

– Qu'as-tu pensé de ma jumelle, Sextus ?

Sextus prit le temps de réfléchir avant de déclarer :

– C'est une jeune fille étonnante. Elle était plongée dans un grand désespoir lorsque je l'ai accueillie ici...

– Notre père était mort depuis peu et notre cousin venait d'être tué.

– Je sais. Toutefois elle a réagi avec beaucoup de pugnacité. Elle était si déterminée à se rendre en Bretagne que je crois qu'elle serait parvenue à ses fins même si j'avais refusé qu'elle embarque à bord de mon navire. Je ne sais comment expliquer cela, Ninian, il y avait en elle une... une sorte de lumière. Comme si elle avait obéi à une force qui la guidait. Elle était habitée par sa mission. Quand, dans sa lettre, j'ai appris qu'elle avait donné au *dux bellorum* l'instrument de sa victoire, j'ai à peine été surpris. De ma vie, je n'ai rencontré qu'une seule femme à qui la comparer. Et elle a accompli des miracles.

– De qui s'agit-il ? interrogea Priscus.

– De Genovefa[1], une riche Lutécienne consacrée à Dieu. Imaginez qu'en 451, alors que les Huns dévastaient la Gaule, elle pressentit qu'Attila n'attaquerait pas Lutèce et persuada les habitants de la ville de ne pas fuir !

---

1. Fille d'un riche régisseur franc et d'une Gallo-Romaine, née vers 420 et morte vers 502. Elle est restée dans l'histoire sous le nom de sainte Geneviève. Elle joua notamment un rôle prépondérant dans la conversion de Clovis au catholicisme.

– J'ai entendu parler d'elle par mon père, affirma Ninian. On prétend que Dieu lui a donné le don de lire dans les esprits et qu'elle soigne les malades.

– Ne pourrait-on dire cela de ta jumelle ? interrogea Sextus avec un sourire en coin.

Ninian haussa les épaules.

– Soigner les malades, peut-être, mais lire dans les pensées ! Et puis Niniane est dépourvue de piété. Elle a rejeté la foi en notre Seigneur depuis des années.

– C'est vrai que, pendant son séjour ici, elle ne s'est pas rendue une fois à la messe, admit Sextus, désolé.

– Et son compagnon, Kian, qu'as-tu à en dire ?

Sextus eut une moue évasive.

– Pas grand-chose. Il était pratiquement muet. J'avais tendance à l'oublier malgré sa taille imposante. Il m'a semblé très dévoué à ta sœur.

– Il partage sa vie maintenant, fit Ninian, conscient de la nuance de mépris dans sa voix. Un ancien esclave ! Je n'arrive pas à me faire à cette idée !

– Un ancien esclave ? Je l'ignorais. Ne condamne pas ta sœur pour ce choix, Ninian. L'amour est souvent dépourvu de raison et, sans personne pour la guider, Niniane aura choisi d'épouser un homme qui lui rappelait son passé et pouvait la protéger.

– Si elle l'a épousé, marmonna Ninian. De toute façon, elle aurait refusé d'être guidée ! Elle n'en a toujours fait qu'à sa tête. Quant à Kian, malgré ses muscles, j'imagine qu'elle le mène par le bout du nez ! C'était le cas avec Caius et mon père, alors...

– Et avec toi, ajouta Sextus gentiment.

– Et avec moi.

– Tu sembles en colère contre ta sœur, remarqua soudain Priscus qui avait suivi cet échange avec attention. Est-ce que cela signifie que tu ne veux plus la rejoindre ?

Ninian hésita, conscient qu'en répondant à cette question il mettrait un terme à leur période de réflexion. Priscus, les yeux fixés sur lui, semblait retenir son souffle. Sextus aussi était suspendu à ses lèvres.

– En colère contre elle, peut-être. Mais surtout en colère contre moi. Pour de multiples raisons. Ce dont je suis certain, c'est que je veux la retrouver, et le plus vite possible. Voilà. Vous connaissez maintenant ma décision. Je sais que je risque ma vie et mon âme en partant pour la Bretagne, mais c'est ainsi.

– Je pressentais ta réponse, Ninian, soupira Sextus. Et toi, mon garçon, demanda-t-il à Priscus, souhaites-tu suivre ton ami?

Ce fut au tour de Priscus d'hésiter. Ses yeux allaient de Ninian à Sextus. Ninian l'encouragea :

– Ne crains pas de me causer du chagrin, Priscus. Et ne t'oblige pas à me suivre par amitié. Je crois, pour t'avoir observé ces jours derniers, que tu as trouvé ici le refuge dont tu rêvais.

Les yeux de Priscus s'embuèrent.

– J'aurais tellement l'impression de t'abandonner!

– Moi, répliqua Ninian avec autorité, j'aurais la certitude de t'arracher à ton destin en t'amenant en Bretagne. Et je priverais mon cher ami Sextus du bonheur de trouver un fils qui adoucira sa vieillesse. Nous nous sommes trompés de route en entrant au monastère, Priscus. Ne soyons pas stupides au point de recommencer.

# 4

Sextus offrit à Ninian ce qui était nécessaire à son voyage : une solide jument alezane, une épée, une bourse remplie de solidi[1], d'anneaux d'or, d'améthystes et de petits rubis qui serviraient de monnaie d'échange en Bretagne où l'argent n'avait plus cours.

Il écrivit aussi une lettre à remettre à un certain Murra, capitaine du *Fortuna*, le seul navire de Sextus qui fît la navette entre la Gaule et la Bretagne.

Cette oneraria[2] ne quittant Coriallo que quinze jours plus tard, Ninian profita encore de ses amis pendant quelque temps. Pourtant, malgré l'affection qu'il leur portait, il se sentait déjà loin d'eux. Toute son âme était tournée vers le départ et l'impatience le rongeait. Pour tromper l'attente, il partait seul pour de longues promenades en ville pendant que Priscus étudiait les arcanes du commerce avec Sextus.

---

1. Le solidus (pluriel solidi) est une monnaie créée vers 311 par l'empereur Constantin Ier. Le solidus connut une grande longévité et était encore utilisé à l'époque de ce roman. Il continua à circuler chez les Francs, son nom se transformant en « sol » puis en « sou ».
2. Grand voilier marchand à quille ronde.

Il profitait aussi de la bibliothèque de son ami et, l'après-midi, il s'installait souvent dans le jardin clos de la domus pour lire au soleil.

Ce fut là **qu'**il rencontra Nissa.

Peut-être ne l'aurait-il pas remarquée si elle n'avait pas été maladroite. Il était si absorbé par sa lecture des *Lettres à Lucilius* de Sénèque qu'il n'avait pas levé le nez quand on avait déposé près de lui une assiette de galettes au miel. Lorsqu'une douche d'eau fraîche se déversa sur ses pieds, il se redressa d'un bond avec une exclamation de surprise.

– Oh! Pardon domne[1]! Pardon!

Avant que Ninian ait pu prononcer une parole, la jeune esclave qui venait de renverser une cruche s'était jetée à genoux pour essuyer ses sandales trempées. Il n'aperçut d'abord qu'un chignon de boucles blondes, un dos étroit, de fines chevilles. Puis elle le regarda et le cœur de Ninian se figea avant de repartir au galop.

Elle avait de grands yeux bruns qu'éclairaient une multitude de paillettes dorées, le plus délicieux petit nez et des lèvres charnues qu'elle mordillait d'un air paniqué.

Une vague de chaleur enflamma Ninian qui recula en balbutiant :

– Relève-toi, ce n'est rien.

Elle se remit debout prestement.

– Je vais chercher une autre cruche, domne, je vous supplie de me pardonner.

Il ne put répondre que par un hochement de tête. Elle courut vers la cuisine sans qu'il la quitte du regard.

Il tremblait tant qu'il dut s'asseoir précipitamment. Il ferma les yeux et s'efforça de retrouver son calme.

1. Maître.

92

Deux ans sans approcher une fille – Azilis exceptée. Deux ans de prière et d'ascèse, deux ans passés à s'interdire de penser à la chair, à brimer son corps, à lui refuser ce qu'il exigeait avec tyrannie.

Respecter le vœu de chasteté proféré à son entrée au monastère était un combat quotidien. Douloureux et difficile. Il l'avait accepté sans se révolter.

Elle réapparut à l'angle du péristyle et vint vers lui d'un pas vif.

Elle versa un peu d'eau dans une coupe qu'elle lui tendit timidement, les paupières baissées. Il s'en saisit et se félicita qu'elle ne le vît pas trembler. Les doigts de Ninian effleurèrent ceux de la jeune fille, un délicieux frisson se propagea dans tout son corps, accélérant encore le rythme de son cœur.

Il but d'un trait puis demanda d'une voix plus ferme qu'il ne le craignait :

– Comment t'appelles-tu ?

– Nissa, domne.

– Je ne t'avais jamais vue.

– Je restais à la cuisine, domne.

Elle ajouta en plissant un peu le nez :

– Jusqu'à présent, on ne me laissait pas servir à table.

– Je comprends pourquoi !

– Domne, s'il vous plaît... Vous ne direz pas... Je devais justement débuter le service aujourd'hui !

« Qu'est-ce que tu me donnes en échange, ma mignonne ? » Voilà ce qu'aurait répondu Caius. Et il n'aurait eu qu'à se pencher pour se faire embrasser !

Quant à Marcus… Il l'aurait giflée pour l'avoir arrosé, ensuite… Ninian réprima sa pensée avec dégoût. D'une main hésitante, il caressa le visage de la jeune fille. Elle ne recula pas mais ses joues s'empourprèrent.

— Ne t'inquiète pas, murmura-t-il. Je me tairai.

— Merci, domne ! Merci !

Elle le salua avec une gaucherie adorable et s'enfuit. Il la suivit des yeux, le souffle un peu court.

Il avait tué l'abbé Mewen.

Il s'était enfui du mont Tumba.

Il n'était plus moine.

Plus rien ne lui interdisait de…

Ce soir-là, Nissa apporta le dessert. Ninian avait espéré son apparition et, lorsqu'elle entra dans la salle, il fut à nouveau submergé par cette chaleur intense qui se propageait dans tous ses membres et le laissait à la fois faible et fébrile. En le servant, la jeune fille lui offrit un sourire reconnaissant qu'il fut incapable de lui rendre tant son trouble était profond. Ensuite, bien qu'il participât à la conversation, il ne porta qu'une oreille distraite aux propos tenus par ses deux amis. Ses sens étaient en émoi et plus rien ne l'obligeait à les brider.

C'était délicieux et effrayant.

Il quitta la table le premier, laissant Sextus et Priscus disputer une partie de dames. Il avait besoin de réfléchir, de marcher sous le péristyle.

Dans le jardin envahi par l'obscurité, le chant d'un rossignol s'élevait. Ninian s'appuya à une colonne et respira l'air frais et embaumé du soir. Une conscience aiguë de l'instant le saisit : il était au bord de sa vie, il le savait. Bientôt, il quitterait ce refuge pour un avenir inimaginable, imprévu. Serait-il capable d'affronter le monde, lui qui l'avait toujours fui ? Seule la pensée de rejoindre Azilis le guidait. Une fois de plus, sa sœur dirigeait sa destinée.

Il perçut une présence derrière lui et se retourna, s'attendant à découvrir Priscus.

C'était Nissa.

Elle se tenait si près de lui qu'il sentait le léger parfum de ses cheveux. Il distinguait mal son visage dans l'ombre mais il devina l'intensité du regard qu'elle levait vers lui.

Il recula, effrayé par la force inconnue qui lui hurlait de prendre Nissa dans ses bras, de l'embrasser, de...

Elle se haussa sur la pointe des pieds et murmura à son oreille :

– Je voulais vous remercier, domne.

Et elle posa ses lèvres sur les siennes.

# 5

Chaque soir, jusqu'à la veille de son départ, Nissa vint le retrouver. Ninian n'était pas le premier amant de la jeune femme et, pour autant qu'il pût en juger, elle possédait déjà de grandes connaissances en amour. Elle l'abandonnait toujours au milieu de la nuit car elle devait se lever aux aurores pour travailler à la cuisine. Ninian se sentait honteux de la priver de sommeil mais il était incapable de résister à son désir. Ses journées se résumèrent alors à attendre ses nuits.

Il savait qu'il n'était pas amoureux d'elle et qu'il la quitterait prochainement. Il n'avait pas la moindre intention de l'épouser, n'avait même pas parlé de cette liaison à Sextus ou à Priscus. Il ne cherchait aucune excuse à son comportement. Il avait brisé ses vœux sacrés de moine et s'entêtait dans la voie de la damnation.

Lorsque Nissa le quittait, Ninian sentait l'angoisse le gagner et demeurait allongé dans le noir, incapable de fermer les yeux. Son corps épuisé ne demandait qu'à dormir mais son âme tourmentée l'en empêchait.

Que restait-il du Ninian d'autrefois? Qu'était devenue sa quête de pureté? Sa foi? Sa pudeur? Chaque nuit, Ninian découvrait avec stupeur son goût pour le plaisir, son insatiable gourmandise et sa témérité. Était-il le même homme qu'un mois auparavant? Jamais il ne se serait imaginé capable d'agir comme il le faisait. Mais avait-il jamais pensé qu'il tuerait son abbé?

Quel était cet inconnu qui l'habitait?

La peur d'être damné le tourmentait jusqu'aux premières lueurs de l'aube. Puis il s'endormait brutalement pour se réveiller tard, l'esprit embrumé, honteux de s'apercevoir qu'il avait rêvé de Nissa.

La nuit qui précéda son départ, elle pleura et il la consola de son mieux. Il ne ressentait aucune peine, juste un peu de regret à l'idée de ne plus partager la couche de la jeune femme.

Ninian refusa d'être accompagné par un esclave jusqu'à Coriallo mais fut forcé d'accepter l'arme que Sextus lui offrait. Il se savait incapable de la manier cependant il n'en dit rien au vieil homme. Cela n'aurait qu'augmenté son inquiétude et il lui aurait imposé un garde du corps dont il ne voulait pas.

Lorsque le moment de se séparer arriva, au matin du vingtième jour de septembre, les trois amis se firent des adieux émus mais brefs, refusant de prolonger ces instants difficiles.

– Je vous enverrai des nouvelles dès que je serai auprès d'Azilis, leur jura Ninian. Seulement vous savez que cela peut prendre du temps.

– Je n'aurai jamais rencontré ta sœur, soupira Priscus avec regret.

– Qui sait si nous ne viendrons pas un jour vous rendre visite? répondit Ninian. Si Arturus fait régner la paix sur la Bretagne, alors les voyages vers la Gaule redeviendront aisés.

– Puisse Dieu exaucer ce vœu, déclara Sextus. Et qu'il écarte de ta route tout danger. Nous prierons pour toi chaque jour, Ninian, afin qu'Il te protège et t'accorde Sa bénédiction.

Ninian eut un sourire forcé. Pourquoi Dieu protégerait-il un pécheur tel que lui? Néanmoins, il répondit :

– Je prierai pour vous aussi. Au revoir, que Dieu vous bénisse.

Ninian serra une dernière fois ses amis contre son cœur puis il monta en selle et s'éloigna au pas dans les rues d'Abrinca.

# 6

Au matin du quatrième jour de route, Ninian quitta le relais humide et inconfortable où il avait dormi et s'élança vers Coriallo le cœur en fête. Excepté des muscles endoloris par sa chevauchée prolongée, son voyage s'était déroulé sans le moindre problème. Était-ce le signe que Dieu était prêt à lui pardonner, lui indiquait-Il qu'il avait pris la bonne décision ? Le jeune homme voulait s'en persuader et cet espoir ranimait sa capacité à apprécier la beauté du monde.

Pour la première fois depuis des semaines, il s'émerveilla du chant du merle, admira la rosée qui étincelait sur une toile d'araignée, prit plaisir à respirer l'air au parfum de mousse et de fougère.

À quelques milles du port, en milieu d'après-midi, alors que la voie romaine s'enfonçait dans un sous-bois, Ninian ralentit l'allure et laissa son imagination s'emparer des rênes. Ce soir, il dormirait à Coriallo. La *Fortuna* quitterait vraisemblablement la Gaule le lendemain ou le surlendemain. Sextus l'avait prévenu qu'en cette période de l'année, la mer était souvent mauvaise

et qu'il risquait de souffrir des nausées et vomisse-
ments qui accompagnent fréquemment les traversées.
Ce serait pénible, certes, mais il débarquerait vite à
Portus Adurni[1] et ces malaises seraient aussitôt oubliés.
Ensuite, il filerait jusqu'à la villa d'Ynis-Witrin. Il imaginait déjà le visage de sa jumelle lorsqu'il se présenterait
chez elle, sa surprise, ses cris de joie. Ils auraient tant à
se raconter ! Et si elle était enceinte ? Qui sait ! Il serait
peut-être bientôt l'oncle d'un enfant d'Azilis !

Ces images d'un bonheur aussi probable que proche avaient un goût de miel. Ninian, les yeux perdus
dans le vague, souriait. Sa monture ralentit le pas sans
qu'il s'en aperçoive. Il ne réagit pas davantage lorsqu'elle s'arrêta devant une touffe de feuilles de noisetier qu'elle entreprit de dévorer.

Sa surprise fut totale quand un homme bondit d'un
taillis et le fit basculer de sa selle.

1. Aujourd'hui Porchester sur la côte sud de l'Angleterre.

# 7

Le souffle coupé, le dos meurtri par sa chute, Ninian se trouvait maintenu à terre par un bandit crasseux qui appuyait un couteau contre sa gorge.

– Tu vas m'donner ta bourse, mon mignon, et ton cheval, et tes beaux vêtements, et tu me baiseras les pieds pour me remercier de te garder en vie ! Allez, lève-toi !

Le voleur tira Ninian violemment par le bras pour le remettre debout.

– Déshabille-toi ! Vite ! Sinon c'est ton cadavre que je vais dépouiller.

Ninian, encore abasourdi, vit dans les yeux de l'homme qu'il exécuterait sa menace sans hésiter. Il détacha la lourde bourse de sa ceinture et la plaça à terre devant lui.

Les yeux de l'homme brillèrent de concupiscence. Son crâne chauve et la barbe hirsute et grise qui couvrait le bas de son visage donnaient l'étrange impression que sa tête était posée à l'envers. Lorsqu'il parlait, la bouche s'ouvrait sur la cavité sombre d'une bouche édentée à l'haleine immonde.

– Ma foi, c'est un bel oiseau que j'viens de plumer, un bel oiseau, vraiment! Allez, continue! Les vêtements maintenant. Dépêche-toi!

Ninian ouvrit la fibule d'or en forme de colombe et ôta sa saie. La gorge serrée, il enleva sa courte tunique de lin bleu, puis sa tunique longue. Comme il avait été stupide en s'entêtant à refuser la protection d'un garde! Alors qu'il était si près du but, il allait perdre ce que Sextus lui avait si généreusement donné par bêtise. Par lâcheté.

Car pas un instant il ne lui était venu à l'esprit de résister. Pas un instant il n'avait tenté de se battre. Il n'était plus moine pourtant.

Il s'immobilisa, les yeux fixés sur le bandit. Une fureur implacable montait en lui. Pas contre cet homme misérable, non. Contre lui-même.

– Les bottes! Et les braies! Tu crois pas que je vais te les laisser, quand même?

Ninian posa un genou à terre comme pour se déchausser. Son esprit fonctionnait à toute allure. S'il s'élançait vers sa jument qui broutait à dix pas de là, il lui était possible de s'emparer de son épée. Elle était glissée dans le fourreau attaché du côté gauche de la selle. Précisément le côté que le cheval lui montrait. Il était un piètre combattant, seulement le bandit l'ignorait. Que pouvait un poignard contre une épée? Il prendrait la fuite dès que Ninian la brandirait.

Ninian s'élança vers la jument sans plus réfléchir, surprenant l'homme par sa réaction aussi rapide que soudaine. Il esquiva le bandit qui tentait d'attraper son bras, empoigna l'épée au moment où le couteau de son adversaire se plantait dans son omoplate. Ninian poussa un cri de douleur mais ne lâcha pas son arme. Il se retourna en la brandissant devant lui. Le bandit recula, toutefois, contrairement à ce qu'avait espéré Ninian, il ne s'enfuit pas.

– Crois pas que tu m'fais peur, mon mignon, persifla-t-il. C'est pas une mauviette dans ton genre qui viendra à bout du vieux Tritos.

L'épaule de Ninian le brûlait. Le sang coulait de sa blessure. Pourquoi ce bandit s'entêtait-il? Cela se voyait donc tant qu'il était incapable de se battre?

– Va-t'en! cria Ninian d'une voix mal assurée. Pars!

L'homme ricana.

– Ma foi, t'as raison! J'vais pas m'obstiner pour des braies et une paire de bottes alors que j'ai une bourse pleine qui m'attend! Dommage pour le cheval...

Il avança à reculons jusqu'à la bourse sans quitter Ninian du regard.

« Il va la voler! pensa Ninian, paniqué. Il va prendre ce que Sextus m'a donné et je devrai renoncer à partir en Bretagne! »

Il ne pouvait accepter cela.

Ninian se précipita derrière l'homme qui s'apprêtait à prendre la fuite. Il hurla en levant l'épée :

– Lâche ça ou je te tue!

Le bandit se tourna vers lui au moment où Ninian arrivait à sa hauteur. D'un mouvement vif, il atteignit le flanc nu du jeune homme avec la pointe de son poignard. Ninian vit apparaître une longue trace écarlate sur sa peau dénudée. Il tituba avec un gémissement de douleur mais menaça l'homme de son épée.

Le bandit commença à tourner autour de Ninian à pas lents, le poignard pointé vers lui, prêt à bondir. Ninian sentit son front se couvrir de sueur, la peur accélérer son pouls. Le manche de son arme glissait entre ses paumes humides. Il raffermit sa prise, les mains tremblantes.

« Je vais mourir, pensa-t-il. Sans avoir revu Azilis. Sans avoir été absous de mes péchés. Et je serai damné ! »

Damné. Cela le terrorisait davantage que la mort elle-même.

*« Lève ton épée ! Plus haut ! Plus haut, bon sang ! Et regarde l'autre dans les yeux si tu ne veux pas qu'il te surprenne ! »*

Caius avait souvent tenté de lui apprendre à se battre. Ces phrases qu'il lui lançait avec hargne, exaspéré par son manque de pugnacité, résonnèrent soudain dans sa mémoire. Ninian leva son arme, planta son regard dans celui de son adversaire.

Il y lut sa condamnation à mort.

*« Ne montre pas que tu as peur, Ninian ! Attaque-moi ! Plus fort ! Oblige-moi à reculer ! »*

Ninian abattit son épée de toutes ses forces et faillit tomber, emporté par son poids. Il manqua de peu le bandit qui bondit sur le côté avant de plonger vers lui. Le jeune homme vit le poignard passer tout près de sa gorge. Il réussit à se redresser d'un coup de reins et à se mettre face à son ennemi, prêt à frapper.

Son cœur cognait violemment dans sa poitrine. Il serrait les dents, le souffle court, glacé de sueur et vacillant de peur. Sa force diminuait. Elle suintait hors de lui avec le sang qui coulait de ses blessures. Son épée devenait trop lourde, sa pointe tremblait. Des étincelles d'argent brillèrent devant les yeux de Ninian. Il cligna des paupières. L'homme se jeta sur lui avec un hurlement sauvage.

# La nuit de l'enchanteur

« *Frappe! Maintenant!* » lui cria Caius.

Ninian abattit son arme sur la tête du bandit. La lame fendit le crâne et le traversa jusqu'aux dents. Un flot de sang jaillit, éclaboussant le visage et les mains de Ninian.

Il lâcha l'épée et tomba sur le sol, évanoui.

# 8

La *Fortuna* tanguait fortement dans les eaux du port de Coriallo. Les marins avaient levé les voiles qu'un vent assez vif gonflait, prêt à l'emporter de l'autre côté de la mer dès que l'ancre aurait été remontée. Ninian s'appuya contre le bastingage et grimaça lorsque la douleur de son ventre se réveilla. « Rien de bien méchant », lui avait assuré le chirurgien qui l'avait recousu à son arrivée en ville. « Rien de bien méchant, peut-être, songea Ninian en plissant le nez, mais un rien qui fait drôlement mal. »

Son réveil auprès de l'horrible cadavre de son attaquant avait la texture d'un cauchemar. Il se souvenait d'avoir ramassé ses affaires et de s'être traîné jusqu'à sa jument qui l'avait emmené au pas jusqu'à Coriallo.

Sa mémoire ne conservait pas trace du voyage. Avait-il à nouveau perdu conscience ? Pourtant, il se rappelait avoir montré la lettre de Sextus Cogles pour le capitaine Murra aux gardes des portes de la ville. Ensuite, on l'avait soigné et il avait dormi.

Deux jours après le combat, vents et marées se montrant favorables, Ninian était monté à bord du navire à coque ronde. Comme Azilis quelques mois auparavant. Maintenant, il attendait le départ avec impatience.

Le capitaine s'arrêta près de lui et, soulevant le vieux bonnet de cuir qui protégeait son crâne chauve, il déclara en se grattant la tête :

– Sauf votre respect, domne, j'ai embarqué au printemps dernier une femme qui vous ressemblait beaucoup !

Ninian lui répondit avec un large sourire :

– C'est ma jumelle, capitaine. Et je la rejoins.

– Vraiment ? Eh bien, prions la Bonne Dame qu'elle nous réserve une traversée aussi calme que celle qu'elle a connue.

Ninian acquiesça et regarda Murra s'éloigner pour donner l'ordre aux marins de remonter l'ancre.

Puis il ferma les paupières et, lorsqu'il sentit le bateau prendre le vent et s'éloigner du port, il lança un appel silencieux à sa sœur :

– Me voilà, Niniane ! Je viens te retrouver !

Quand il rouvrit les yeux, des centaines de mouettes plongeaient vers le ciel gris et leurs cris stridents s'éparpillaient dans les nuages.

# II

# L'enchanteresse

Mars 478.
Île de Bretagne.

*La fumée s'élevait en volutes blanches avant d'être aspi-rée vers le ciel et de s'enfuir vers l'ouest. Myrddin emplit ses poumons de son parfum âcre, psalmodiant à mi-voix les paroles sacrées, ajoutant de nouvelles feuilles dans le feu, respirant plus vite, plus fort – toujours plus fort sans cesser de réciter les mots rituels. Jusqu'à l'ivresse, jusqu'à ce que les mots et la fumée soient un.*

*Tourbillon de temps et de non-temps. De lumière et de ténèbres.*

*Enfin son corps le libéra. Il vit son être de chair étendu sur la pierre tiède et suintante de la grotte. La teinte bleutée de l'atmosphère lui confirma qu'il quittait le monde physique. Puis il fut aspiré au-dehors. Son esprit traversait le vent, parcourait les quelques milles qui le séparaient du Tor[1], surplombant tourbières et marécages avalés par la nuit, ne relâchant jamais sa concentration. Il devait maîtriser son énergie, la canaliser sans cesse, sinon...*

*C'était une tâche ardue de chevaucher le vent mais il la préférait à toute autre.*

1. Haute colline solitaire, de forme conique, qui se dresse tout près d'Ynis-Witrin, aujourd'hui Salisbury.

*Et cette nuit le plaisir était multiplié. Parce qu'il allait la rejoindre, elle, sa compagne d'éternité.*

*Il resterait invisible à ses yeux comme aux yeux de tous. Il l'envelopperait, brume immatérielle, percevant chacun de ses gestes, chacun de ses soupirs.*

*Trop de mois avaient passé sans qu'il pût l'approcher. Une attente insoutenable. Or elle lui était destinée. Depuis la nuit des temps. Même si elle ne l'admettait pas.*

*Il entra dans la villa isolée au pied du Tor. Niniane était là. Sa présence l'attirait comme un aimant et se laisser guider ainsi était un délice. Il s'engouffra dans la chambre, devina un air tiède, la chaleur d'un feu.*

*Assise dans un haut fauteuil d'osier, elle semblait absorbée dans une rêverie. Elle lui parut plus belle encore que dans son souvenir. Ses cheveux dénoués étaient plus longs, ses grands yeux verts brillaient à la lumière des lampes à huile. Il remarqua le rouleau de papyrus qu'elle tenait sans le lire, la courbe de ses lèvres boudeuses, une mèche châtain sur la peau blanche de sa nuque.*

*Au fond de la grotte, son cœur s'affola, son corps frémit d'amour. Alors il fut projeté hors de la pièce et sa vision n'embrassa plus que des contours informes.*

*« Non! Pas maintenant! Concentre-toi! »*

*Parce qu'il était un maître chevaucheur, parce que sa volonté mille fois exercée dominait ce rite épuisant, il parvint à maintenir son esprit éloigné de ces corps. Du sien, qui l'appelait. Et de celui de la femme qu'il désirait.*

*Mais il eut conscience d'une douleur fulgurante, là-bas, dans la grotte. On ne scinde pas son être aussi brutalement sans en payer le prix. Et il payerait le prix, quand ce serait fini.*

*Il flottait de nouveau près d'elle. Elle lisait le rouleau à mi-voix. Les sons du monde matériel lui parvenaient mal.*

Il perçut une autre présence. Le tueur de berserker, bien entendu. L'homme s'avança vers sa compagne, déposa un baiser sur ses cheveux.

Le coup de fouet de la jalousie aurait pu le chasser, mais il s'était préparé à cette vision désagréable. L'homme s'adressa à elle.

– Je connais tout ça par cœur, dit-elle. Je vais mourir d'ennui. Quand je pense à la bibliothèque de mon père !

– Mourir d'ennui ! Comme si tu ne faisais rien de tes journées !

– Tu ne comprends pas, Kian. Tu ne peux pas comprendre.

L'amertume de ces paroles inonda Myrddin d'une joie sans égale. Bien sûr que tu t'ennuies, belle Niniane ! Ton âme a soif et ne trouve aucune source où s'abreuver. Mais cette allégresse était périlleuse, comme les autres émotions. À trop se déconcentrer, il ne reviendrait pas. Le Myrddin de chair risquait la mort. C'est alors qu'il la vit froncer les sourcils, puis lever la tête, perplexe.

– Tu as senti ?

– Quoi ?

– Je ne sais pas, un courant d'air. Et puis... cette odeur d'herbes brûlées. Ce n'est pas le brasero. Étrange.

Jamais, jamais personne n'avait perçu sa présence ! Il aurait juré que c'était impossible. À la passion qui le dévorait se mêla le respect du maître pour l'élève brillante. Le don de Niniane était-il développé à ce point ? La découverte dépassait ses espérances. S'il lui transmettait son savoir, elle l'égalerait vite et sans mal.

Sans doute le surpasserait-elle.

Quelle importance si, en échange, elle lui accordait son amour ?

# L'eau rouge
# de la déesse

Mars 478.
Ynis-Witrin.

# 1

Depuis l'aube, le vent soufflait du nord, secouait les branches, couchait les herbes, serpentait autour de la colline comme un dragon de glace. Azilis avançait le dos courbé, serrant son lourd manteau. Elle encouragea Enid.

– Nous y sommes presque.

Elles tombèrent à genoux au bord de la source. Enid tira une outre de son sac de jute.

L'eau de la source était rouge comme du sang dilué.

– Attends ! ordonna Azilis. Remercie la Déesse.

Elle trempa ses mains dans l'eau glacée, les porta à ses lèvres et but, les yeux fermés, s'imprégnant de cette saveur ferreuse.

Enid l'imita avec un sérieux un peu gauche.

– Maintenant recueillons l'eau qu'Elle nous offre.

Elles remplirent chacune leur outre. Azilis leva les yeux vers le Tor. Sur son flanc tremblaient des buissons décharnés, et plus haut une énorme croix de bois défiait la tempête. Un sentier dessinait une spirale abrupte autour du mont.

Azilis était montée en haut du Tor peu après son arrivée à Ynis-Witrin, l'été précédent. Au fur et à mesure de l'escalade, elle avait vu se déployer un paysage grandiose qui, depuis, lui était devenu familier.

Au sud comme à l'ouest, les basses terres étaient noyées dès l'automne par les rivières et par la mer qui grignotait la côte. C'était un pays de tourbières et de marais où les hommes se déplaçaient dans de fins canots de bois noir. Le royaume des loutres, des courlis et des orchidées. L'hiver le figeait dans une brume perpétuelle, avec pour seules couleurs les baies rouges du buis et les ramures jaunes des saules. Des centaines d'oiseaux migrateurs traversaient le ciel sombre. Du nord, des meutes de loups descendaient des montagnes creusées de cavernes où, disait-on, des hommes vivaient.

– Gwyar affirme...

Enid s'interrompit et ferma son outre.

– Quoi?

– Que le Tor est la demeure de Gwyn ap Nudd[1]. Le seigneur de l'Autre Monde, le seigneur des fées.

Azilis approuva d'un signe de tête.

– D'après Gwyar, continua Enid, les moines ont eu tort de s'installer là-haut.

– Gwyar est bonne cuisinière mais elle n'est pas maligne. C'est justement parce que Gwyn ap Nudd habite là que les moines y ont planté leur croix. Ne te méprends pas sur eux, Enid. Ils ne portent pas d'armes mais ils ont des âmes de guerriers. Et leur but est d'éliminer jusqu'au souvenir des dieux anciens.

– Ils n'y arriveront pas. Comment des hommes chasseraient-ils des dieux?

---

1. Une des missions de Gwyn ap Nudd est de guider les âmes des morts vers l'Annwryn, l'Autre Monde des Celtes, accompagné d'une meute de chiens fantastiques.

# Azilis

Azilis souleva l'outre alourdie par cette eau rouge qui était l'énergie de la déesse, inépuisable et bienfaisante. Elle guérissait depuis l'aube des temps, depuis l'époque où un peuple mystérieux avait érigé les pierres levées[1].

Elle fit quelques pas sur le chemin de la villa puis se tourna vers la croix qui, là-haut, défiait les puissances telluriques.

– Chasser les dieux n'est pas difficile, murmura-t-elle. Comment survivraient-ils si personne ne les craint ni ne les adore?

---

1. Les menhirs et dolmens qui furent dressés par des peuples du néolithique.

# 2

Il pleuvait quand elles parvinrent à la villa. Elle ne ressemblait pas à la riche demeure de Gaule où Azilis était née. Le péristyle ne courait que sur deux côtés qui se joignaient à angle droit. Un des bâtiments s'achevait par des thermes inutilisables ; l'autre par la cuisine, la boulangerie et les réserves. Le tout encadrait un jardin à l'abandon où Azilis avait entrepris de planter des simples.

La ferme terminait le carré : s'y succédaient ateliers, écurie, forges, étable, porcherie, quartier des serviteurs. Une dizaine de personnes travaillaient dans le domaine. Parmi eux Gwyar, la cuisinière, et Math, l'intendant rigoureux et dévoué qu'Azilis avait tout de suite apprécié.

Deux gros chênes marquaient la séparation entre la maison de maître, la pars urbana, et la ferme, la pars rustica. Frontière théorique que ne respectaient ni les oies ni les poules qui paradaient dans le péristyle ou grattaient la terre du jardin, à la fureur d'Azilis. Un portail de bois fermait l'ensemble.

La petite villa avait un bon rendement, grâce aux champs d'orge et aux troupeaux de moutons. Quand elle était arrivée à Ynis-Witrin, le mois d'août précédent, Azilis avait étudié les comptes avec Math et compris qu'Arturus l'avait magnifiquement récompensée. Il n'y avait pas d'esclaves sur ses terres, seulement des métayers qui versaient comme loyer une part de leurs récoltes ou de leurs troupeaux. Ils vivaient dans des hameaux de huttes rondes aux toits de chaume, aussi anciennes et solides que le Tor.

Azilis avait parcouru son domaine à cheval en compagnie de Kian. Ces chevauchées à deux éveillaient l'écho d'anciennes promenades dans la Gaule de son enfance. Mais ici, elle n'était pas la fille rebelle du riche Appius Sennius. Elle était dame Niniane, la maîtresse des lieux, une magicienne auréolée de prestige qui avait apporté au dux une épée miraculeuse.

À peine Azilis eut-elle pénétré avec Enid dans la pars rustica qu'elle fut hélée par Gwyar.

– Dame Niniane! S'il vous plaît! Venez vite!

Elle hésita. Elle avait aperçu Kian dans l'écurie. Comme chaque fois qu'elle le retrouvait elle n'avait qu'un désir : se blottir contre lui, enfouir son visage dans son cou. Mais Gwyar paraissait anxieuse. Sans doute un malade qui attendait des soins. Azilis se contenta de saluer Kian de loin, puis se dirigea vers la cuisine, suivie d'Enid.

# 3

– Cette pauvre femme vous attend depuis plus d'une heure, murmura Gwyar en désignant une forme recroquevillée près du four. Je craignais que vous n'arriviez trop tard...

La cuisinière eut une grimace pessimiste.

Azilis s'approcha. La visiteuse semblait épuisée. Elle tenait serré contre son cœur un enfant, emmitouflé d'une peau de mouton, qu'elle tendit à Azilis.

– Sauvez-la, dame Niniane ! Vous seule le pouvez !

Azilis prit le petit être qui respirait avec peine. La fillette n'avait pas quatre ans. Ses cheveux noirs collaient à son front humide. Elle avait de longs cils et des joues rondes que la fièvre rendait écarlates. Elle se mit à tousser, son corps fut secoué de spasmes.

– Depuis combien de temps est-elle ainsi ?

– Six jours. Ça a commencé avec la nouvelle lune. Au début une toux grasse, un gros rhume. Et puis la fièvre est arrivée. Depuis ce matin elle est inconsciente.

La femme étouffa un sanglot :

– Mon mari dit qu'on a déjà quatre filles, que si Dieu veut la reprendre, ça en fera une de moins à nourrir, et que le prochain sera sûrement un garçon. Mais je ne peux pas penser comme lui !

Azilis serra les dents et s'abstint de la moindre remarque. Elle demanda :

– Comment t'appelles-tu ?

– Arane. On est de Cellinrhos, le village au nord. Mon mari est berger. Moi, je fabrique le fromage et je file la laine. D'ailleurs j'ai de quoi vous payer, dame Niniane !

Elle déplia une couverture. La laine teintée de jaune, de rouge et de vert, tissait un damier chaleureux.

– C'est toi qui l'as teinte ? Elle est magnifique ! la complimenta Azilis en caressant l'étoffe. Garde-la pour la vendre.

La fillette fut à nouveau prise d'une quinte de toux qui la laissa inerte et gémissante dans les bras d'Azilis.

– Je vais l'examiner tout de suite. Je ferai mon possible mais je ne garantis rien. Enid ! Prends une poignée de fleurs d'armoise séchées, fais-la bouillir dans dix fois sa quantité d'eau et infuser dix minutes, puis apporte-moi cette tisane.

Elles se rendirent aux thermes, dans l'ancienne salle des bains transformée en infirmerie. Azilis avait fait combler la piscine et installé des paillasses sur le sol dallé. Les dauphins de mosaïque bleue qui bondissaient autrefois à l'aplomb des baigneurs s'ébattaient maintenant au-dessus d'une longue table où elle disposait ses instruments de travail. Elle y coucha l'enfant et la déshabilla. Sa gorge se serra à la vue du corps brûlant et frêle, plus proche de la mort que de la vie.

– Quel est son nom ? demanda-t-elle.

– Adwen, répondit la mère d'une voix étouffée.

Azilis saisit les mains d'Adwen et ferma les yeux pour se concentrer. La pitié lui serrait tellement le cœur que cela lui coûtait un effort énorme. Elle devait chasser toute émotion pour percevoir le mal. Un jour, pleurant au chevet de sa mère mourante et voyant l'Ancienne de la forêt affairée et impénétrable, elle avait éprouvé de la haine envers elle. Celle-ci l'avait deviné et lui avait dit, serrant ses mains à les broyer : « Quand tu soignes, affronte la force du mal avec ta force, n'ajoute pas ta faiblesse à la faiblesse du malade. » Azilis se répétait cette phrase dès qu'elle abordait un malade.

Peu à peu le calme s'installa en elle, le désir de soigner grandit, l'emplit entièrement jusqu'à ce que ne subsiste aucun autre sentiment.

« Mais ma force ne vient pas de moi », avait ajouté Rhiannon.

Azilis rouvrit les yeux et fixa la fillette dont elle tenait toujours les mains au creux des siennes.

– Adwen, appela-t-elle. Adwen, je sais que tu m'entends. Je m'occupe de toi. Je chasserai cette fièvre et cette toux. Je vais chercher pourquoi elles sont là et comment te soigner. Après, ta mère te reprendra dans ses bras.

La petite bougea doucement. Azilis perçut un mouvement des paupières. Elle lui caressa la tête puis écouta les battements du cœur, le souffle des poumons. La respiration était embarrassée. C'était contre cela qu'il fallait lutter, contre l'encombrement des bronches. Mais la fièvre devait d'abord tomber. Sinon Adwen mourrait.

– Retourne à la cuisine, ordonna-t-elle à la mère. Dis à Gwyar de mettre de l'eau à chauffer puis de m'apporter une outre remplie de l'eau de la source ainsi qu'une bassine de cuivre.

– Dame Niniane, hasarda Arane. Vous... Vous ne la couvrez pas ? Elle grelotte !

En effet l'enfant tremblait et ses lèvres bleuissaient. Azilis l'enveloppa dans un voile de lin.

– C'est la fièvre. Si le feu est trop fort, le nourris-tu ? Non, n'est-ce pas. Il en va de même pour le feu qui brûle son corps. Il faut l'éteindre et non l'entretenir en ajoutant de la chaleur.

Arane hocha la tête et fila à la cuisine mais Azilis avait senti son trouble. Si l'enfant mourait – le risque était élevé – Arane raconterait que dame Niniane n'était pas si puissante. Qu'elle avait exposé au froid une fillette affaiblie. La fée guérisseuse se transformerait en sorcière tueuse d'enfants.

Elle soupira. Souvent des malades ou des blessés à qui on avait vanté les dons de dame Niniane s'étaient présentés. Elle les avait toujours guéris. Aujourd'hui cependant la lutte serait ardue, et Azilis refusait de perdre. Elle voulait sauver cette petite fille fragile que son père avait déjà abandonnée. De toute son âme.

Elle revit soudain Ormé, le chiot que son frère Marcus avait condamné à la mort[1]. Bien sûr il n'était pas question ici d'un chien. Mais elle retrouvait ce qui l'avait animée. Une détermination implacable.

Elle prit l'enfant dans ses bras, chuchota des mots rassurants à son oreille. Quand Gwyar apporta la cuve d'eau chaude, Azilis y versa l'eau de la source glacée jusqu'à obtenir un bain tiède où elle plongea Adwen.

1. Voir *Azilis, L'épée de la liberté.*

Alors tout disparut pour Azilis en dehors de la fillette et des mots magiques enseignés par Rhiannon, qu'elle psalmodiait pour éloigner l'esprit maléfique de la fièvre. Elle sentait monter en elle une puissance immense qu'elle reconnaissait mais qu'elle n'avait jamais utilisée à un tel degré. Des vagues d'énergie irradiaient de ses mains, se joignant aux forces de l'enfant qui demandait à vivre.

Soudain Azilis ressentit une secousse brutale. Elle rouvrit les paupières et plongea les yeux dans ceux de la petite fille qui venaient de s'ouvrir.

– Elle est sauvée, murmura-t-elle d'une voix rauque. Prends-la dans tes bras, Arane.

# 4

La mère enveloppa Adwen dans la peau de mouton en sanglotant. L'enfant pleura doucement. Azilis s'avança de quelques pas mais trébucha, épuisée. Enid la rattrapa et l'aida à s'asseoir.

– Je dois me reposer, murmura-t-elle. Enid, fais-lui boire la tisane d'armoise. Ainsi qu'une décoction de houx.

Elle ferma les yeux. La pièce tanguait.

– Il faut que je mange, ajouta-t-elle. Je me sens faible.

– Allongez-vous ! Vous tremblez !

– La décoction : trois poignées de feuilles séchées que tu auras fait bouillir doucement. Tu sucreras la tisane de miel pour qu'elle l'avale plus facilement.

– Je sais, dame Niniane, j'ai l'habitude.

– Maintenant, le cataplasme : un bol de farine de lin dans quatre bols d'eau. Tu cuis pour épaissir, tu étales entre deux bandes de tissu fin, tu saupoudres de farine de moutarde. Elle pleurera mais c'est le meilleur remède. Il faudra le changer toutes les trois heures.

– Reposez-vous, comptez sur moi.

Azilis remercia une fois de plus la providence qui avait mis Enid sur sa route. Non seulement la jeune fille avait une excellente mémoire et la secondait parfaitement, mais elle prenait des initiatives et ne perdait jamais son sang-froid. Et puis Azilis appréciait son esprit vif, sa gentillesse et ses éclats de rire. Elle ne la considérait pas comme une servante, plutôt comme une aide précieuse, peut-être même une confidente.

Arane se jeta à ses genoux, sa fille toujours serrée dans ses bras.

– Je t'en prie, relève-toi, dit Azilis. Tu dormiras ici avec Adwen. Il lui faut plusieurs jours de soins.

– Mais... Je ne peux pas rester ! Mon mari a besoin de moi au village. Mes autres filles aussi.

– Alors pars et viens la reprendre dans sept jours. Si tu l'emmènes, elle ne survivra pas.

– M'est avis que c'est folie de repartir d'ici à la nuit tombée, grommela Gwyar qui assistait à la scène les bras croisés. Avec ce loup qui rôde !

– Math la raccompagnera à cheval.

– Pauvre Math ! soupira la cuisinière en quittant la pièce.

– Je reviendrai dans sept jours, dame Niniane. Mais prenez ma couverture, je vous en prie. Ce sera pour moi un honneur de la savoir chez vous.

– Dans ce cas je la garde, Arane, et te remercie. Pour cette nuit je confie Adwen à Enid.

Arane donna son enfant à la servante. Azilis observa un moment le petit visage apaisé. Soudain des mots jaillirent de sa bouche avant que sa pensée fût intervenue :

– Dis à ton époux qu'il n'a plus de souci à se faire pour sa fille. Il n'aura pas à l'entretenir longtemps car, si tu l'acceptes, je la prendrai à mon service. Quand elle aura sept ans.

Enid ouvrit des yeux ronds. Azilis la désigna de la main.

– Comme à cette jeune fille, je lui enseignerai l'art de guérir et le secret des plantes. Si elle parvient à soulager la souffrance, elle n'aura plus à dépendre d'un homme.

Arane, muette de stupeur, se jeta à nouveau aux pieds de la jeune femme.

Titubant vers sa chambre, Azilis se demandait ce qui l'avait poussée à faire une telle offre.

# Ynis-Witrin

# 1

La dague traversa l'air en sifflant et se planta au centre de la cible. Lleyn battit des mains avec enthousiasme et se précipita pour ôter la lame du vieux bouclier de bois où elle s'était fichée.

– Encore pile au milieu, seigneur Kian !

Kian le remercia d'un sourire. Cela faisait plus de vingt fois que le jeune palefrenier rapportait la dague. Il ne montrait pourtant aucun signe de lassitude.

Kian soupira et jeta un regard vers l'extérieur. La nuit était tombée et il pleuvait toujours. Lleyn et lui se trouvaient dans un coin de la grange que Kian avait aménagé pour s'entraîner à l'arc les jours de mauvais temps. Il y avait passé tous ses après-midi depuis l'arrivée de l'automne, six mois plus tôt.

Il avait consacré les mois d'hiver à former les jeunes gens du domaine au maniement de l'épée et au tir à l'arc. Après s'être occupés du bétail, ils rejoignaient Kian dans la grange où il leur enseignait les rudiments du combat. Une attaque saxonne était improbable, mais Kian n'avait rien trouvé de mieux pour passer le temps. Il fallait occuper les longues journées froides et brumeuses tandis qu'Azilis soignait des malades ou concoctait des remèdes. Kian, si patient quand il était esclave, avait découvert l'ennui.

Ces dernières semaines, pour changer de ses armes habituelles, il s'entraînait à lancer le poignard avec une dextérité de plus en plus affirmée. Il était devenu excellent et se promettait de s'exercer sur une cible mouvante – il pourrait sans mal persuader Lleyn de se promener avec le bouclier... Mais ensuite? Que ferait-il? Quelle occupation trouver pour ne pas se morfondre? Les tâches domestiques qui occupaient sa vie en Gaule lui étaient dorénavant interdites. Un seigneur ne répare pas les clôtures, n'abat pas les arbres morts, ne nettoie pas les écuries.

– Vous ne continuez pas, seigneur Kian?

– Non, ça suffit pour aujourd'hui. Dame Niniane a sans doute fini de s'occuper de sa malade. Je vais la rejoindre.

Il avait à peine aperçu Azilis après son retour de la source. Un signe de la main, un sourire. Et puis l'attente, l'attente... comme à l'époque, en Gaule, où sa journée ne commençait qu'avec leur promenade quotidienne, toujours trop brève à son goût.

Il traversa la cour, s'engouffra sous le péristyle et pénétra dans la villa où il rejoignit sa chambre d'un pas rapide. Azilis, assise sur le lit, ôtait ses chaussures de cuir d'un air las. Aussitôt il fut envahi d'une chaleur immense et se reprocha son impatience. Il la serra contre lui et l'embrassa.

# 2

Azilis eut à peine la force de raconter à Kian ce qui l'avait retenue si longtemps. Elle sombra très vite dans un sommeil aussi profond que réparateur dont elle sortit brutalement. Quand elle ouvrit les yeux, elle trouva son compagnon allongé près d'elle, silencieux. Il l'observait de son beau regard doré si difficile à déchiffrer, toujours à demi caché par des mèches brunes.

– J'ai beaucoup dormi ?

Il caressa sa joue du bout de l'index :

– Environ une heure.

– Et tu es resté là ?

– Oui.

– Tu ne t'ennuyais pas ?

– Je te regardais, comment aurais-je pu m'ennuyer ?

– Flatteur, dit-elle en riant. Tu viens sans doute juste de revenir !

– Absolument pas. Je réfléchissais, figure-toi.

– Ho ! Ho !

– Je pensais que si tu avais proposé de prendre cette enfant comme élève, c'était peut-être parce que tu avais envie d'avoir une petite fille comme elle.

Elle le dévisagea, interloquée. L'explication était logique, mais elle n'y avait pas songé un instant. Il lui avait semblé qu'un dessein plus grand, plus large, l'avait poussée à faire cette offre.

– Tu as sans doute raison, concéda-t-elle. Tu aimerais avoir un enfant de moi?

– Évidemment, déclara-t-il avec un mince sourire.

Elle le trouva soudain très beau, très désirable. Son cœur battit plus vite, un élan irrésistible l'attira contre lui.

– Et si nous tentions notre chance tout de suite? suggéra-t-elle en l'enlaçant.

Il l'embrassa avec fougue et elle se sentit fondre dans ses bras. Pourtant il s'interrompit brutalement et se leva d'un bond.

– Mais que fais-tu?

– Des cavaliers.

– Des cavaliers? s'exclama Azilis, frustrée. Je n'ai rien entendu!

– Je vais voir ce qui se passe.

Kian franchit la porte et elle le suivit, s'enveloppant d'un grand châle. Dès qu'on s'éloignait du brasero, l'air humide et froid collait à la peau comme une boue invisible. Kian s'était saisi de son épée. Quelques mois de vie paisible n'avaient pas effacé ses réflexes. Soudain Azilis perçut des éclats de voix et des hennissements. Son estomac se noua. Les Saxons ne représentaient pas une menace dans cette région mais les brigands étaient toujours à craindre.

Enid, les joues rouges et la mine épanouie, parut à la porte de la chambre.

– Le seigneur Caius et le dux Arturus! Ils attendent dans le vestibule!

La joie de revoir son frère balaya l'étonnement causé par la nouvelle. Azilis s'élança comme si elle avait eu dix ans, oubliant qu'elle était dame Niniane, la guérisseuse d'Ynis-Witrin.

# 3

Caius et Arturus n'étaient pas seuls. Trois guerriers les accompagnaient, escortés d'adolescents aux visages farouches. Ils encombraient l'entrée de leurs hautes statures et de leurs exclamations, secouant leurs manteaux trempés, empilant arcs, épées et boucliers contre les murs. Cabal, le molosse d'Arturus, surveillait la scène en remuant la queue. Dehors retentissaient les aboiements d'une meute de chiens. Ce remue-ménage contrastait violemment avec le calme habituel à la villa.

Un faucon battit des ailes, s'éleva au-dessus d'une épaule, et revint se percher quand son maître tendit le poing. Azilis ne put que remarquer la beauté du fauconnier. Elle était certaine de n'avoir jamais vu ces yeux d'un noir profond, ces traits parfaits, ces cheveux cuivrés.

Une poigne de fer la souleva pour la plaquer contre un baudrier de cuir et le rire de Caius résonna.

— Niniane ! Petite sœur !

Il la reposa à terre et serra Kian contre lui.

– Tueur de berserker ! Comment vas-tu, mon frère ?

Kian s'épanouit et rendit son étreinte à Caius.

– Kian et Niniane, déclara Arturus, pardonnez-nous cette intrusion. Elle est inattendue, tardive, et nous sommes nombreux. Pouvons-nous abuser de votre hospitalité ?

Azilis s'inclina devant le dux bellorum.

– C'est un bonheur de vous recevoir, mon seigneur. Que notre maison en soit digne et vous fasse oublier la fatigue du voyage.

Caius repartit d'un rire franc.

– Par le Christ, Niniane, te voilà guindée comme une vieille matrone ! Nous ne sommes pas en délégation devant l'archevêque !

– Ne reproche pas à ta sœur la bonne éducation que tu as oubliée, protesta Arturus en riant à son tour. Mais c'est vrai, Niniane, je fuis les mots convenus et les cérémonies. Je m'arrête chez toi en ami. Je projette une partie de chasse. Je voulais aussi retrouver un frère d'armes, dit-il en posant la main sur l'épaule de Kian. Et la fée qui m'a apporté l'arme de la victoire, ajouta-t-il en désignant Kaledvour, qu'il avait appuyée contre le mur.

Le cœur d'Azilis s'emballa. Dans sa mémoire surgit le visage exalté de son cousin Aneurin quand il évoquait cette lame forgée avec son sang. Une vague de tristesse la submergea. Aneurin comptait offrir Kaledvour au roi des Bretons, Ambrosius Aurelianus. Mais il était mort avant de quitter l'Armorique, et Ambrosius avant de recevoir son présent.

Le destin avait fait d'elle et de Kian les porteurs de l'épée, puis d'Arturus son possesseur.

– Allez, petite Niniane ! s'exclama Caius. Remets-toi ! Et ne t'inquiète pas, nous n'arrivons pas les mains vides. Tes serviteurs trouveront un daim devant la porte.

Arturus présenta ses compagnons. Azilis avait croisé le plus âgé, Petrus, à Sorviodunum. Le beau fauconnier, nommé Gwynnan, était le fils d'un chef de clan des montagnes d'Arfon[1]. Quant aux quatre adolescents qui les accompagnaient, ils étaient leurs porte-lance et apprenaient à se battre auprès des guerriers qu'ils servaient.

– Bien sûr, acheva Arturus, nul besoin de vous présenter Myrddin.

Azilis se tourna plus vivement qu'elle n'aurait voulu. Immobile, vêtu de noir, Myrddin s'était fondu dans l'ombre près de l'entrée.

Azilis frémit en rencontrant son regard bicolore. Il lui sourit avant de rejoindre les autres dans la salle à manger.

Azilis expira nerveusement. Pourquoi réagissait-elle ainsi ? Elle était incapable de démêler ses sentiments. Joie ? Peur ? Surprise ? Soulagement ? C'était incompréhensible.

– Dame Niniane, que dois-je dire à Gwyar ?

Enid l'avait attrapée par le bras.

– Qu'elle cuisine sans tarder ce qu'elle a de meilleur. Qu'on utilise la belle vaisselle. Et qu'on perce un tonneau de bière. Ah, j'oubliais ! Il faudra dépecer le daim, le saler, le fumer.

Enid l'observait avec préoccupation.

– Est-ce que vous allez bien ? Vous tremblez. Vous êtes-vous assez reposée ?

1. Région du mont Snowdon, au nord du Pays de Galles.

– Ce n'est rien. Seulement... l'émotion. De revoir mon frère. De recevoir Arturus.

– Je comprends. Ils sont tellement impressionnants !

– Comment va Adwen ?

– Elle dort. Elle a bien supporté le cataplasme. Ne vous inquiétez pas, je m'occupe de tout.

Azilis la remercia, respira profondément et rejoignit ses visiteurs.

Elle refusait que Myrddin la voie trembler.

# 4

Bière et plaisanteries d'hommes, le repas trancha avec le quotidien d'Azilis et de Kian qui vivaient dans un isolement à peine rompu par de silencieuses chevauchées ou des visites de malades.

Deux tables avaient été dressées. Les quatre portelance siégeaient à la plus petite. Ils devraient se contenter d'une vaisselle de terre cuite. Verres et plats en argent étaient réservés à leurs seigneurs, au barde et aux maîtres de maison.

Azilis jouait au mieux son rôle d'hôtesse, remplissant coupes et assiettes. La sombre présence du barde la plongeait dans le malaise. Elle se sentait guindée, calculait ses gestes. Il lui semblait que Myrddin l'observait sans cesse. Pourtant, quand elle l'affrontait du regard, celui du barde était posé ailleurs.

Elle ne l'avait pas revu depuis des mois. Mais elle ne l'avait pas oublié. Après la bataille de Sorviodunum il lui avait offert de lui enseigner ses secrets en échange de son amour. Elle s'était refusée à lui. Maintenant il ne lui accordait plus la moindre attention. Et cela agaçait Azilis prodigieusement.

Elle tourna la tête vers Kian. Caius et lui se retrouvaient avec un réel plaisir. Elle connaissait assez son frère pour savoir que ses démonstrations d'amitié étaient sincères. À voir Kian trinquer en s'esclaffant, elle se sentit soudain coupable. Elle l'abandonnait trop souvent pour s'enfermer dans sa « chambre aux herbes », soigner des malades ou enseigner les plantes à Enid. Et le soir, elle lui imposait des leçons de breton ! Lui n'avait pour compagnons que son arc, les chevaux et des garçons de ferme à qui il tentait d'enseigner les rudiments de l'épée. Comme Kian semblait heureux à cet instant ! Elle se jura de se consacrer davantage à lui.

Peu à peu l'ambiance s'assagit. Les adolescents se calmèrent. Les rires s'espacèrent, les conversations devinrent plus feutrées. Alors Arturus se cala dans son siège, toucha distraitement le torque d'or qui ornait son cou et déclara :

– Dame Niniane, sache que même si je compte chasser demain, je ne suis pas ici pour les daims et les sangliers.

Il se tut et l'observa avec un demi-sourire.

Son regard bleu vif illuminait un visage buriné aux traits rudes. Il possédait une autorité naturelle et l'aura d'un meneur d'hommes qui inspirait une confiance et une dévotion absolues chez ses guerriers. Tous étaient prêts à mourir pour lui. Azilis n'avait pas connu Ambrosius Aurelianus à qui Kaledvour était destinée. Mais ce soir, plus encore qu'après la bataille de Sorviodunum, elle avait la certitude que l'épée n'aurait pu trouver meilleur maître qu'Arturus.

– Je fais route vers la Dumnonia[1], reprit Arturus. Je dois y rencontrer des chefs de clans bornés. Ils n'ont pas compris que seule notre union nous sauvera des

1. La Cornouailles, partie la plus au sud de l'Angleterre.

Saxons. Depuis que les Romains ont abandonné la Bretagne, ces clans se sentent pousser des ailes. Chacun d'eux est jaloux de son indépendance. Ils considèrent toute allégeance à un roi comme une menace pour leur liberté. Ambrosius était parvenu à s'imposer. Je dois y arriver aussi. S'ils refusent de mettre leurs hommes à ma disposition, la victoire de Sorviodunum n'aura servi à rien.

– Pourtant l'armée d'Aelle a été écrasée, s'étonna Azilis.

– Mais il n'est pas mort dans la bataille, hélas ! Il a réussi à ramener ses lambeaux de troupes derrière la frontière. Qui aurait pu croire qu'il y parviendrait après une telle défaite !

Une note d'admiration perçait sous le regret. Azilis comprit que malgré la lutte farouche qui les opposait, Arturus admirait un guerrier de la trempe du roi saxon.

– Et Aelle, lui, n'a aucun mal à renouveler ses troupes, continuait-il. Des milliers d'Angles et de Saxons rêvent de quitter leur pays pour s'installer en Bretagne.

– Mais les Saxons ne s'arrêteront pas aux portes de la Dumnonia ! Ces chefs de clans ne comprennent-ils pas qu'ils seront envahis à leur tour ? remarqua Azilis.

Ce ne fut pas Arturus qui répondit mais le fauconnier aux boucles de cuivre :

– Ils parent au plus pressé, dame Niniane. La Dumnonia n'a jamais connu les Saxons. Elle ne connaît que les raids des Scots[1]. Les Saxons ne représentent pour eux qu'une menace lointaine.

---

1. Les Scots qui peuplaient l'Irlande (Hibernia en latin) émigrèrent plus tard vers l'actuelle Écosse à laquelle ils donnèrent leur nom (Scotland).

– C'est vrai, Gwynnan, approuva Caius. Le tout est de leur prouver que les pillages scots ne sont rien à côté de ce qui les attend. Quant à moi, ajouta-t-il après avoir avalé une gorgée d'hydromel, je pars chez nous en Gaule. Je compte rendre une visite à ce porc de Marcus. Nous allons faire nos comptes. J'entends bien récupérer notre part d'héritage. Ninian a renoncé à l'argent en entrant dans les ordres mais pas nous ! Et je ne l'utiliserai pas seulement pour m'offrir de la bière et des filles ! Nous avons besoin d'or pour acheter des armes et des chevaux qui remplaceront ceux perdus à Sorviodunum.

Azilis faillit pousser un cri de joie. Peu lui importaient Marcus et les trésors de la villa ! Mais une fois en Gaule, Caius pourrait se rendre au mont Tumba, s'assurer que Ninian se portait bien, le secourir si nécessaire, et revenir avec des nouvelles.

Depuis août, une inquiétude sourde la rongeait. Peu de temps après son arrivée à Ynis-Witrin, un cauchemar l'avait arrachée au sommeil. Une vision plutôt, et non un mauvais rêve comme Kian le lui assurait.

Cette nuit-là, à l'aube, son corps était en Bretagne mais son esprit avait été appelé au mont Tumba. Elle était devenue une proie haletante, terrifiée et à bout de forces.

Un homme la poursuivait, un moine hideux à la longue bure sale et au regard brûlant de haine. Il voulait la tuer, elle le savait. Elle allait mourir dès qu'il la rattraperait. Elle s'était sentie tomber et un hurlement avait jailli de ses lèvres. Un cri terrible qui l'avait arrachée au sommeil. Son nom. Son propre nom.

AZILIS. Un appel au secours qui avait traversé la mer et était parvenu jusqu'à elle.

Même une fois réveillée, alors que Kian tentait de la calmer, elle sentait l'odeur de la forêt humide, les griffures des branches sur ses joues. Les cris de son poursuivant emplissaient ses oreilles, couvrant les paroles apaisantes de son compagnon. Et elle avait compris que cette vision, c'était ce que Ninian venait de vivre. Peut-être ses derniers instants.

Depuis, elle avait envoyé plusieurs lettres à son frère. Elles étaient restées sans réponse.

Bien sûr les moines coupaient leurs liens avec le monde, mais Ninian ne l'aurait jamais laissée dans une telle inquiétude, elle en était certaine. Il lui suffisait de répondre d'une seule phrase : « Je vais bien », et tout aurait été dit.

À moins qu'il n'ait pas reçu ses courriers.

Elle restait persuadée qu'il était arrivé malheur à son jumeau.

Myrddin prit la parole :

– Kaï[1] profitera de ce voyage pour apprendre aux clans installés en Armorique que la Bretagne aura bientôt un nouveau roi. Un roi prêt à les protéger des incursions franques. À condition qu'ils mettent leurs guerriers à son service !

– Les protéger en Armorique ? s'étonna Kian. Alors que vous manquez d'hommes ici ?

– Il évitera ce sujet, décréta le barde d'un ton sans appel. Et si la Dumnonia se range à ses arguments, le dux ne manquera plus de soldats.

Arturus ajouta gravement, les yeux fixés sur le jeune homme :

– Mais j'aurai toujours besoin de guerriers de ta trempe, Kian.

1. Surnom de Caius.

Le cœur d'Azilis bondit. C'était donc pour cela qu'Arturus s'était arrêté chez elle ? Pour lui arracher son compagnon et l'attacher à son service ? Elle espéra que Kian se contenterait d'adresser un vague remerciement au dux. Mais il n'eut d'hésitation que pour choisir ses mots en breton.

– Tu m'as accepté parmi tes guerriers. C'est un honneur. Je suis ton homme à jamais.

– Merci pour ta loyauté, répondit Arturus. L'honneur est réciproque.

Azilis serra les dents. Elle n'avait pas un mot à dire dans cette affaire d'hommes. Elle tenta vainement de capter l'attention de son amant.

Ses yeux glissèrent vers le voisin de Kian.

Myrddin.

Cette fois, ses yeux vairons étaient plongés dans les siens.

# Chasse au loup

# 1

Kian ouvrit les yeux et se redressa. Le nez retroussé de Lleyn, le petit palefrenier, apparut à la lueur d'une lampe à huile.

– C'est l'heure, mon seigneur.

Kian le remercia et se glissa hors du lit sans un bruit. Il s'interdit de serrer contre lui Azilis qui dormait paisiblement. Inutile de la réveiller. Elle ne participait pas à la chasse et ils s'étaient couchés fort tard. Il eut du mal à s'arracher à sa chaleur mais ne voulut pas faire attendre le dux bellorum.

Arturus et ses compagnons, attablés dans la cuisine, échangeaient des propos espacés. La timidité arrêta Kian devant la porte. Il n'avait jamais participé à une chasse à forcer – un esclave n'était pas convié à ce genre d'activité ! Malgré les bourrades affectueuses de Caius et l'estime d'Arturus, malgré les « mon seigneur » décernés par les domestiques, il se sentait irrémédiablement différent de ces hommes de haut rang.

– Ah ! Kian ! s'exclama Arturus. Bien dormi ?

Il acquiesça et s'assit près de Caius. Il salua Gwynnan, l'homme au faucon, et Petrus, le vétéran avec qui il avait combattu à Sorviodunum, ainsi que les quatre jeunes porte-lance. Il se souvenait que Gwalmai – solide garçon au regard rieur – était un cousin d'Arturus. Mais il ne pouvait pas se rappeler qui des trois autres était Garym, Cannaid ou Pebwyr. Le barde n'était pas là.

– D'après la cuisinière, un loup rôde dans les parages, déclara Caius. Nous pensons nous lancer à sa recherche.

– Un mâle solitaire à mon avis, répondit Kian dans son breton hésitant.

– Possible, admit Arturus, les vieux solitaires sont malins mais nos chiens sont d'excellents limiers. Bonne partie en perspective !

– Pourtant aucun mouton ou aucune – comment dit-on ? – chèvre n'a été enlevé, reprit Kian. Gwyar peut se tromper.

– Nous verrons, décréta Arturus. Si c'est le cas nous trouverons à forcer un autre gibier.

La brume ne s'était pas encore levée. Le givre couvrait le sol d'un voile étincelant et une vapeur blanche s'échappait des naseaux des chevaux. Les chiens débouchèrent du chenil en jappant joyeusement. Kian, son arc sur l'épaule, enfourcha Orion. Caius, aussi impatient de partir que les mâtins qui tiraient sur leur laisse, montait un étalon gris. Il lança en latin à Kian :

– Content de partager ce plaisir avec toi. Tu es prêt ?

– Pas vraiment, répondit Kian, retrouvant avec soulagement sa langue maternelle. Je n'ai jamais participé à ce genre de chasse. Mais, ajouta-t-il avec une moue ironique, je suis très fort pour poser des collets.

– Tu plaisantes ! Ce ne sera pas ton premier fauve, tueur de berserker ! Tu vas adorer !

Il ponctua sa promesse d'une solide claque dans le dos de Kian. Arturus annonça le départ et ils partirent au petit trot, dans un concert d'aboiements. Les jeunes couraient à leurs côtés et retenaient les chiens. Petrus portait un cor en bandoulière.

Ils empruntèrent un sentier qui contournait le Tor avant de remonter vers les collines du nord car les basses terres, inondées, étaient impraticables. Ils chevauchèrent jusqu'à ce que le soleil soit haut dans un ciel d'un bleu pur et glacé. Plusieurs fois, les chiens empaumèrent une piste – sanglier ou chevreuil – mais Arturus, ferme dans sa décision de chasser le loup, ordonna de continuer. Ils allaient au pas à présent et Kian, bercé par le rythme tranquille d'Orion, oubliait presque la raison de cette promenade.

– Des étourneaux, remarqua Gwalmai, le nez en l'air.

Kian leva les yeux pour admirer l'extraordinaire ballet de ces bandes d'oiseaux. À cet instant, les chiens lancèrent des jappements rauques et furieux : ils avaient trouvé une piste près d'une rivière. Caius sauta au sol pour examiner la terre humide. Il se redressa presque aussitôt, les yeux brillants :

– Le loup. Un gros. Regardez cette trace ! Toute récente.

– Lâchez les chiens ! cria Arturus.

Petrus sonna du cor et la meute s'élança vers les hauteurs en aboyant à pleine voix. Les jeunes sautèrent en selle derrière les cavaliers qui foncèrent à la suite des chiens. Les aboiements se joignirent au son du cor de chasse. Le cœur de Kian bondit dans sa poitrine. Finalement cette course acharnée promettait d'être amusante.

Un chevreuil terrifié bondit à quelques pas de la piste sans que la meute lui accorde le moindre intérêt. Enfin, la puissante silhouette du loup apparut d'un coup, à découvert, immobile, comme irréelle.

Malgré la distance, l'animal paraissait d'une taille exceptionnelle. Il regardait dans leur direction, les oreilles dressées.

Au fond de lui Kian doutait de l'existence de ce mâle solitaire dont Gwyar lui avait rebattu les oreilles. La brave femme voyait des fées, des esprits et des monstres à longueur d'année et racontait des histoires abracadabrantes à qui voulait l'entendre. Mais cette fois, elle avait dit vrai.

Le cor retentit furieusement. Les chiens repartirent ventre à terre. Le loup ne s'enfuit pas immédiatement, comme s'il jaugeait l'ennemi. Puis il se retourna et disparut sous le couvert.

La chasse s'engouffra sous les arbres et ralentit l'allure, gênée par les taillis et les fougères. Les chiens se concentrèrent sur la piste, le nez au sol, jusqu'à ce que l'un d'eux – le mâtin d'Arturus – s'élançât en avant en donnant de la voix.

Les chiens, plus à l'aise sous le couvert que les cavaliers, les distancèrent. Leurs aboiements s'amplifièrent brusquement. Kian devina qu'ils avaient rejoint leur proie.

Puis, tout à coup, ils se turent.

# 2

Arturus arrêta ses compagnons d'un signe de la main. Kian lança un regard à la ronde. Une expression incrédule se lisait sur les visages.

– Que se passe-t-il? demanda-t-il à Caius.

– Aucune idée.

Totalement sombre, sans les aboiements de la meute, sans le chant d'un oiseau, la forêt se mua d'un coup en territoire inquiétant et hostile. Kian posa la main sur sa dague. Caius avait dégagé du fourreau le long couteau accroché à sa selle.

Arturus ordonna de poursuivre au pas. Hormis le martèlement des sabots sur le sol et le bruissement des fougères, tout demeurait silencieux.

Ils avancèrent dans un silence anormal qui distillait en Kian une angoisse insidieuse. Ses compagnons, du dux bellorum au plus jeune des porte-lance, étaient prêts à réagir au moindre mouvement. Si seulement Kian avait pu chasser de son esprit la voix de Gwyar lui assénant : « Ce n'est pas un loup ordinaire ! C'est une créature de Gwyn ap Nudd, seigneur des Enfers et seigneur des fées. Vous verrez qu'un matin on retrouvera les moines égorgés! Ou bien ils auront disparu! La bête les aura traînés jusqu'à son maître!»

Il avait toujours craint la magie. Elle le terrorisait, lui ôtait force et courage. Seul, il serait reparti au galop. Mais il lui fallait suivre le dux bellorum qui poursuivait sa route obstinément. Comme jadis il escortait en maugréant sa maîtresse Azilis jusqu'à l'antre de l'Ancienne de la forêt.

Enfin les cavaliers débouchèrent sur un espace ouvert au pied d'un imposant massif dont le sommet déchiqueté se trouvait à une altitude impressionnante. Kian n'aurait jamais imaginé un pareil endroit près des basses terres qu'il connaissait.

Mais le plus extraordinaire était la scène qu'il avait sous les yeux.

Le loup se tenait à mi-hauteur, sur un rocher. En contrebas, à plat ventre sur le sol pierreux, les oreilles couchées, les chiens étaient tous prostrés dans la même posture de soumission. Un jappement de bête vaincue s'échappait parfois d'une gorge. Alors le loup fixait le molosse qui gémissait et celui-ci se taisait.

Le loup dépassait largement la taille habituelle d'un grand mâle. Immobile, le museau levé, il les défiait. Son regard se fixa sur Kian. Une terreur implacable coupa le souffle du jeune homme. Il eut l'instinct de saisir son arc – mais la peur le paralysait. Il crut deviner une lueur de moquerie dans les yeux de l'animal. Des yeux d'un bleu limpide, improbable.

– Par le Christ, marmonna Caius qui s'était arrêté près de Kian. Qu'est-ce que c'est que ce monstre?

Comme si les paroles de Caius avaient brisé un sortilège, Kian sortit de sa stupeur, encocha une flèche. Le loup tourna à nouveau la tête vers lui. La main se mit à trembler. La flèche partit et se perdit dans un fourré. La bête ne bougea pas.

– Arrête ! cria Arturus. Il est pour moi !

– N'y va pas, l'exhorta Petrus d'une voix sourde. Cette bête sort droit des enfers.

– Il est pour moi, répéta le dux d'un ton sans réplique.

En proie à une exaltation fébrile, il empoigna son long couteau de chasse et sauta à terre sans quitter des yeux l'adversaire.

Il s'effondra sur le sol avec un cri de douleur.

D'un même mouvement Caius et Gwynnan se portèrent à son secours, le loup disparut dans les fourrés, et la meute s'agita avec des jappements désemparés.

La magie s'était dissipée.

À leur tour, Kian et les autres descendirent de cheval pour secourir le dux bellorum. Celui-ci, pâle, les mâchoires serrées, se releva avec l'aide de Caius. Il voulut marcher mais s'arrêta, incapable de prendre appui sur son pied gauche.

– Une fondrière, lança-t-il d'un ton exaspéré. Je n'ai pas regardé où je sautais et me suis tordu le pied comme le dernier des imbéciles ! Et ce maudit loup qui a filé ! Aide-moi à ôter ma botte, Kaï.

Il fallut couper le cuir pour libérer la jambe. La cheville avait déjà doublé de volume. Nul besoin de l'œil aiguisé d'Azilis pour comprendre qu'Arturus s'était fait une belle entorse.

– Ce n'était pas un loup de notre monde, murmura Gwynnan en remontant en selle. Je n'ai jamais vu une bête pareille. Ni une meute se comporter ainsi.

– Moi non plus, renchérit Petrus en fouillant les alentours du regard. Je n'y comprends rien. Mais je suis certain d'une chose : Arturus ne partira pas pour la Dumnonia demain.

Le groupe reprit la route d'Ynis-Witrin au pas, dans un silence morne.

# Le serment de Niniane

# 1

– Il n'y a presque plus de bourrache, remarqua Enid.
– Et bien peu d'armoise, ajouta Azilis en comptant les longues tiges qu'elle avait mises à sécher en septembre avant de les envelopper dans des bandes de lin. Espérons que nous en aurons assez pour Adwen et qu'il n'y aura pas de nouveaux malades !

La matinée s'achevait. Elles l'avaient consacrée à leur petite malade. Maintenant celle-ci se reposait et les deux jeunes femmes se trouvaient dans « la chambre aux herbes », un entrepôt adjacent à la cuisine qu'Azilis avait converti en herboristerie. Des bouquets de gui, de bruyère et de genêt pendaient du plafond. Disposées sur des claies le long des murs, racines, graines et fleurs séchées attendaient le moment où elles seraient broyées, râpées ou bouillies pour devenir tisanes et cataplasmes. La pièce était sombre, à peine éclairée par une étroite fenêtre située en hauteur, au-dessus d'une table où bols, râpes, mortiers et couteaux s'alignaient près d'une balance à plateaux.

La pièce bénéficiait de la chaleur du four de la cuisine et d'une pénombre appropriée à la conservation des plantes. Azilis y avait soigneusement entreposé les simples qu'elle avait cueillis dès son arrivée à Ynis-Witrin, à la fin de l'été précédent. Une récolte trop maigre faute d'avoir été commencée assez tôt.

– Quand je pense à tout ce que j'avais planté en Gaule ! Même si mon frère n'a pas ordonné qu'on détruise mon jardin, personne ne s'en sera occupé, soupira-t-elle. Les limaces ont dû se régaler.

– Dans quelques semaines, les graines que vous avez semées ici donneront leurs premières pousses.

Enid lui souriait avec optimisme.

– Et regardez comme il fait beau aujourd'hui ! reprit-elle, joyeuse. Quand les basses terres s'assécheront, il y aura une multitude de plantes à récolter !

– Tu connais les plantes des marais ?

– Euh... Non. Mais vous, dame Niniane, vous m'apprendrez à distinguer celles qui guérissent, comme vous l'avez fait avec celles-ci.

D'un geste, elle désigna la pièce. Azilis sourit, touchée par la confiance aveugle qu'Enid lui vouait. La petite Bretonne était convaincue que sa maîtresse possédait des pouvoirs merveilleux et des connaissances infinies. Elle avait communiqué cette certitude aux serviteurs de la villa. Ils savaient et certifiaient autour d'eux que dame Niniane n'était pas seulement une extraordinaire guérisseuse. Elle avait aussi offert à Arturus une épée magique qui lui avait apporté une victoire inespérée contre les Saxons. Elle les avait donc sauvés.

Tous lui témoignaient un respect mêlé de crainte – voire de vénération – qui donnait parfois à Azilis l'impression d'avoir perdu son statut d'être humain et de s'être transformée en déesse ou en sainte.

155

– Il n'y avait pas de marais où je vivais, expliqua-t-elle, du moins pas près de chez moi. Je ne suis pas plus savante que toi sur ce sujet. De nombreuses herbes de cette région me sont inconnues, comme je ne trouve pas ici certaines qui poussent dans mon pays.

Enid jouait d'une main distraite avec de petits ciseaux. Elle tourna vers Azilis des yeux brillants d'excitation.

– Vous m'avez dit que le seigneur Kaï allait partir pour la Gaule. Il pourrait rapporter des graines que vous sèmerez ici !

Azilis pouffa.

– Caius, me rapporter des graines ? Il ne distingue pas un pissenlit d'une marguerite ! Et si je les lui décrivais dans le détail en ajoutant un magnifique dessin, il serait capable de se tromper ou de les égarer !

– Et si je l'accompagnais ?

Azilis fixa Enid avec étonnement. La jeune fille rougit sous le regard scrutateur de sa maîtresse et se justifia :

– Vous m'expliqueriez à moi... vous m'avez déjà tant appris... Je saurais me débrouiller...

– Tu n'aurais pas peur d'accompagner une troupe de guerriers ? De traverser la mer et de voyager dans un pays dont tu ne parles pas la langue ?

– Un peu, si. Mais je serais sous la protection du seigneur Kaï. Qu'est-ce que je risquerais ?

Azilis demeura silencieuse. Elle n'avait aucune envie de laisser la jeune fille s'embarquer pour la Gaule. D'abord, Enid lui manquerait. Avec qui partager sa passion pour la médecine, avec qui bavarder de tout et de rien ? Et puis était-il prudent de confier la fraîche et jolie Enid à Caius ? Son frère n'était pas un modèle de vertu, loin s'en fallait ! Il serait sensible aux beaux yeux bruns de la jeune fille et à son teint doré.

La raison véritable de ce refus était qu'elle mourait d'envie de partir elle-même. Elle avait passé la nuit à y réfléchir. Elle ne supporterait pas d'attendre le retour de son frère pour savoir si l'horrible vision qu'elle avait eue n'était qu'un cauchemar. Elle voulait s'assurer au plus tôt que Ninian était sain et sauf.

Elle le persuaderait coûte que coûte de venir en Bretagne. Elle lui parlerait des moines qui vivaient au sommet du Tor. Il prierait aussi bien là qu'au mont Tumba!

De plus, depuis des semaines, un mal du pays insistant la tourmentait. Elle se voyait en rêve dans le verger de la villa, près de la tombe de sa mère. Ou lisant dans la bibliothèque de son père en compagnie de Ninian. Ou, alors qu'elle préparait une potion, elle entendait la voix de Rhiannon lui indiquant combien de temps chauffer le mélange.

– Je ne pense pas que ce soit judicieux, Enid, dit-elle d'un ton sans appel. En revanche, moi je pourrais l'accompagner. Auquel cas, je te confierais la villa et les malades qui s'y présenteront.

Malgré la confiance que lui témoignait sa maîtresse, Enid ne put cacher sa déception.

– Cela te plairait tant que cela d'aller en Gaule? s'étonna Azilis.

– Oui, assez...

– Ce ne serait pas la présence de ce beau fauconnier qui te pousse à me quitter? la taquina Azilis gentiment. Voyons, comment s'appelle-t-il déjà... ajouta-t-elle en faisant semblant de chercher.

– Gwynnan, répondit Enid aussitôt, mais ce n'est pas à cause de lui!

– Allons, ne mens pas, tu rougis...

– Ce n'est pas ça!

Azilis reprit en riant :

– Je te comprends, il est si beau !

– Le seigneur Kaï aussi ! répliqua Enid, en s'empourprant davantage.

– Enid ! s'exclama Azilis, qui riait toujours. Il a dix ans de plus que toi ! Tu ferais mieux de t'intéresser aux porte-lance, ils ont ton âge et ne peuvent se vanter, comme mon cher Caius, d'avoir plus de conquêtes que d'années.

Elle prit une mine peinée et ajouta avec un soupir :

– Moi qui pensais que seul l'amour de la médecine te poussait à voyager ! Et tu ne songes qu'à conquérir mon frère ! Ce n'est pas sérieux !

La jeune fille se renfrogna, puis l'hilarité les gagna toutes deux.

– Niniane.

Elles sursautèrent. Le barde d'Arturus se tenait devant la porte, haute silhouette vêtue de noir que la pénombre assombrissait encore. Seuls ses yeux luisaient dans l'obscurité, éclairés par un rayon de soleil oblique qui tombait de la fenêtre.

– Myrddin, balbutia Azilis. Tu ne chasses pas ?

– Je ne chasse pas le loup, répondit-il avec un bref sourire. Puis-je m'entretenir avec toi seul à seul ?

Azilis hésita avant d'acquiescer. Une inquiétude sourde lui serra le ventre.

– Laisse-nous, Enid. Je te rejoindrai plus tard.

# 2

La jeune fille quitta la pièce non sans lancer à Myrddin un regard où la curiosité le disputait à la crainte. Celui-ci rejoignit Azilis à la table et s'assit près d'elle. Il la dévisagea en silence. Elle se força à soutenir ce regard, espérant qu'il ne percevrait pas sa nervosité. Il était aussi étrange que l'été précédent avec ses longs cheveux décolorés retenus en arrière par un lien de cuir, ses yeux vairons – l'un bleu, l'autre noir – et ce mélange dérangeant de virilité et de féminité. Un être trouble qui suscitait chez elle une fascination teintée de peur.

« Une vipère, songea-t-elle, belle et dangereuse. »

Un sourire éclaira le visage du barde. L'image de la vipère disparut. Myrddin avait maintenant un regard d'une grande douceur et de petites rides rieuses étaient apparues au coin de ses paupières.

« Je suis bête, se dit-elle. Ce n'est pas un monstre parce qu'il a essayé de me séduire ! »

– Niniane…

Et il avait la voix d'Aneurin! Ce timbre chaud, profond et sensuel qu'elle avait tant aimé chez son cousin.

– As-tu examiné la proposition que je t'ai faite?

Elle demeura interdite devant cette demande abrupte. Il reprit :

– Ne me dis pas que tu as oublié! Je t'ai proposé de te prendre pour élève et tu ne t'en souviens plus!

Il paraissait si inoffensif! Azilis se détendit, elle eut envie de lui sourire. De poser une main rassurante sur la sienne pour l'assurer qu'elle avait pensé à lui chaque jour, qu'elle rêvait d'être initiée à ses secrets.

Ses yeux se posèrent sur le torque de Myrddin, une torsade d'or dont les extrémités représentaient des têtes de dragons. Un bijou somptueux, magnifiquement ouvragé. L'attribut d'un barde puissant.

Elle se ressaisit alors. Ce sourire charmant n'était qu'un leurre. Ce ton léger masquait un pouvoir immense.

– Je n'ai pas oublié, déclara-t-elle sèchement. Tu m'as proposé de m'enseigner bien des choses. Si je devenais ta compagne.

– Et comme tu refusais, je t'ai juré de t'offrir tout cela sans plus te parler de mon amour.

Il avait à présent un ton grave qui sonnait juste.

– Je m'en souviens aussi.

– Alors?

– Alors... Je n'y ai pas réfléchi, Myrddin, mentit-elle. Je ne savais pas quand je te reverrais, ni si je te reverrais. Lorsque nous avons quitté Sorviodunum, Kian et moi, tu ne m'as pas reparlé de ta proposition. Ensuite, j'ai été très occupée... À vrai dire je pensais que tu avais renoncé.

– Tu te trompais.

Il se pencha un peu en avant. D'instinct elle recula.

– Tu n'as rien à craindre de moi, Niniane, assura-t-il. Je sais que j'ai été maladroit et vaniteux. Je n'avais pas compris la force de l'amour qui te lie à Kian, je voulais t'impressionner et je me suis mal conduit. J'aimerais que tu me pardonnes.

Il se mordit les lèvres puis ajouta à mi-voix :

– Ce n'est pas une excuse mais j'aurais sans doute agi différemment si je t'avais rencontrée dans des circonstances moins exaltantes. Cette bataille, l'épée que tu apportais à Arturus au moment où tout semblait perdu... J'y ai vu un signe des dieux. Je me suis sans doute trompé.

Elle avait souvent imaginé ce qu'elle dirait au barde si un jour elle le retrouvait. Elle avait secrètement espéré qu'il renouvellerait son offre. Jamais elle n'avait envisagé un Myrddin aussi humble. C'était si contraire à l'image qu'elle s'était forgée de lui qu'elle en demeurait sans voix.

– Eh bien, reprit-il, veux-tu que je t'enseigne mon savoir ? Je ne te mentirai pas, Niniane. Ce n'est pas une voie facile et sans danger. Il faudra m'accorder ta confiance. Pleine et entière. Il faudra être prête à affronter la peur, la douleur. Mais je sais que tu es capable de me suivre, voire de me devancer.

– Te devancer ?

– Oui. Alors ?

Il avait plongé son regard dans celui d'Azilis et elle était incapable de le quitter des yeux. Comment résister à un tel appel ? Elle ne désirait rien davantage que la connaissance qu'il lui offrait. Elle avait toujours eu soif d'apprendre, de découvrir le monde et ses mystères. Petite, déjà, elle harcelait son père de questions, comme elle avait questionné sans relâche l'Ancienne de la forêt. Son frère Ninian était comme elle, curieux, insatiable. Mais il avait cherché des réponses dans d'autres livres que les siens.

Les mots franchirent ses lèvres sans qu'elle puisse les retenir :

– Oui, Myrddin. Je le veux.

Le visage de Myrddin s'éclaira. Il inspira profondément.

– Très bien, Niniane. Tu es maintenant mon élève. Je jure de te révéler ce que je sais sans rien omettre ni te cacher, de t'enseigner les secrets des éléments et la magie de la parole. Jure-moi de ne pas transmettre ce savoir à qui n'en est pas digne, de suivre ton enseignement, de m'obéir et de respecter ton serment.

Elle eut une hésitation puis déclara d'une voix ferme :

– Je jure de ne pas transmettre ton savoir à qui n'en est pas digne, de suivre ton enseignement et de respecter mon serment.

– De m'obéir ?

– Je refuse de jurer cela. Je n'obéirai pas si tu me demandes des actes contraires à ma conscience.

– Alors, ne jure pas. Il faudra pourtant m'obéir si tu veux t'instruire.

– Je t'obéirai sans me sentir tenue par un serment. À mon tour de te demander un serment.

La surprise qui se peignit sur le visage de Myrddin rassura Azilis. Il ne serait pas dit qu'il mènerait le jeu de bout en bout !

– Oui, reprit-elle. Je veux que tu me jures de ne rien exiger de moi en échange des connaissances que tu me donneras. Rien que je ne t'offre de moi-même.

Il hocha la tête.

– Je vois que tu te méfies encore. Tu as raison d'être prudente. Après tout, tu me connais mal. Je jure, donc, de ne rien exiger de toi en échange de mon savoir que tu ne sois prête à m'offrir.

D'une voix solennelle, il déclara ensuite en posant une main sur son cœur :

– Si je brise mon serment, que la terre s'ouvre pour m'engloutir, que l'océan se soulève et m'emporte, que la voûte des cieux se fracasse et me brise. Cela te suffit-il, belle Niniane? ajouta-t-il avec un sourire.

– C'est parfait, Myrddin, murmura-t-elle, bien qu'au fond de sa conscience une voix craintive lui criât que c'était insuffisant. Quand commencera ton enseignement? l'interrogea-t-elle.

– Dès aujourd'hui.

– Mais ensuite? Arturus repart demain. Tu ne l'accompagneras pas?

Il eut un geste vague.

– Qui sait ce que sera demain? Je commencerai à t'instruire dès cet après-midi. Puis je reviendrai ici plus tard, à mon retour de Dumnonia.

– Bien… Dis-moi, Myrddin, fit-elle en se levant d'un bond pour rompre le charme. Connais-tu les plantes de cette région? Connais-tu leurs effets? Oui, bien sûr, j'en suis certaine.

Elle se dirigea vers un coffre et en sortit des tiges séchées enveloppées dans du lin.

– Tu vois, j'ai cueilli certaines d'entre elles l'été dernier sans savoir à quoi elles serviraient. Pourrais-tu m'éclairer?

Il la contemplait sans répondre, hiératique, mystérieux.

– Tu ne sais pas, lança-t-elle, agacée, ou tu ne veux pas me répondre?

– Je suis le maître, Niniane, tu es l'élève. Ne te trompe pas. Ce n'est pas l'élève qui choisit l'enseignement que le maître lui dispense. Et je n'ai pas décidé de commencer ton instruction par la médecine végétale.

Elle reposa les herbes dans le coffre et le referma sans un mot. Myrddin n'aurait pas pour elle l'indulgence d'un père. Myrddin n'aurait pas avec elle la patience de Rhiannon. Mais, malgré sa fierté qui se rebellait, elle ne protesta pas. Elle comprenait que la voie de la connaissance devait emprunter le chemin de l'humilité.

# 3

– Je ne peux pas enseigner dans un lieu clos, décréta Myrddin.

Il prit sa harpe de voyage et l'invita à le suivre, hors de la villa, hors de son jardin, dans un espace ouvert.

– Si ces moines ne s'y étaient pas installés, déclarat-il avec humeur, nous aurions grimpé en haut du Tor et ton initiation aurait commencé dans le vent, au sommet d'un mont sacré. Mais ils souillent ce lieu par leur présence et nous n'y trouverions pas la solitude nécessaire. Nous irons donc d'abord à la source qui jaillit au pied du Tor et qui est l'émanation de la déesse. Mais tu sais cela, n'est-ce pas ?

Ils s'assirent près de l'eau, sur les pierres plates polies par l'usage qu'avaient fréquentées d'innombrables générations d'hommes. Alors Myrddin débuta son enseignement :

– Quelles sont les trois créatures muettes qui donnent le savoir à tous ?

– Des créatures muettes qui donnent le savoir à tous ?

Il l'observait gravement, sa harpe posée sur un genou, et elle eut peur qu'il refuse de l'instruire si elle ne trouvait pas la réponse à cette question stupide. Elle pensa au sphinx interrogeant Œdipe, ce qui accrut son malaise.

Un coup de vent fit voler ses cheveux devant ses yeux, lui donnant un prétexte pour détourner le regard. Des créatures muettes ! Elle n'avait jamais aimé les énigmes et celle-ci lui semblait particulièrement indéchiffrable.

– De vraies créatures ? risqua-t-elle.

Il ne répondit rien.

Il l'observait, immobile comme un chat qui guette sa proie.

– Je n'en sais rien ! s'exclama-t-elle en se levant brutalement. Et si tu comptes m'enseigner tes secrets en me posant ce genre de devinettes, autant arrêter immédiatement. J'ai horreur de ces jeux puérils. D'ailleurs j'ai passé l'âge !

– L'œil, l'esprit, la lettre.

Elle lui lança un regard noir. L'impassibilité de son maître attisait sa colère.

– Restons-en là, Myrddin. Je ne peux pas être ton élève.

– Tu n'as plus le choix, Niniane. « Je jure de ne pas transmettre ton savoir à qui n'en est pas digne, de suivre ton enseignement et de respecter mon serment. »

Elle secoua la tête, lança sur un ton de défi :

– Si je me parjure, que se passera-t-il ?

– Tu le regretteras toute ta vie.

– C'est une menace ?

– Une prophétie.

Elle se rassit, trempa les doigts dans l'eau glacée.

– L'œil, l'esprit, la lettre, marmonna-t-elle. L'œil qui observe et qui lit, l'esprit qui comprend et analyse, la lettre qui transmet le savoir. Bien. Et alors ?

– Alors, jeune femme indocile qui méprise les énigmes, sais-tu pourquoi elles sont importantes ?

– Non.

Son ton rogue aurait découragé un dresseur de fauves. Mais Myrddin poursuivit avec calme :

– Les énigmes et les mots avec lesquels on jongle nous rappellent l'origine du mystère sacré : le Souffle ou l'Essence du Monde. Rien n'existe qui ne soit nommé, ce qui n'est pas nommé n'existe pas et celui qui connaît les mots secrets pénètre les secrets de l'Univers.

Elle releva la tête, conquise.

Il lui sourit :

– Je vais t'apprendre les mots secrets.

Ils demeurèrent l'après-midi près de la source et Azilis s'abreuva aux paroles de Myrddin, oubliant le froid et le temps qui passait. Sans disparaître entièrement, la méfiance que le barde lui inspirait s'effaçait derrière le respect et l'admiration.

Contrairement à ce qu'elle avait supposé, il n'évoqua ni les dieux ni les déesses des Bretons mais parla des éléments et de leurs mystères, des quatre points cardinaux, du monde supérieur et du monde inférieur, du pouvoir de la musique qui endort, pétrifie, enivre de joie ou désespère. Et il accompagna son discours de morceaux de harpe.

Les mots qu'il utilisait se chargeaient de poésie, éclairaient le monde d'une lumière neuve qui émerveillait la jeune femme. Ils coulaient en elle sans effort, comme si elle avait toujours été prête à les recevoir. C'était un sentiment étrange et enivrant.

– Le son produit par une harpe, dit-il en faisant jaillir une cascade de notes claires, est une vibration qui agit sur la nature secrète des êtres. Les bardes, au cours de leur formation, avalent l'univers et le rejettent jusqu'à atteindre l'extase. C'est en nous retirant au fond de nous-mêmes et en nous abandonnant au cosmos que nous touchons à la musique interne des choses et des êtres, et pouvons agir sur elle.

– Je ne suis pas bonne harpiste, avoua-t-elle avec regret.

– Tu as d'autres pouvoirs dont tu devines à peine l'étendue.

– Le don de guérir, sans doute. Je ne crois pas en posséder d'autres.

– Tu n'as pas eu l'occasion de les découvrir. Tu ne sais pas qui tu es réellement, belle Niniane.

– Tu penses le savoir mieux que moi?

– Ne prends pas cet air courroucé, répondit-il en riant. Je ne prétends pas cela! Je perçois chez toi des... des capacités dont tu n'as pas conscience. Parce que tu n'as pas appris à les discerner. Ceux qui ignorent tout des plantes passeront dans un champ sans les différencier. Ils les voient mais ne les reconnaissent pas. Moi, je te vois et je te reconnais.

Elle demeura rêveuse un moment. Elle comprenait les paroles de Myrddin et elles l'emplissaient d'une excitation sans borne. Elle ne partirait pas seulement à la découverte du monde en suivant son enseignement.

C'était aussi elle-même qu'elle découvrirait. Et le voyage promettait d'être riche en surprises.

Les paroles de Myrddin traçaient une voie vers la connaissance fort différente de celle enseignée par son père. Il ne lui proposait pas d'étudier l'Univers avec les outils de la logique romaine ou ceux de la philosophie grecque. Son enseignement franchissait les frontières de la raison pour se fondre au cosmos. Était-ce possible sans disparaître dans le néant?

Le barde la regardait sans briser le silence. Elle croisa son regard et sut qu'il lisait dans ses pensées. Cela ne l'effraya pas. Non, Myrddin n'était pas un ennemi, mais un puissant allié. Les promesses qu'il lui avait faites à Sorviodunum lui revinrent en mémoire : « Jamais je ne te forcerai. Il est impossible d'initier quelqu'un contre son gré... Je te montrerai ce que je sais, je ne te demanderai rien en échange... »

Cette fois elle le croyait. Elle était prête à le suivre.

Un concert d'aboiements retentit en contrebas. Azilis frissonna, s'apercevant brusquement que le soir tombait et qu'elle était glacée. Myrddin se mit debout avec souplesse et lui tendit la main pour l'aider à se relever.

– Voici la chasse qui revient. Retournons à la villa. Tu en as assez appris pour aujourd'hui.

Ils descendirent le chemin sans parler. Ce ne fut qu'en apercevant Kian dans la cour de la pars rustica qu'elle se rendit compte que Myrddin la tenait toujours par la main. Gênée, elle retira ses doigts d'un geste brusque et se précipita vers son compagnon.

– Arturus s'est blessé, lui dit-il aussitôt. Caius l'a transporté dans sa chambre.

– C'est grave?

– Entorse ou fracture.

Elle examina le visage fermé du jeune homme. L'avait-il vue main dans la main avec Myrddin? Il s'était déjà détourné pour mener Orion à l'écurie.

– Tout va bien, Kian? interrogea-t-elle.

Il eut un hochement de tête. Elle n'osa pas insister et se hâta de rejoindre le dux bellorum.

# Le seigneur des fées

# 1

– Vingt jours ? Vingt jours !

– Le temps nécessaire à la guérison.

– Je ne peux pas rester aussi longtemps ! Il faut que tu me soignes plus vite, Niniane, c'est impératif.

Allongé dans la chambre que lui avait réservée Azilis, la jambe gauche posée sur un sac de grains afin qu'elle demeurât surélevée, Arturus s'adressait à la jeune femme d'une voix pressante, une ride soucieuse séparant ses sourcils.

Azilis acheva de serrer la bande qui immobilisait la cheville et maintenait en place le cataplasme à base de thym, d'alchémille et de consoude. Il faudrait le changer deux fois par jour pendant trois semaines pour favoriser la guérison. Elle ne connaissait pas de remède plus efficace ou plus rapide. Comment faire comprendre au dux bellorum qu'on ne commandait pas son corps comme on commande une armée ?

Dès qu'elle avait examiné la foulure, même une fois écartée la possibilité d'une fracture, Azilis avait su qu'Arturus serait condamné à une longue période d'immobilité. Et elle avait deviné que cela lui paraîtrait insupportable, bien plus qu'une douleur dont il ne montrait rien.

– Je suis capable de soulager ta souffrance, d'aider ton corps à se réparer, mais seul le temps te guérira.

– Enfin, je pourrai quand même monter à cheval d'ici une semaine! Ce n'est jamais qu'une entorse!

– Une entorse, ce n'est pas bénin. Si tu forces ta cheville, tu risques de sectionner les tendons, et alors... Personne ne pourra plus t'aider. Tu boiteras toute ta vie.

Arturus s'enfonça dans un mutisme consterné. Ses yeux fixaient le plafond d'un rouge passé qu'ornaient des colombes et des couronnes de fleurs ocre. Sans doute ne les voyait-il pas. Elle se saisit du bol qui avait contenu le cataplasme, se pencha pour attraper une spatule en bois et poussa un cri de frayeur quand Arturus s'écria avec rage :

– Par le Christ! Il fallait que ce loup m'entraîne au fond de cette gorge! On aurait cru qu'il savait ce qu'il faisait. Maudite bête!

Elle ramassa la spatule qu'elle avait lâchée sous l'effet de la surprise.

– Pardonne-moi, s'excusa-t-il en grommelant. Je suis d'humeur à fracasser les murs! Quel désastre! Je crois que je vais devenir fou!

– Mais non, Arturus, les choses ne sont pas si terribles.

Myrddin s'était glissé dans la chambre, aussi silencieux qu'une ombre. Il examina le bandage.

– Tu es en de bonnes mains, et bien plus douces que celles de ton vieux médecin Alexion. Reste à trouver l'élixir qui te donnera la patience de demeurer alité trois longues semaines, ajouta-t-il en s'asseyant près de son ami.

– Je l'aurais si la situation était différente...

– Tu serais tout autant exaspéré! l'interrompit Myrddin. Je te connais depuis des années et j'ai toujours pensé qu'une épreuve de ce genre te serait bénéfique. Être contraint à l'inaction! Cela fera de toi un meilleur roi.

– Je n'ai pas envie de philosopher! grommela Arturus. Tu sembles oublier que je ne suis pas encore roi, que ce voyage en Dumnonia est crucial.

– Il peut être différé de vingt jours. Tu disposeras d'un peu moins de temps pour les convaincre. Et tu y parviendras. C'est dans l'urgence que tu es le plus efficace! Quant à te présenter devant eux en boitant, n'y songe pas. Ce serait fatal. Attends d'être parfaitement rétabli avant de les rencontrer.

– Je le sais, répliqua Arturus avec humeur.

– Pourquoi cela? interrogea Azilis.

– Le roi est le garant de la prospérité du royaume, expliqua Myrddin. S'il est malade ou blessé, sa terre dépérit, s'appauvrit jusqu'à devenir stérile. C'est une croyance très profonde. Les chefs de clan n'envisageront pas un instant de prendre pour roi un homme incapable de marcher sur ses deux pieds. Ce serait un présage funeste.

– Absurde, déclara-t-elle avec un haussement d'épaules. L'empereur Claude était boiteux et bègue, Rome n'a pas décliné durant son règne, loin de là!

– C'est certain, répliqua le barde d'un ton acide. Puisque c'est Claude qui a réduit la Bretagne en esclavage!

– Rome n'est pas la Bretagne, répondit Arturus avec un demi-sourire, et bien que je sois à demi-romain par mon père, je respecte les coutumes et les croyances des Bretons. Je les comprends sans mal car elles m'ont été enseignées par ma mère qui n'était qu'une simple paysanne des montagnes d'Arfon.

– Ta mère aussi était bretonne, Niniane, remarqua Myrddin. Ne t'a-t-elle rien appris sur son pays ?

Un instant, Azilis revit le beau visage d'Olwen penché sur le sien et son cœur se serra.

– Elle m'a enseigné sa langue. Elle m'a donné des leçons de harpe, comme à mes frères, murmura-t-elle. Elle parlait des landes de son pays, de sa sœur, la mère de mon cousin Aneurin. Mais peu des coutumes et des croyances de Bretagne. Je crois qu'en épousant mon père, elle y a renoncé.

Le barde la fixait de son regard bicolore qu'elle ne parvenait pas à déchiffrer et qui la gênait tant.

– Demande aux hommes de venir, Myrddin, ordonna Arturus en se redressant sur sa couche. Nous devons leur expliquer la situation et nous organiser au mieux.

Azilis ramassa son panier de bandages et d'onguents. Elle s'apprêtait à quitter la chambre à la suite du barde quand le dux bellorum l'interpella :

– Dame Niniane, supporteras-tu la présence sous ton toit, pendant vingt longs jours, d'un blessé impatient et acariâtre ?

– Ce sera une joie, l'assura-t-elle en souriant.

– Je devrai aussi garder certains de mes hommes. Ils chasseront, bien sûr. Je n'ai pas l'intention de piller ton garde-manger. Ni de les laisser sans activité. Rien n'est pire qu'un guerrier désœuvré !

– Kian sera ravi d'avoir de la compagnie. Il va enfin pouvoir s'entraîner à l'épée avec des adversaires dignes de lui. Nos garçons de ferme souffleront un peu ! Kian s'est mis en tête de les transformer en combattants, mais les pauvres n'en ont pas l'étoffe ! Rien n'est pire qu'un guerrier désœuvré !

Arturus eut un rire bref sans perdre sa mine soucieuse. Sans doute Myrddin ne l'avait-il pas entièrement rassuré.

Elle remontait le péristyle vers sa chambre aux herbes quand elle croisa Kian, Myrddin et les guerriers d'Arturus qui le rejoignaient. Le péristyle paraissait plus étroit et plus bas tant leurs imposantes silhouettes l'emplissaient. Ils la saluèrent et s'effacèrent pour qu'elle puisse passer. Tous présentaient la même mine sombre, à l'exception de Myrddin qui lui sourit. Kian avait le visage fermé des mauvais jours et, une fois encore, elle s'inquiéta à l'idée qu'il l'ait aperçue tenant le barde par la main.

En les regardant s'éloigner, Azilis songea que le repos forcé d'Arturus constituait une opportunité inespérée de poursuivre son initiation.

# 2

– ... et Gwyn ap Nudd l'a fait mourir de peur, oui mes garçons! Raide mort qu'on l'a trouvé, allongé sur le dos, le visage pétrifié d'horreur! Il n'a pas eu besoin de l'égorger!

Azilis réprima un fou rire. Elle venait de quitter Adwen qui jouait avec une poupée de paille fabriquée par Enid. La jeune fille, qui était l'aînée de six frères et sœurs qu'elle avait largement contribué à élever, s'occupait parfaitement de la petite malade.

Azilis, ravie de voir sa protégée reprendre des forces, s'était arrêtée devant la cuisine en entendant la grosse voix de Gwyar lancée dans un récit terrifiant. Depuis l'embrasure de la porte, elle apercevait les dos des quatre porte-lance, attablés devant une miche de pain, des fromages et des gobelets de bière. Gwyar s'affairait à la préparation du repas tout en se livrant à son activité favorite : effrayer ceux qui lui prêtaient l'oreille avec des histoires de fées et de bêtes fantastiques. Elle trouvait toujours un public mais il était rarement d'une telle qualité.

Azilis devina qu'elle avait employé les grands moyens afin de captiver les adolescents qui, du haut de leurs treize ou quatorze ans, pensaient n'avoir plus peur de rien. Force était d'admettre que la cuisinière avait le don de faire dresser les cheveux sur la tête et qu'elle n'omettait jamais les détails les plus macabres.

– Mais ce loup, intervint Garym, le porte-lance de Caius, comment es-tu sûre que c'est un être de l'Autre Monde ?

La cuisinière reposa le couvercle de la marmite où cuisait un ragoût de lièvre odorant. Elle se tourna vers le garçon, le visage sévère :

– Vous n'avez donc rien compris de ce que je racontais ?

Les autres se moquèrent de Garym et l'adolescent répondit par des insultes bien senties. Gwyar leur imposa le silence :

– Réfléchissez, voyons ! Ce loup, le seigneur des fées ne l'a pas envoyé ! Ce loup, c'est Gwyn ap Nudd lui-même ! Vous ignorez qu'il se transforme à sa guise ? Il court à la tête d'une meute fabuleuse, il disparaît comme par enchantement. N'est-ce pas exactement ce que vous avez vu ? Un loup de la taille d'un ours, des molosses soumis comme des chiots, et puis...

Elle illustra son propos d'un claquement de doigts sonore :

– ... plus rien !

– Il n'était pas aussi gros qu'un ours, la modéra Gwalmai. Et pourquoi se laisserait-il poursuivre ? Il aurait pu disparaître plus tôt !

– Comment le saurais-je, mes jeunes seigneurs ? Croyez-vous que le roi de l'Autre Monde me mette dans la confidence ? Malgré tout... J'ai ma petite idée !

Gwyar se pencha sur son ragoût, le goûta, y ajouta une branche de céleri et commença à découper un saucisson sans piper mot.

– Eh bien? s'impatienta l'un des garçons – sans doute celui qui se nommait Cannaid, pensa Azilis.

– Eh bien quoi? demanda la cuisinière d'un ton faussement détaché.

– Ton idée? Dis-la-nous!

Gwyar ne se fit pas prier davantage et se tourna vers les jeunes gens subjugués. Elle baissa la voix, obligeant Azilis à tendre l'oreille.

– Si Gwyn ap Nudd vous a laissé le prendre en chasse, c'est qu'il le voulait. Il vous a fait courir, pas vrai? Et il vous a menés où il voulait.

– On le sait, merci! s'exclama Pebwyr avec humeur. Alors dis-nous ce que tu supposes! Qu'il avait décidé de blesser le dux bellorum pour rendre service aux Saxons?

– Tais-toi donc, intervint Cannaid. Tu racontes n'importe quoi, t'es vraiment stupide!

– Tu vas voir si je suis stupide, gronda Pebwyr en l'attrapant par le coude.

– Pas de ça dans ma cuisine! tonna Gwyar avec une autorité telle que la bagarre cessa avant de commencer.

Gwyar se planta en face des garçons, bras croisés, et expliqua gravement :

– L'entorse d'Arturus, c'est un accident. Celui que Gwyn ap Nudd veut éliminer, c'est le seigneur Kian. Son rival.

– Son rival? répéta Garym avec stupeur.

– Gwyn ap Nudd est fou d'amour pour ma maîtresse, affirma Gwyar avec une fierté non dissimulée. C'est évident!

– Je ne vois pas en quoi c'est évident ! s'exclama Pebwyr.

Gwyar lui jeta un regard noir mais l'esprit critique du garçon ne la désarçonna pas.

– Ça vous sauterait aux yeux si vous aviez vécu davantage, mon jeune seigneur ! Et si vous en saviez autant que moi sur le monde des fées et des esprits ! Depuis quand un loup solitaire rôde-t-il autour d'une villa sans dévorer le moindre mouton ?

Elle ne leur laissa pas le temps de répliquer et reprit, martelant la table d'un index vigoureux :

– Je vous dis, moi, que le seigneur de l'Autre Monde a vu dame Niniane recueillir l'eau de la source sacrée qui jaillit au pied du Tor et qu'il est tombé amoureux d'elle. Elle est belle, c'est une enchanteresse – ça, personne ne peut le nier –, et il fera tout pour qu'elle l'épouse.

La cuisinière se pencha en avant et ajouta d'une voix sinistre :

– Je ne donne pas cher de la vie du seigneur Kian ! Croyez-moi, il n'hésitera pas à se débarrasser de lui !

« Ma cuisinière est folle, songea Azilis, furieuse. Comment peut-elle débiter de telles sottises ! »

Elle faillit entrer avec fracas dans la pièce, noyer Gwyar sous un flot de sarcasmes et la chasser de la villa à coups de pied. Elle songea même au fouet. Mais elle ravala sa colère et s'éloigna d'un pas rageur.

Elle ne savait pas ce qui l'irritait autant. Que de pareils ragots se répandent sur elle ? Ou qu'elle puisse en frissonner de peur ?

# 3

Le dîner se déroula dans une ambiance bien différente de celui de la veille. Pas de rires tonitruants, pas d'éclats de voix ou de chahut à la table des adolescents. Les convives dégustèrent le ragoût de Gwyar en parlant peu et bas. L'air sombre du dux bellorum, installé en bout de table, la jambe gauche reposant sur un tabouret, ôtait toute envie de plaisanter. Les sourcils froncés et les lèvres serrées, il fixait le vide en dédaignant de manger. Le moindre mot paraissait lui demander un effort tel que même Myrddin avait renoncé à lui parler.

En l'honneur de ses hôtes, Azilis avait revêtu la tunique de soie blanche qu'elle portait le jour où elle avait remis Kaledvour au dux. Parée de bijoux, elle dispensait des sourires et des paroles aimables mais sa pensée était ailleurs. Les paroles funestes de Gwyar lui revenaient sans cesse à l'esprit.

Elle aurait voulu serrer Kian dans ses bras, l'entendre rire doucement à son oreille, sentir son cœur palpiter contre le sien. À aucun moment ils n'avaient pu être seuls. Maintenant il était assis à sa gauche mais il aurait pu se trouver à des milles de là. Lui aussi semblait en proie à des pensées sinistres.

Arturus lança un os à Cabal, le molosse qui l'accompagnait partout. Le dux bellorum ébaucha un sourire lorsque le chien l'attrapa au vol avec un grand claquement de mâchoires. Gwynnan tenta alors une plaisanterie mais ne récolta qu'un regard courroucé.

Azilis se pencha vers son frère et chuchota :

– Arturus ne va pas être facile à soigner...

– Résistant à la douleur mais pas à l'attente. J'avoue que je ne suis pas mécontent de partir demain pour la Gaule. Je laisse à Myrddin la lourde tâche de distraire le dux !

Elle saisit l'occasion qui se présentait.

– Caius, je voudrais t'accompagner.

Il tourna vers elle un regard surpris.

– Pourquoi ? Tu veux assister à mes retrouvailles avec notre cher Marcus ?

– Non, ce n'est pas ça. En fait, j'ai peur pour Ninian.

Elle lui raconta rapidement sa vision – qu'elle appela cauchemar – et le sentiment d'anxiété qui la tourmentait depuis des mois.

– Je lui ai envoyé trois messages, dont deux où je lui parlais de mon inquiétude. Il n'a répondu à aucun d'entre eux.

– Les a-t-il seulement reçus ? Son abbé pourrait ne pas les lui avoir transmis. Tu t'inquiètes sans doute pour rien. Pourquoi un moine voudrait-il tuer notre frère ? C'est absurde !

Elle posa la main sur son bras :

– S'il te plaît, Caius ! Je ne te gênerai pas. Est-ce que je n'ai pas prouvé que j'étais capable de supporter un voyage long et difficile ?

Le visage de Caius s'adoucit. Il avait toujours eu du mal à lui refuser quoi que ce fût. Mais il secoua la tête :

– Je pars demain et tu dois soigner Arturus. C'est impossible, mon Az...

– Niniane ! Je m'appelle Niniane ! souffla-t-elle.

– Désolé, fit-il, penaud.

– Enid s'occupera du dux aussi bien que moi ! l'assura-t-elle.

– Ta jolie suivante ? Parce que tu crois qu'elle aura assez d'autorité pour l'empêcher d'aller chevaucher au bout de huit jours ? Et je suis certain qu'Arturus souhaite que ce soit toi qui le soignes, et personne d'autre !

– Alors, il faut différer ton voyage de vingt jours.

– Tu plaisantes ? Tu t'imagines que je me promène à ma guise sans qu'Arturus ait son mot à dire ? Je suis sous ses ordres, petite sœur, et si je n'avais pas promis de revenir avec de l'or et des chevaux, jamais il ne m'aurait autorisé à quitter la Bretagne !

Elle se rembrunit. L'espoir de retrouver Ninian venait de s'évanouir. Elle murmura :

– Alors jure-moi que tu te rendras au monastère dès ton arrivée en Gaule.

– Je te le jure. Moi aussi je tiens à le revoir. Et je veux me recueillir sur la tombe d'Aneurin. Même si ça ne sert à rien...

Sa voix se brisa. Il détourna les yeux et vida son verre d'un trait. Azilis revit la croix de bois où elle avait gravé son nom sous celui d'Aneurin. Sa gorge se serra.

Ils restèrent silencieux, plongés dans le souvenir de leur cousin. Puis Azilis reprit doucement :

– Puisque je ne peux pas te suivre, j'ai un service à te demander. Je voudrais que tu me rapportes certaines choses de la villa.

– Tout ce que tu veux. Marcus n'aura pas un mot à dire.

– J'ai besoin de plantes, de bulbes, de graines qu'on ne trouve pas ici. Je te préparerai une liste précise. J'aimerais que tu te rendes après de l'Ancienne de la forêt. Dis-lui ce dont j'ai besoin. Elle te le donnera.

– C'est tout ? Ni bijoux ni étoffes ? Je prendrai tout ce dont tu as envie, tu sais. Si ce porc essaie de m'en empêcher, je lui enfonce ma dague dans le cœur.

Elle savait qu'il disait vrai. Caius n'avait jamais apprécié leur frère aîné mais cette antipathie s'était muée en haine depuis qu'il le tenait responsable de la mort d'Aneurin et de la fuite d'Azilis jusqu'en Bretagne.

– Alors ? reprit-il. Qu'est-ce qui te ferait plaisir ? Nous quitterons Portus Adurni avec un chariot. Je pourrais y charger des coffres.

– Eh bien… Pourquoi pas des rouleaux et des codex ? Si tu savais à quel point je manque de lecture ! Je vais écrire une liste de ceux dont j'ai le plus envie, je te la confierai demain matin.

– De la lecture, soupira Caius en secouant la tête. Toi et Ninian, toujours le nez dans vos parchemins !

– Ah ! Bonne idée ! Prends aussi des parchemins vierges, des calames et de l'encre.

– Des calames et de l'encre ! Pourquoi pas des plats en argent ? Des soieries ? Des fourrures ? Des statuettes en bronze ? Allez, au moins de beaux harnachements pour les chevaux ?

– Si tu veux, répondit-elle en riant. Pour embêter Marcus.

Caius sourit pour la première fois de la soirée.

– Ne t'inquiète pas, petite sœur, ma seule présence suffira à réveiller ses douleurs d'estomac. Et je compte bien lui annoncer que Kian et toi êtes sains et saufs de ce côté du Mare Britannicum ! Il en crèvera de rage !

– Dommage que je ne puisse pas assister à cela ! J'aurais tant aimé revoir Rhiannon, et Tirid, ma petite esclave. Si tu la ramenais ? Je suis sûre que Marcus a profité de mon absence pour abuser d'elle. Elle sera plus heureuse ici !

– Excellente idée ! Elle est jolie ?

– Trop belle pour toi, barbare !

Cette fois, Caius éclata d'un rire sonore qu'il ravala presque aussitôt en jetant un regard à Arturus. Le dux ne réagit pas mais Myrddin se leva. D'un geste, il réduisit l'assistance à un silence si complet qu'on entendit le molosse d'Arturus briser l'os qu'il rongeait.

– Je serais un piètre barde si je ne proposais pas, ce soir, de soulager la peine de mon roi en lui jouant un air de harpe. Je veux que la musique accompagne les compagnons qui chevaucheront demain sur les routes de Bretagne. Arturus, me donnes-tu ton aval ?

# 4

Arturus acquiesça d'un geste. Myrddin saisit la harpe de voyage qui ne le quittait pas. Il fit glisser ses doigts sur les cordes : des notes d'une intense tristesse s'élevèrent dans la salle, imprégnant l'âme des convives d'une mélancolie dont aucun ne souhaitait sortir. Alors le barde entonna l'histoire de Blodeuwedd, la fille-fleur qui voulut tuer son créateur par amour pour un autre[1].

– *Ils réunirent les fleurs du chêne,*
*Celles du genêt, de la reine-des-prés.*
*Et par magie, firent la plus parfaite,*
*La plus belle jeune fille du monde entier.*

Un frisson traversa Azilis. Elle ferma les yeux. Lorsqu'il chantait, la voix de Myrddin était si semblable à celle d'Aneurin !

1. En raison d'une malédiction, Llew Llaw Gyffes ne pouvait avoir d'épouse humaine. Le magicien Gwydyon fit pour lui une femme avec des fleurs et la nomma Blodeuwedd. Plus tard, celle-ci s'éprit de Goronwy avec qui elle tenta d'assassiner Llew. Elle fut changée en chouette en guise de châtiment. Ce récit mythologique aux origines archaïques se trouve dans le *Mabinogion* (voir note p. 192).

Elle avait déjà entendu le barde d'Arturus scander des hymnes guerriers mais jamais cet ancien poème d'amour qu'Aneurin aussi avait chanté.

Azilis oublia où elle se trouvait et ceux qui l'entouraient. Elle écoutait à peine le récit, tant les chaudes inflexions de la voix l'émouvaient. Les vibrations des cordes de la harpe versaient dans son cœur un élixir d'une douceur insoutenable. La peau parcourue de frissons, elle laissa ses émotions l'emporter.

– *Le regard de Blodeuwedd se posa sur Goronwy*
*Et, dès cet instant,*
*Il n'y eut plus une parcelle de son être*
*Qui ne fût pénétrée d'amour pour lui.*

Le chant s'achevait. Elle ouvrit les paupières. Ses yeux rencontrèrent ceux de Myrddin et elle eut le souffle coupé. Incapable de détourner la tête, elle eut l'impression que le temps s'était arrêté. Puis le barde salua l'auditoire et le cœur d'Azilis se remit à battre.

Ses mains tremblaient. Elle se concentra pour reprendre le contrôle d'elle-même. Et pour chasser l'étrange sentiment d'abandon qui la submergeait. Elle tendit la main vers le gobelet qu'elle partageait avec Kian. Il la devança, l'emplit d'hydromel et le porta tendrement à la bouche d'Azilis. Elle referma ses mains sur les siennes et but, honteuse d'avoir été emportée si loin de lui par le chant du barde.

– Comme tu aimes la musique ! chuchota Kian à son oreille. Ton visage rayonnait. Tu étais si belle que...

La porte s'ouvrit violemment avant qu'il eût achevé sa phrase. Enid surgit en courant. Azilis pensa aussitôt qu'Adwen avait eu un malaise. À moins qu'un autre malade...

Cabal s'était dressé sur ses pattes en grondant, prêt à bondir, mais il s'immobilisa au premier mot de son maître.

– Dame Niniane, mes seigneurs, balbutia la jeune fille en s'inclinant profondément, pardonnez-moi de vous interrompre, je suis désolée...

– Parle donc! s'exclama Arturus. Qu'y a-t-il?

– Un messager...

Enid n'eut pas le temps d'achever sa phrase. Un cavalier couvert de boue et de poussière entra à son tour en titubant. Il tomba à genoux devant le dux.

– Les Saxons. Ils ont pris Portus Adurni.

Puis il s'écroula sur le sol, évanoui.

# Une flamme
# dans un œil noir

# 1

Un peu d'eau fraîche et du vinaigre aidèrent le messager à retrouver ses esprits. Il ne souffrait d'aucune blessure grave mais une multitude d'ecchymoses et de plaies superficielles montraient qu'il avait participé à un combat. Ses cernes bleuâtres et ses traits tirés témoignaient de son épuisement.

– Ils ont attaqué à l'aube, expliqua-t-il d'une voix rauque quand il eut recouvré ses forces. Par mer et par terre. L'effet de surprise a été total.

– Étaient-ils nombreux?

Le dux bellorum interrogeait le messager depuis son fauteuil, le visage aussi sévère que si l'homme avait été responsable du désastre.

– Suffisamment pour vaincre notre défense et s'emparer de la ville. Comme je vous l'ai dit, mon seigneur, on a été pris au dépourvu. Qui aurait cru qu'ils reviendraient si tôt après leur défaite à Sorviodunum?

– Pris au dépourvu? répéta Arturus avec ironie. Vraiment? On ne vous a donc pas avertis de rester sur vos gardes tant qu'Aelle ne serait pas mort? On ne vous

190

a pas ordonné de surveiller la côte nuit et jour? Je suppose que les gardes étaient trop saouls ou trop occupés avec des filles pour rester en faction.

Arturus n'avait pas élevé la voix. Pourtant, chacun de ses mots claquait comme une gifle et exprimait une fureur implacable. Pour la première fois, il apparaissait à Azilis dans toute sa puissance. Celle-ci ne se fondait pas sur la force physique ou sur la manipulation des êtres. Elle émanait naturellement de lui comme la chaleur émane du feu. Il parlait, et les hommes l'écoutaient.

Azilis, impressionnée, vit les porte-lance baisser la tête et Enid reculer. Le messager semblait sur le point de perdre à nouveau conscience.

– Combien de pertes? reprit Arturus. Les femmes et les enfants, les ont-ils massacrés? Ont-ils brûlé la ville? Parle, dépêche-toi!

– Je l'ignore, mon seigneur, balbutia l'homme. Beaucoup d'hommes ont péri, c'est sûr. Mais quand je suis parti, la ville ne brûlait pas. Quant aux femmes et aux enfants... Dieu me pardonne, je ne sais pas...

– Mais si tu le sais, répliqua le dux tranquillement. Ils tuent les hommes et les vieillards, vendent les garçons aux Scots et gardent les femmes comme esclaves. Ils leur font des petits Saxons pour peupler leurs terres.

Le messager ferma les paupières, livide. Azilis devina qu'il avait laissé une famille dans la ville.

– Nous avons lutté de notre mieux, mon seigneur, dit-il d'une voix brisée. Nous n'avions pas assez de guerriers pour nous protéger de deux attaques simultanées. Que peuvent faire des artisans et des pêcheurs contre ces démons? Même les armes nous manquaient...

– Pas assez de guerriers, s'écria Gwynnan rageusement, toujours ces mots! D'où Aelle sort-il les siens?

Nous en avons massacré des milliers mais il en vient toujours davantage ! À croire qu'il possède le chaudron de Bran[1] !

– Les Saxons ne débarquent jamais si tôt dans la saison, admit Caius.

– Beaucoup d'assaillants étaient très jeunes, déclara le messager. Certains étaient presque des enfants. Mais ils se battaient avec une telle rage qu'ils étaient aussi redoutables que les adultes.

– Des fils venus venger leurs pères et leurs frères, murmura Caius.

– As-tu d'autres informations ? demanda Arturus.

– J'ai réussi à quitter la ville très tôt hier matin. Nous étions submergés, il fallait vous prévenir et j'étais le meilleur cavalier. Je suis allé à Venta Belgarum[2]. Les magistrats savaient que vous vous dirigiez vers la Dumnonia et feriez étape à Ynis-Witrin. Je craignais de ne pas vous trouver. Dieu merci, vous êtes encore ici ! Voilà deux jours que je galope et…

– On va te donner de la nourriture et un lit, le coupa Myrddin.

Se tournant vers les porte-lance, il ordonna :

– Gwalmai, Garym, emmenez-le.

Ils obéirent. Enid les accompagna, fuyant la salle silencieuse et les hommes aux regards durcis.

---

1. Chaudron merveilleux de la mythologie celtique, peut-être à l'origine du Graal. « Je te donnerai un chaudron dont voici la vertu : si on te tue un homme aujourd'hui, tu n'auras qu'à le jeter dedans, pour que le lendemain il soit aussi bien que jamais, sauf qu'il n'aura plus la parole », déclare Branwen dans le *Mabinogion*. Ce recueil de mythes et récits pseudo-historiques celtes comprend plusieurs récits où le roi Arthur et ses compagnons apparaissent pour la première fois dans une œuvre en prose celte. Le manuscrit que nous connaissons date de 1325 mais se base sur des histoires transmises oralement de siècle en siècle.
2. Winchester, ville du sud de l'Angleterre.

# 2

Les ombres des guerriers, immenses, déformées, dansaient sur les murs ocre. Tous attendaient qu'Arturus prît la parole. Les petites flammes des lampes à huile se reflétaient dans leurs regards qui devenaient les foyers d'un feu étrange. Leurs visages évoquèrent à Azilis les masques tragiques des comédiens.

Peut-être, se dit-elle, n'étaient-ils que cela : les acteurs d'une tragédie que dirigeaient des dieux insensibles et joueurs.

Peut-être les décisions d'Arturus lui étaient-elles soufflées par une divinité invisible qui offrait à ses créatures une liberté fictive.

Peut-être n'était-elle rien d'autre qu'un personnage dans un récit.

Elle chassa ces pensées absurdes et se concentra sur le réel. Cette salle, aux murs décorés de fleurs et de colombes peintes à une époque paisible et prospère. Ces hommes, dont dépendait le futur de la Bretagne, et son propre futur aussi.

Arturus passa une main sur son front.

– Portus Adurni est notre dernier port fortifié, soupira-t-il. Nous devons le reprendre avant que des renforts saxons n'arrivent. Si la ville est vraiment tenue par des gamins, ce devrait être à notre portée !

– À moins que le messager ait menti, remarqua Petrus. J'ai peine à croire que des enfants puissent prendre d'assaut une cité !

– C'est possible s'ils sont suffisamment entraînés, le contredit Myrddin. Surtout quand on leur a promis qu'ils retrouveraient leurs pères au Valhalla[1] !

– J'imagine qu'Aelle a passé l'hiver à préparer cette attaque, soupira Arturus. Quelle belle revanche !

– J'ai parfois l'impression que tu l'admires, s'étonna Caius.

– Évidemment ! C'est un chef de guerre extraordinaire ! Il aurait pu s'estimer vaincu après la défaite de Sorviodunum. Nous avons décimé plus d'un tiers de son armée ! Mais non. Il nous prend par surprise au début du printemps en lançant des gamins à l'attaque d'un point stratégique. Et ils gagnent ! Comment ne pas être impressionné ? Mais il n'est pas question d'en rester là. Nous allons reconquérir le port.

– Veux-tu que je parte pour l'Arfon demain ? interrogea Gwynnan. Je peux rejoindre Segontivum[2] en cinq ou six jours. Je réunirai une armée et nous descendrons sur Portus Adurni.

– Il nous faudra bien une dizaine de jours, soupira Arturus. Mais nous ne pouvons espérer la victoire sans les archers d'Arfon. Arrête-toi à Glenum[3]. Que le

---

1. Le Valhalla (ou Walhalla) est le paradis réservé aux guerriers morts en héros dans la mythologie nord-germanique.
2. Caernarfon, ville de la côte ouest du pays de Galles.
3. Gloucester, ville du centre de l'Angleterre située à l'embouchure du Bristol Channel qui sépare le sud-ouest de l'Angleterre du sud du pays de Galles.

commandant du fort mette à notre service les cavaliers dont il peut se passer. Avec les raids scots sur cette région, j'imagine qu'il ne donnera pas plus d'une quinzaine d'hommes, mais ce sera déjà ça. Lorsque l'armée sera au complet, vous attaquerez Portus Adurni. Kaï, une fois à Venta, tu prendras évidemment la tête de tes cavaliers[1]. Toi, Petrus, tu mèneras les miens. Vous partirez demain.

Arturus se tourna vers Kian.

– Je suis certain que Kaï appréciera ta présence à ses côtés. J'ai besoin de mes meilleurs guerriers pour cette bataille, et je te considère comme l'un de ceux-là.

– Je te remercie, Arturus, déclara Kian en le saluant. Je te le répète, c'est un honneur pour moi.

Un froid terrible pétrifia Azilis. De nouveau, elle eut la terrible impression d'assister à une pièce tragique dont le déroulement était déjà écrit. Spectatrice impuissante, elle ne pouvait intervenir.

– Et moi, Arturus? demanda calmement Myrddin. Souhaites-tu que je les accompagne?

– Je préfère que tu restes à mes côtés. Nous aurons à mettre au point notre stratégie.

Myrddin s'inclina avec un fin sourire. Quand il releva la tête, son regard croisa celui d'Azilis. La flamme d'une lampe se reflétait dans son œil noir.

---

1. Kaï, le second du dux bellorum, se trouve à la tête d'une unité de cavalerie composée d'une centaine d'hommes. Pendant les batailles, Arturus dirige une autre unité de cavalerie elle aussi composée d'une centaine de cavaliers (voir *Azilis, L'épée de la liberté*).

# 3

Kian partirait à l'aube et la nuit était déjà entamée. Il avait rassemblé des vêtements, ses armes, son casque.

Assis en tailleur sur le sol, il affûtait sa dague avec soin. Azilis s'agenouilla près de lui. Il leva la tête, repoussa une mèche brune qui lui couvrait les yeux et lui sourit. « Il a un sourire magnifique, pensa-t-elle. Il est si beau ! »

Elle avait mille choses à lui dire mais toutes semblaient dérisoires. Toutes se résumaient à : « Je t'aime, je ne veux pas que tu partes. »

– Tu la prépares pour le combat ? demanda-t-elle platement.

Il fit tourner l'arme dans sa main. La poignée était décorée de cercles concentriques qui s'enroulaient autour du manche comme une cordelette de métal.

– C'est joli, cette décoration, remarqua-t-elle.

– Ça permet de mieux tenir la dague.

– C'est avec elle que tu as tué le berserker.

– Et Lucius Arvatenus.

Un éclair de satisfaction éclaira son regard à ce souvenir. Elle le revit égorgeant Lucius sans la moindre hésitation.

Kian caressa les cheveux d'Azilis. Elle plongea son regard dans ses yeux d'or.

– Ne t'inquiète pas, dit-il. Je reviendrai vite.

– Ou jamais.

« Je ne donne pas cher de la vie du seigneur Kian... »

Azilis se mordit la langue pour chasser les mots de Gwyar. Ils la hantaient depuis qu'elle savait que Kian allait se battre. Des larmes de désespoir lui brûlèrent les yeux, roulèrent sur ses joues. Elle se détourna mais Kian les avait vues. Il les essuya avec douceur et elle se serra contre lui en sanglotant.

– Je dois partir, Azilis. Sinon, je ne serai plus l'un des guerriers d'Arturus. Juste un lâche incapable de tenir parole.

Elle acquiesça d'un hochement de tête.

– Je sais... J'ai si peur de te perdre. De ne plus te revoir.

Il la serra contre lui jusqu'à ce qu'elle cesse de pleurer. Tandis que son visage s'enfouissait dans le cou de Kian, un flot de pensées chaotiques et de souvenirs se bousculaient dans son esprit. Kian la suivant de mauvaise grâce lorsqu'elle rendait visite à Rhiannon. Kian lui apprenant à distinguer les empreintes du renard de celles du chien. Kian jouant avec Ormé. Kian riant avec Aneurin. Et la première fois où ils avaient fait l'amour.

Il la tenait dans ses bras mais c'était comme s'il était déjà parti.

– Je suis sûr de revenir bientôt. Caius le pense aussi. Ce ne sera qu'une petite bataille comparée à Sorviodunum.

– On peut mourir dans une escarmouche.

– On peut mourir dans sa chambre.

Elle soupira. Bien sûr, Kian n'avait d'autre choix que de se battre pour Arturus, cependant il n'avait pas besoin de se forcer. Il était heureux de risquer sa vie sur un champ de bataille pendant qu'elle l'attendrait sagement à la maison.

Pourquoi les hommes prenaient-ils tant de plaisir à massacrer leurs semblables? Était-ce là ce qui donnait du sel à leur existence?

Il la porta sur le lit. Elle le laissa la déshabiller et l'aimer en silence. Mais elle aussi était déjà partie.

# L'âge
## des pierres levées

# 1

Le mortier écrasait les graines de pavot. Mouvement de la main régulier, bruit feutré et monotone sur lequel elle accordait ses pensées. Elle travaillait dans la chambre aux herbes depuis la fin du déjeuner et la huitième heure[1] s'achevait. Elle avait mal à la tête. Il faudrait qu'Adwen mange de la viande, ce soir. Du poulet. Enid s'occupait de la petite fille. Elle la trouvait curieuse et très éveillée. Tant mieux. Elle ferait sans doute une bonne élève. Et puis elle buvait ses remèdes docilement, contrairement à Arturus. Est-ce qu'elle donnerait du pavot au dux pour le forcer à dormir ? Est-ce qu'elle-même en prendrait pour supporter de se coucher seule dans un lit glacé ?

Les guerriers étaient partis alors que l'aube n'avait pas chassé les dernières étoiles. Les chiens aboyaient comme pour une partie de chasse. Assis près d'Arturus, Cabal les observait en remuant nerveusement la queue. Parfois, il lançait un regard à son maître et se levait avec

---

1. Les heures se comptaient par douze à partir du lever du soleil et par douze à partir de son coucher. Au printemps, la huitième heure correspond à peu près à quinze heures.

un gémissement d'envie. Mais son maître restait assis dans un fauteuil que l'on avait porté dans la cour. Les hommes s'étaient présentés devant lui et il les avait harangués comme avant une bataille. Puis ils avaient enfourché leurs chevaux. Ils s'étaient engouffrés dans la brume matinale que le soleil levant teintait de pourpre. Ils avaient aussitôt disparu. Seuls le bruit des sabots et les aboiements des chiens avaient encore témoigné de leur présence.

Puis ç'avait été le silence. Le début de l'attente.

« Combien de temps ? se dit-elle en vidant la poudre de pavot dans un pot de terre cuite. Au moins deux jours avant qu'ils atteignent Venta. Plus d'une semaine avant qu'arrive l'armée d'Arfon. Et ensuite ? L'attaque de Portus Adurni. Est-ce que ce sera long ? Combien de temps ? Combien de temps ? »

Elle s'était posé cette question cent fois depuis le matin. Elle avait interrogé Arturus. Sa réponse ne l'avait pas satisfaite.

« Ils seront de retour d'ici une vingtaine de jours, avait-il affirmé. Juste quand je serai guéri et prêt à partir en Dumnonia. »

Vingt jours ! Autant dire une éternité...

De nouvelles graines de pavot, le crissement du mortier, le rythme du poignet.

La journée passée s'égrenait dans sa mémoire : les soins donnés à Adwen et à Arturus, la visite d'un métayer qui s'était cassé trois doigts, deux heures avec Math à discuter des affaires de la villa... Elle n'avait pas manqué d'occupations.

– Je ne pourrai jamais attendre si longtemps, s'écria-t-elle en posant brusquement le mortier sur la table. Je mourrai d'ennui et de désespoir. Si seulement j'avais pu les accompagner !

Avant le départ, elle en avait fait la demande à Caius mais avait essuyé un refus si catégorique qu'elle n'avait pas insisté.

« Avant, je ne lui aurais pas demandé son autorisation, pensa-t-elle. C'est sans doute que je deviens sage et vieille. J'ai déjà dix-sept ans ! »

Elle laissa cette idée flotter un instant avant d'ajouter : « Et je ne suis pas encore mère. »

Un puissant sentiment de regret la traversa. Kian voulait un enfant, elle en était certaine. Il le lui avait fait comprendre. Elle n'y songeait pas vraiment mais elle ne voulait pas le décevoir. Une soudaine inquiétude la saisit. Kian et elle étaient amants depuis bientôt un an. Était-il normal qu'ils n'aient pas encore conçu ? Elle se prit à espérer qu'elle ne saignerait pas à sa prochaine lune, qu'elle portait déjà en elle un fils ou une fille.

« Si nous avions une fille, je l'appellerais Olwen, comme maman, se murmura-t-elle. Je suis sûre que Kian serait d'accord. Et si c'était un garçon... Aneurin. Ou bien Ninian. »

Le visage de Ninian surgit devant ses yeux. Un visage si semblable au sien. Que de bons moments ils avaient partagés ! Tant de jeux, de parties de cache-cache, de fous rires ! De chamailleries aussi ! Il ne devait pas s'amuser souvent au monastère. Pourtant, il y était heureux. S'il s'y trouvait encore.

Son cœur se serra au souvenir de l'horrible vision qui l'avait réveillée six mois auparavant. Saurait-elle jamais s'il s'agissait d'un cauchemar ? Le départ de Caius pour Venta retardait la promesse de nouvelles fraîches. Et si Caius mourait en attaquant le port ?

– Niniane ?

Elle sursauta. Une fois de plus, Myrddin l'avait surprise. Il se tenait dans l'embrasure de la porte. Elle se leva pour l'accueillir.

– Veux-tu poursuivre ton initiation?

La tristesse d'Azilis disparut en un éclair. Son initiation! Elle n'y avait plus songé depuis la veille au soir.

– Avec plaisir!

– Alors suis-moi.

# 2

Il l'entraîna vers le Tor mais ne s'arrêta pas près de la source. Ils poursuivirent leur chemin vers un bosquet de saules et de jeunes chênes situé plus à l'est. Myrddin semblait bien connaître la villa et ses environs. Elle se souvint que le domaine avait appartenu à Ambrosius Aurelianus qui l'avait légué à Arturus. Sans doute Myrddin y avait-il séjourné auparavant.

Ils s'assirent face à face sur le sol moussu et odorant. L'après-midi était déjà très entamé. Un vent léger effleurait les feuillages qui bruissaient. Une buse lança son cri rauque loin au-dessus des cimes.

– Qui suis-je? interrogea Myrddin.

Elle soupira. Encore une de ces maudites énigmes!

– Tu es Myrddin, le barde d'Arturus.

– Qu'est-ce qu'un barde? Quel est son rôle?

Les questions étaient trop faciles. Azilis connaissait parfaitement la fonction du barde. Il devait y avoir un piège, mais lequel?

– Il doit célébrer les actions guerrières par des chants héroïques. Chanter des louanges ou des satires en s'accompagnant d'une harpe. Et connaître la généalogie des rois et des batailles de son clan.

– Est-ce ce que je vais t'apprendre? Est-ce ce que j'ai commencé à t'enseigner?

Elle le fixa, interloquée.

– Eh bien... non. Enfin, je ne crois pas!

– Alors, qui suis-je? Réfléchis.

Elle resta muette, le dévisageant sans trouver la réponse à une question qu'elle aurait dû se poser plus tôt.

« Il faut interroger les évidences, lui avait souvent répété son père. C'est l'essence de la philosophie. » Elle avait mal suivi ce conseil.

– Tu es peut-être un druide, risqua-t-elle.

– Bien sûr, admit-il. Les bardes appartiennent à la caste des druides. Mais si tu songes aux druides bretons qui enseignaient la religion, les sciences et la philosophie, ceux-là ont été exterminés par tes ancêtres romains il y a plus de trois cents ans. Ils les craignaient davantage que nos guerriers.

– Je n'ai pas seulement des ancêtres romains, protesta-t-elle. Mon cousin était barde, et notre grand-père, et d'autres de notre famille avant eux!

– Je le sais. Sinon, je ne pense pas que tu serais ici.

– Alors finis-en avec tes devinettes et dis-moi qui tu es!

Myrddin éclata de rire.

– Comme tu es impatiente! Et autoritaire! Si je dois te fournir les réponses avant que tu aies posé les bonnes questions, mon enseignement n'aura guère de prix.

205

Elle s'efforça de se calmer. Il avait raison, elle le savait. C'était profondément agaçant. Très stimulant aussi. Il la fixait de son regard bicolore où luisait une pointe d'ironie.

« Je connais la marche des astres et le langage des pierres dressées, je peux quitter mon corps et voyager dans l'espace et le temps... »

Voilà ce qu'il lui avait murmuré, à Sorviodunum, elle en était certaine.

– Tu es un mage, suggéra-t-elle. Non, un initié ! Tu m'as dit que tu compléterais mon initiation, donc c'est que tu es un initié ! Mais à quoi ? À la magie, sans doute. Est-ce la bonne réponse ?

– En quelque sorte.

Il se pencha vers elle et prit ses mains dans les siennes.

– Ce que je vais te révéler à mon sujet, Niniane, peu de gens le savent. Je te demande de n'en rien dire à personne. Pas même à ton amant. Le secret de mes origines fait partie du mystère dont je m'entoure. Tu entendras peut-être d'étranges légendes à mon sujet. On raconte que je suis né de l'union d'une vierge et d'un démon. Que je parlais dès ma naissance. Que j'ai plus de cent ans. Ne détrompe jamais ceux qui racontent ces bêtises car, sans le savoir, ils augmentent mon pouvoir. En te livrant la vérité, je m'affaiblis. Le comprends-tu ? Alors jure-moi de garder ces révélations secrètes.

– Je te le jure, Myrddin.

– Bien, fit-il en lui lâchant les mains. Sais-tu que l'on raconte déjà de surprenantes histoires à ton sujet ?

– Ma cuisinière en mijote chaque jour, marmonna Azilis, non sans rancœur. C'est le plat qu'elle cuisine le mieux.

Elle n'avait toujours pas pardonné à Gwyar ses prédictions funestes au sujet de Kian.

– Eh bien, c'est parfait ! Plus il y aura de rumeurs à ton sujet, plus forte tu seras. Une grande partie de notre pouvoir sur les autres est issue de la crainte respectueuse que nous leur inspirons. Ils se persuadent seuls de notre puissance !

Azilis se remémora la peur que Rhiannon provoquait chez Kian, qui ne pouvait pourtant pas être taxé de couardise. Le jeune homme préférait affronter des guerriers francs plutôt que de franchir la porte de l'Ancienne de la forêt.

Myrddin reprit :

– Laisse-moi te parler de mon enfance...

# 3

– Je m'appelle Myrddin ap Morvyn. Je suis né au nord de la Bretagne, dans une région que les Romains ont peu transformée mais que les Pictes et les Saxons ont sans cesse attaquée. Mon père était barde. Il a commencé à m'enseigner son art dès mon plus jeune âge : harpe, chant, poésie, généalogies, satires et louanges... mais aussi ce qu'il connaissait du savoir perdu des anciens druides, les bribes qui avaient survécu en étant transmises secrètement, de siècle en siècle, grâce aux rares survivants des massacres de Gaule et de Bretagne.

– Quel dommage que les druides n'aient pas connu l'écriture, soupira Azilis.

– C'est faux. Les druides l'utilisaient. As-tu oublié l'énigme que je t'ai posée hier ? « L'œil, l'esprit, la lettre. » Ils écrivaient leurs malédictions. Afin de les rendre éternelles. Toutefois ils refusaient d'utiliser l'écriture pour conserver leur savoir car cela aurait signifié qu'il était fixé à jamais. Et donc mort. Au contraire, en transmettant oralement leurs connaissances, ils les vivifiaient de génération en génération.

– Mais il risquait d'y avoir des erreurs, des changements.

– Et alors? Pour demeurer vivant, le savoir doit être en constante mutation. Le cœur de la connaissance demeure identique, cependant en se réincarnant en chaque étudiant il rajeunit, retrouve une force neuve, un sens primordial. Est-ce que tu comprends?

Elle acquiesça en silence.

– C'est donc ton père qui t'a tout appris? demanda-t-elle après un moment.

Myrddin secoua la tête.

– Non. J'ai été enlevé à ma famille à l'âge de dix ans et je n'ai jamais revu mes parents.

Elle laissa échapper une exclamation de surprise.

– C'est malheureusement assez fréquent dans cette région, expliqua-t-il.

– Je sais. Ma petite cousine a été enlevée par des Saxons.

– Moi, par des Pictes.

– Des Pictes!

– Oui. J'ai eu de la chance.

– De la chance? On m'a toujours parlé d'eux comme de monstres terrifiants que les légions romaines n'ont pas vaincus. Même les Saxons les craignent!

Un sourire flotta sur les lèvres de Myrddin.

– C'est pourquoi ils possèdent encore les savoirs de temps infiniment lointains! Leurs rituels sont aussi anciens que les premiers chemins qui furent tracés sur cette île. Ils ont l'âge des pierres levées.

L'âge des pierres levées! Azilis se redressa, le cœur battant. Jamais elle n'aurait rêvé d'avoir accès à de telles connaissances! Les pensées tourbillonnaient dans son esprit, mille questions se pressaient sur ses lèvres.

– Est-ce vrai ce que tu m'as dit à Sorviodunum ? Que tu pouvais quitter ton corps et voyager dans l'espace et le temps ? Que tu avais été étoile, aigle, harpe et je ne sais quoi encore ? Est-ce que tu vas m'apprendre ça aussi ?

Cette fois, Myrddin rit franchement.

– On croirait une enfant gourmande à qui on promet des sucreries.

Il ajouta en effleurant sa joue :

– Tu es très belle avec tes yeux brillants et tes pommettes qui rosissent.

Elle était trop enthousiaste pour s'offusquer de son geste ou de ses paroles.

– Alors, dis-moi ! Pourquoi t'ont-ils initié à leur magie au lieu de te réduire en esclavage ?

– Tu commences à poser les bonnes questions. En effet, pourquoi ont-ils décidé de faire d'un garçonnet chétif et terrifié un de leurs auxiliaires dans l'Autre Monde ? Qu'est-ce qui, chez moi, les a incités à accomplir une chose aussi étrange ? Regarde-moi, Niniane.

– Tu as dû beaucoup changer, commença-t-elle. Je ne peux pas t'imaginer tel que tu étais il y a… Combien de temps, d'ailleurs ? Quel âge as-tu ?

Il souriait sans répondre. Elle examina son visage, détaillant les traits fins et ambigus. Sa bouche, ses pommettes hautes, la ligne de ses sourcils, possédaient une finesse féminine que démentaient les mâchoires et le nez. Son visage était hors du commun même sans ses cheveux décolorés et son regard bicolore.

– Tes yeux, s'exclama-t-elle. Tes yeux vairons ! Ils y ont vu un signe ! Le signe que tu appartenais à cet Autre Monde dont tu viens de parler.

– Bravo ! s'exclama-t-il.

Il paraissait ravi, voire un peu surpris. Azilis en ressentit de la fierté. Le temps d'un claquement de doigts, elle revit son père la félicitant pour la bonne traduction d'un texte grec.

Cette pensée incongrue s'enfuit aussi vite qu'elle avait surgi.

– C'est exactement ça, approuva Myrddin. Les guerriers pictes qui ont fait une incursion de l'autre côté du mur d'Hadrien[1] m'ont emmené parmi des prisonniers qu'ils pensaient vendre aux Scots. Je ne comprenais pas ce qu'ils disaient, mais je voyais qu'ils me traitaient différemment. Ils n'osaient pas me toucher, me poussaient du bout de leurs lances. Cela ajoutait à ma panique !

Il fronça les sourcils comme s'il rassemblait ses pensées puis poursuivit :

– Ils m'ont amené auprès d'un homme âgé couvert de tatouages au point qu'il paraissait avoir la peau bleue. Ses cheveux étaient d'un blond étrange, presque blanc. Il avait les dents noircies et un regard effrayant. Avec un œil bleu et l'autre noir.

Il marqua une nouvelle pause et regarda autour de lui.

Azilis, suspendue à ses paroles, se mordit les lèvres pour ne pas le presser de poursuivre son récit.

– Cet homme est devenu mon maître et, plus tard, mon ami, reprit Myrddin. Il m'a appris l'essentiel de ce que je sais.

Il tendit la main à Azilis.

1. En 122 de notre ère, l'empereur romain Hadrien ordonna la construction de cette fortification de 120 km de long qui sépare le nord de l'Angleterre actuelle de l'Écosse, afin de protéger la Bretagne des incursions incessantes des Pictes. Des pans entiers de cette muraille sont encore visibles aujourd'hui.

– Rentrons. Le soleil se couche. On doit te chercher partout. Nous reprendrons demain.

Elle le suivit sans protester bien qu'elle eût souhaité qu'il poursuive son récit. Une nouvelle fois, ils descendirent vers la villa main dans la main.

# Les compagnons d'Arturus

# 1

Kian avait fendu la brume matinale avec un sentiment grisant de puissance et de liberté. Il chevauchait aux côtés des compagnons d'Arturus ! Et cette fois, ce n'était pas lui qui avait supplié le dux de l'accepter dans son armée. C'était Arturus qui l'avait sollicité. Lui, Kian, l'ancien esclave.

Mais pendant qu'il couvrait au galop les milles qui séparaient Ynis-Witrin de Venta Belgarum, l'image d'Azilis, les yeux mouillés de larmes, ne quittait pas sa mémoire.

Les cavaliers s'arrêtèrent à la nuit tombée dans une plaine balayée par les vents. Gwynnan et Cannaid, son porte-lance, s'étaient séparés d'eux pour partir vers le nord. Le groupe se réduisait maintenant à Kian, Caius et Petrus accompagnés de Garym et Pebwyr, ainsi que du messager venu la veille leur annoncer la prise de Portus Adurni.

Ils allumèrent un feu où ils cuisirent la viande de daim préparée par Gwyar. Puis ils s'allongèrent, enroulés dans une couverture, la tête sur la selle de leur monture, les pieds tournés vers les flammes. Caius prit le premier tour de garde. Les chiens auraient suffi à protéger le sommeil des guerriers mais il fallait entretenir le feu.

Kian, incapable de s'endormir, contempla longuement la voûte céleste parsemée d'étoiles. La lune à demi pleine éclairait la terre d'une lumière crue. Une chouette poussait parfois son cri bref auquel semblaient répondre les glapissements des renards, les couinements des rongeurs et les ronflements des hommes.

Kian se tournait et se retournait, incapable de trouver le sommeil, pensant à Azilis, tourmenté par le désir qu'il avait d'elle. Depuis presque un an, il n'avait pas passé une nuit sans la serrer contre lui. Cette séparation lui prouvait à quel point elle lui était devenue indispensable. Sans elle, il se sentait vide, mutilé. Une sorte de panique l'envahit devant l'étendue de l'amour qu'il lui portait. « La perdre, ce serait mourir », se dit-il en se retournant pour la dixième fois, les yeux ouverts et les mâchoires serrées.

– Tu n'arrives pas à dormir, hein ?

Caius s'était agenouillé près de lui. Kian se redressa.

– C'est vrai. Je ferais mieux de prendre ta place et de te laisser te reposer.

– Si tu veux, mais je suis encore bien éveillé. On peut passer un moment ensemble...

Ils s'assirent près du feu. À la lueur des flammes, les cheveux de Caius luisaient comme le cuivre des bracelets qui ornaient ses bras et ses poignets. Ses grands yeux verts ressemblaient à ceux d'Azilis mais leurs points communs s'arrêtaient là. Le frère aîné de la jeune femme avait hérité de la haute stature de leur père, de ses mâchoires carrées, de sa carrure de géant. Il avait le visage d'un homme d'action qui ne s'attarde pas en considérations inutiles.

– Arturus a beaucoup d'estime pour toi, chuchota Caius en repoussant des braises dans le foyer.

– Tu dis ça parce qu'il m'a proposé de me joindre à vous ?

– Pas seulement... Il a beaucoup parlé de toi. Je crois qu'il te voudrait dans sa garde personnelle. Et Myrddin ne tarit pas d'éloges sur toi, ce qui confirme Arturus dans son choix.

Kian dévisagea le frère d'Azilis.

– Ça signifie quoi, au juste ?

– Que tu rejoindrais le cercle fermé de ses plus proches compagnons auquel Petrus, Gwynnan et moi appartenons déjà. Ceux qui le suivent et le servent constamment.

– Je ne vivrais plus avec Azilis ?

– Tu l'appelles encore Azilis ? J'avais cru comprendre que ce nom était dorénavant proscrit !

– Ça m'a échappé, marmonna Kian, gêné. Je ne l'appelle comme ça que lorsque nous sommes seuls... Alors je devrais quitter Ynis-Witrin ?

– Sans doute. Tu pourrais y retourner, mais tu n'y habiterais pas constamment.

– Ça ne m'intéresse pas, Kaï. Je veux rester libre, et vivre avec Azilis.

Caius ajouta une branche dans le feu. Elle s'entoura d'un halo bleu puis s'enflamma avec des craquements secs.

– À toi de voir... Arturus ne te forcera pas. Mais réfléchis. Tu n'es plus l'esclave de ma sœur, Kian. Elle t'aimera d'autant plus qu'elle craindra de te perdre et que tu lui manqueras. C'est une règle absolue en amour !

Caius eut un petit rire et ajouta en se levant :

– Venant d'un homme qui n'est jamais resté plus d'une semaine avec une femme, ces conseils peuvent sembler dérisoires. Mais, crois-moi, ils sont d'or ! Allez, réveille-moi quand tu sentiras le sommeil te gagner. Ou secoue le vieux Petrus ! Ses ronflements empêcheraient un sanglier de dormir !

Kian acquiesça d'un sourire distrait avant de replonger son regard dans les flammes. Pour la première fois de son existence, c'était à lui de diriger son destin. Au risque de tout perdre.

# 2

Ils arrivèrent à Venta Belgarum le lendemain. Les hommes d'Arturus logeaient dans l'ancien palais du gouverneur, une vaste demeure romaine dont l'opulence encore manifeste impressionna Kian. Il partageait une chambre avec Caius et Garym. Des quatre porte-lance qui avaient suivi les guerriers à Ynis-Witrin, Garym était le plus taciturne mais également, selon Caius, le plus dévoué. Il avait treize ans, servait Caius avec fierté et lui vouait une admiration sans limites. Il proposa à Kian de s'occuper aussi de ses armes « tant qu'il n'avait pas de porte-lance ». Le jeune homme accepta de bon cœur, ne conservant que l'entretien de la dague qui ne le quittait jamais.

Au fil des jours, Caius et Kian se lièrent d'une amitié toujours plus étroite. Le frère d'Azilis était un être solaire, rayonnant et droit, qui s'imposait comme meneur d'hommes avec aisance. Ses colères étaient brèves et terrifiantes, sa générosité immense, son optimisme déterminé. Kian aurait pu passer ses soirées à se morfondre car Azilis lui manquait plus qu'il ne l'avait craint. Au lieu de quoi, il se surprit souvent à rire aux larmes, assis dans la grande salle des banquets avec Caius et d'autres cavaliers, un gobelet de bière dans une main et une paire de dés dans l'autre.

Il ne souffrait de la solitude que la nuit, une fois Caius parti rejoindre une femme « splendide » dont il aurait oublié le nom au matin. Alors l'absence d'Azilis rongeait le cœur et le corps de Kian, entamant son sommeil, envahissant ses rêves.

En quelques jours, il progressa davantage en breton que pendant des mois à Ynis-Witrin. Son vocabulaire s'enrichit d'expressions et de mots glanés parmi les guerriers qu'Azilis ne lui aurait jamais enseignés faute de les connaître. C'est pourquoi il fut capable de détecter l'accent étranger de l'homme qui l'interpella un soir pendant qu'il disputait une partie de dés avec Caius.

– Comment va dame Niniane?

Kian releva la tête. Qui était cet individu?

– Elle allait bien quand je l'ai quittée.

– Et est-ce qu'elle poursuit son travail de… comment dire… son travail de médecin?

Kian le toisa sans répondre. Il se souvenait de lui à présent. Ces cheveux noirs striés de blanc, ce visage maigre, ce nez busqué. Un personnage arrogant qu'il avait mis à la porte de leur chambre pour l'empêcher de réveiller Azilis. Le médecin d'Arturus.

– Ça ne vous concerne pas.

Alexion eut un mouvement de surprise. Il le foudroya du regard et s'adressa à Caius qui observait la scène d'un air amusé.

– Ça ne me concerne pas ! Alors que moi, Alexion, le médecin du dux bellorum, je suis prêt à la prendre pour élève ! J'ai informé Arturus de ma proposition. Et Myrddin. Le barde m'a assuré qu'il lui en parlerait en personne !

– Il le fera, affirma Caius. Mais il n'en a peut-être pas eu le temps avant notre départ précipité. Vous aurez des nouvelles de ma sœur prochainement, j'en suis certain.

Alexion leur tourna le dos et partit en marmonnant des invectives pendant que Caius tentait de garder son sérieux.

– Il est insupportable, glissa-t-il à l'oreille de Kian. Mais mieux vaut ne pas s'en faire un ennemi ! C'est le meilleur chirurgien du pays, sauf si tu lui as manqué de respect. Et par les temps qui courent, nous risquons vite une méchante blessure.

– Il refuserait de me soigner ?

– Oh ! Non, il te soignera… Seulement, tu peux être sûr que tu t'en souviendras !

Kian regarda le médecin s'éloigner. Et souhaita ne jamais avoir à subir ses soins.

# 3

En attendant le retour de Gwynnan, Petrus envoya des espions à Portus Adurni. Ceux-ci revinrent avant le fauconnier, porteurs de nouvelles fraîches : les environs de la ville avaient été razziés, de nombreux villageois avaient été tués ou faits prisonniers. Le port était tenu par une vingtaine de bateaux saxons arrivés sans nul doute en renfort après la prise de la ville. Et, bien sûr, des guetteurs postés sur les murs surveillaient les alentours jour et nuit. La partie ne s'annonçait pas aussi facile qu'espéré.

L'arrivée d'une vingtaine de cavaliers du fort de Glenum, puis une semaine plus tard de Gwynnan à la tête de cinquante archers rendirent l'espoir aux hommes d'Arturus. Grossie des fantassins de Venta et des deux cents cavaliers que dirigeaient Caius et Petrus, l'armée qui se mit en marche était assez nombreuse pour impressionner l'ennemi. Mais Kian remarqua avec inquiétude l'équipement hétéroclite des fantassins, les harnais romains usés, les pilums[1] et les glaives sans doute hérités de leurs pères et grands-pères.

1. Javelot de l'infanterie romaine.

Ils quittèrent Venta trois heures avant l'aube, s'éclairant de flambeaux pour suivre la route qui descendait vers la mer. Des bœufs tiraient les charrettes chargées de machines de siège : un bélier, une catapulte et deux onagres. Dans l'obscurité à peine repoussée par les torches, le martèlement des pas et des sabots surgissait du néant, comme si une légion fantôme s'enfonçait dans la nuit.

L'aube se leva, et avec elle un vent d'ouest au parfum d'algues et de sel. Ils firent halte à la vue des murailles de Portus Adurni. La bannière ornée du cheval blanc d'Aelle avait remplacé le dragon rouge de Bretagne.

– Le litus saxonitum[1], grogna Caius en crachant par terre. Il n'a jamais mieux porté son nom !

La route était bordée de terres humides envahies d'ajoncs. Un échassier s'envola lourdement non loin de Kian. À l'exception des mouettes et des grands corbeaux qui planaient au-dessus de la ville, elle semblait endormie.

– Ils nous attendent, décréta Petrus.

– Eh bien, ne soyons pas impolis, rétorqua Gwynnan, les yeux brillants. Nous avons assez abusé de leur patience.

– Prêt, tueur de berserker ? demanda Caius avec un sourire étincelant.

– Prêt, répondit Kian en attachant les lanières de son casque.

Contrairement à ce qui s'était passé à Sorviodunum, il ne livrerait pas ce combat seul au milieu d'inconnus. Les compagnons d'Arturus étaient devenus ses frères d'armes, et Caius un parent et ami.

---

1. C'est-à-dire la côte saxonne. On appelait ainsi les côtes de Grande-Bretagne et de Gaule où les Romains avaient établi des forts, à intervalles réguliers, afin de les protéger des attaques de pirates saxons, angles, jutes et francs.

Les hommes se postèrent selon l'ordre de bataille longuement préparé à Venta. Si la ville demeurait close, ils établiraient un siège. Mais si, comme le pensait Petrus, les Saxons sortaient se battre, alors il lancerait ses guerriers à l'assaut en premier après que les archers eurent tiré des volées de flèches.

Petrus avait deviné juste. Les Saxons n'étaient pas hommes à se protéger derrière des murailles. Dès que l'armée bretonne se présenta devant Portus Adurni, les portes s'ouvrirent et les hommes du nord déferlèrent sur les hommes de l'ouest.

Ce fut un combat féroce mais étrangement statique. Les deux armées s'affrontaient comme des taureaux de force égale, front contre front, sans parvenir à affaiblir l'adversaire. Les terres marécageuses qui bordaient la voie romaine jusqu'aux murailles désavantageaient les cavaliers, leurs montures s'enfonçant dans les vasières. À la moindre occasion les Saxons se jetaient sur eux, tranchaient le jarret du cheval et la gorge de celui qui le montait.

La bataille semblait ne vouloir jamais finir et la ville vomissait sans arrêt de nouveaux combattants. Un instant Kian pensa qu'ils ne parviendraient pas à forcer la défense saxonne. L'épuisement le gagnait, son bras était lourd, sa main engourdie par les coups qu'il avait portés et parés. Sa cuisse gauche avait été entaillée par une lame ennemie et saignait abondamment. La douleur viendrait plus tard. S'il survivait au combat.

Soudain Kian sentit qu'on sautait en selle dans son dos. Avant qu'il puisse réagir, on l'attrapa par les cheveux. La lumière du soleil l'éblouit, la lame d'un saex[1] frôla son cou. Et retomba.

---

1. Longue dague que portaient les guerriers saxons.

L'homme qui le tenait à sa merci un instant plus tôt s'effondra dans la poussière.

– Tu comptes faire de ma sœur une veuve? Surveille tes arrières, tueur de berserker! Je ne serai pas toujours là pour te protéger!

Caius donna une claque amicale dans le dos de Kian. Celui-ci, pétrifié, lutta un instant pour reprendre son souffle.

« Je serais mort sans m'être aperçu de rien, pensa-t-il. Sans avoir vu les yeux de mon ennemi. »

La rage déferla dans ses veines, balayant la fatigue qui l'avait ralenti. Il se jeta sur la masse grouillante des Saxons avec un hurlement de bête sauvage.

Ce qui suivit ne se grava pas dans sa mémoire. Ou peut-être son esprit préféra-t-il l'enterrer dans l'oubli. Comment ils pénétrèrent dans la cité en proie à la panique, comment ils poursuivirent jusque dans la mer ceux qui s'enfuyaient, qui lui porta ce coup qui noircit sa pommette pendant des jours – tout cela, il aurait été incapable de le dire. Seules certaines images lui reviendraient à l'esprit. Une Saxonne échevelée brandissant un couteau. Les archers tirant des flèches enflammées sur les longs bateaux noirs qui fuyaient le port. Gwynnan hissant l'étendard de Bretagne, dragon rouge flottant dans la splendeur du couchant. Une embarcation en feu sombrant dans une mer calme.

Quand la nuit tomba sur Portus Adurni, la ville était à nouveau bretonne.

Kian, entouré d'autres blessés, attendit des soins dans la cour de l'ancienne caserne romaine. Alexion recousit sa cuisse d'une main de fer, sans lui accorder un regard ni une gorgée d'alcool. Kian serra les dents, s'interdisant la moindre plainte, et s'évanouit. Il reprit conscience dans un coin de la salle, allongé près de Gwynnan qui lui tendit une gourde d'eau. Une lame avait entaillé le beau visage du fauconnier du sourcil droit jusqu'à la mâchoire.

– Toutes ces femmes qui m'ont juré un amour éternel, marmonna Gwynnan avec une grimace ironique. Elles vont regretter leurs serments !

# 4

Quelques heures plus tard, Caius entraîna Kian vers le port. Une odeur de fumée et de mort empuantissait l'air.

– Le vent chassera ces miasmes, affirma Caius en agitant sa torche. J'ai trouvé une chambre confortable dans une auberge que ces barbares saxons n'ont pas totalement ravagée. Il y a des lits sans trop de punaises où on pourra finir la nuit.

Kian le suivit en boitant, épuisé mais heureux. La bataille était achevée, la victoire acquise. Bientôt, il rejoindrait Azilis. Il avait tenu parole et servi Arturus. Mais il refuserait d'appartenir à sa garde. Sa vie était auprès de celle qu'il aimait, il en était certain.

Caius déclara soudain :

– Nous avons repris le port mais la victoire a coûté cher. En hommes autant qu'en chevaux. Et nous n'avons plus un seul bateau. Je ne pourrai pas partir d'ici pour me rendre en Gaule. Je devrai descendre plus au sud.

– Combien d'hommes avons-nous perdus?

– Une centaine, et environ quarante chevaux. Des bêtes superbes qu'on aura du mal à remplacer.

Ils s'arrêtèrent devant un feu de camp près de la jetée. Assis autour des hautes flammes, des guerriers écoutaient l'un des leurs chanter une ballade triste d'une voix éraillée. Kian comprenait mal les paroles mais il devina qu'elles évoquaient les camarades tombés sur le champ de bataille, les amis perdus, les espoirs brisés. La chanson était si poignante que sa gorge se serra.

– Garym a été tué.

Caius avait presque chuchoté. Kian laissa échapper une exclamation et se tourna vers son ami.

– Ce petit crétin m'a désobéi, continua Caius. Il devait rester à l'arrière jusqu'à la fin des combats mais il a suivi les archers qui pénétraient dans la ville après nous. Et il a rencontré une hache saxonne. On m'a ramené son corps il y a une heure.

Une larme coula sur la joue de Caius.

– Il était presque méconnaissable. Oh Seigneur ! Je ne sais pas comment je vais annoncer ça à sa mère. Je ne sais pas…

Un sanglot l'interrompit. Kian le prit par les épaules et le serra contre lui pour le réconforter. Ils demeurèrent immobiles un moment, dans la douceur de la nuit d'été, puis ils s'assirent et partagèrent la bière qui circulait autour du feu. Une bière saxonne au goût étrange mais qui apportait l'ivresse et l'oubli.

Le visage grave et le regard intense de Garym semblaient flotter devant les yeux de Kian. Il se sentait à bout de forces, meurtri. La fatigue du combat l'écrasait d'un coup. Quand ils quittèrent les guerriers qui passeraient la nuit dehors, la douleur de sa cuisse se réveilla brutalement. Caius aussi paraissait épuisé et montait lentement la rue pentue qui conduisait à l'auberge.

Un bruit leur fit tourner la tête. Des pas fuyaient dans une venelle entre deux maisons de bois. Ils s'immobilisèrent et, d'un même geste, portèrent la main à leur épée.

– Qui va là ? lança Caius en levant sa torche.

– Peut-être un rat ? chuchota Kian.

– Ouais, un gros rat saxon qui aura échappé à nos fouilles. On va vérifier ça tout de suite.

Ils s'engagèrent dans l'étroit passage. Le danger et l'instinct du combat chassèrent la douleur et la fatigue qui terrassaient Kian un instant auparavant. Il avait saisi sa dague, plus maniable que sa longue épée dans un espace réduit, et était prêt à frapper.

La ruelle était fermée par un mur. Ils avaient presque atteint son extrémité lorsqu'une silhouette accroupie au sol bondit vers eux et tenta de forcer le passage. Kian l'attrapa au vol et la plaqua au sol, bloquant ses poignets d'une main pendant qu'il levait son poignard de l'autre. Caius éclaira le visage du prisonnier.

Des yeux bleus écarquillés de terreur, des cheveux blonds. Le Saxon se débattait sans que Kian ait le moindre mal à le maintenir au sol.

Il n'avait pas douze ans.

Kian se redressa et releva l'enfant qui se tordait en tous sens. Le garçon le bourrait de coups de pied et tentait de lui mordre le poignet. Kian se souvint d'un louveteau que le père d'Azilis avait un jour ramené d'une chasse après avoir tué la louve. Il avait dans l'idée de l'élever pour le croiser avec des chiennes de sa meute. Le jeune Saxon se battait avec la même rage que la bête sauvage. La même peur aussi.

Caius assena une gifle à l'enfant qui se calma avec un hoquet de douleur.

– Qu'est-ce qu'on va faire de lui? demanda Kian en resserrant sa prise.

Le captif était secoué de tremblements et ne cherchait plus à se libérer. Kian sentit une larme s'écraser sur son poignet.

– D'après toi? C'est un sale travail mais je m'en chargerai.

Caius leva la main. La flamme de la torche éclaira la lame de son poignard. L'enfant poussa un gémissement angoissé. Kian recula en le maintenant contre lui.

– Tu ne vas pas faire ça, Kaï! C'est un gamin.

– Le fils du Saxon qui a failli t'égorger aujourd'hui. Ou de celui qui a planté sa hache dans Garym, qui n'était pas beaucoup plus vieux que lui.

Kian secoua la tête, recula encore d'un pas. Comprenant ce qui se déroulait, son prisonnier ne cherchait plus à s'enfuir mais s'accrochait à son bras.

– Peu importe, je ne te laisserai pas le tuer. Tu es un guerrier, Kaï, pas un assassin!

– Des fois, je me demande s'il y a une différence, murmura Caius.

Il rangea son poignard dans son fourreau d'un geste las.

– Eh bien, comme tu veux, mon frère. Ça ne me plaît pas plus qu'à toi, tu sais. Seulement que va-t-il devenir? Qui voudra l'adopter? N'imagine pas le relâcher à la frontière saxonne. Il serait incapable de rejoindre seul un de leurs villages.

– Je le ramène à la villa. Je m'occuperai de lui.

– Vraiment? À toi de te débrouiller. Pour ma part, j'en ai assez pour aujourd'hui. Je vais me coucher.

Caius tourna les talons et s'éloigna d'un pas lourd. Kian demeura immobile, tenant toujours le garçon d'une main.

« Je deviens trop tendre, se dit-il. Je n'étais pas comme ça avant. Que vais-je faire de ce gamin ? Et qu'en pensera Azilis ? »

Il desserra sa prise, s'attendant à voir le garçon filer. Mais il se contenta de se frotter les poignets et de s'essuyer nerveusement les joues. Caius avait presque atteint l'extrémité de la ruelle qui se trouvait à nouveau plongée dans l'obscurité.

– Tu viens, tueur de berserker ?

La torche s'était immobilisée. Kian entraîna le jeune Saxon et rattrapa son ami.

« J'aurai bien le temps d'y réfléchir demain », pensa-t-il.

# 5

– Oswyn, dit le garçon.
– Os-win, répéta Kian.
L'enfant fit signe que non.
– O-sou-ini, articula-t-il en marquant davantage l'accentuation.
– Ah! O-sou-ini.
Pour la première fois, Oswyn sourit. Il hocha vigoureusement la tête pour montrer à Kian qu'il avait prononcé son nom correctement. Il avait de grands yeux d'un bleu de myosotis sous une frange blonde. Il lui manquait une dent de lait. Une canine.
« Ç'aurait été dommage de le tuer », songea Kian en s'étirant.
Caius avait rejoint Petrus pour discuter avec lui des suites de la bataille. Kian avait dormi tard puis était descendu dans la salle de l'auberge avec l'espoir de trouver à boire et à manger. La veille, le petit Saxon s'était endormi roulé en boule dans un coin de la pièce. À son réveil, Kian avait été surpris de le trouver assis par terre près du lit. Il avait oublié son existence pendant son sommeil.

La salle de l'auberge était bondée de guerriers sales, bruyants et aussi affamés que Kian. Il se dirigea vers le comptoir pour passer commande, conscient de la raideur de ses muscles meurtris et de la douleur qui irradiait dans sa cuisse.

Oswyn se leva pour le suivre.

– Non, non! fit Kian, en le forçant à se rasseoir. Toi, tu restes là!

Il expliqua par gestes qu'il devait l'attendre à la table, qu'il allait chercher de quoi déjeuner. Oswyn parut comprendre et se recroquevilla sur son siège.

Après un long moment d'attente, on servit à Kian du pain, du lard et de l'eau.

Il revenait vers la table en se concentrant pour ne pas renverser le contenu de la cruche quand une remarque l'arrêta net.

– Une vermine saxonne! Non mais regardez-moi ça!

Cinq guerriers s'étaient amassés autour d'Oswyn. Des fantassins d'après leurs vêtements.

Celui qui venait de parler, une brute au crâne rasé, saisit l'enfant par les cheveux et le poussa violemment en avant.

Oswyn se cogna la joue contre la table. Il était livide toutefois pas un son ne sortit de sa bouche.

– Laisse ce garçon!

Kian posa sa commande sur une table voisine. Il avait parlé d'un ton calme mais sans appel.

L'homme tourna vers lui un regard méfiant. Ses yeux rougis montraient qu'il avait peu dormi et beaucoup bu. Il lança :

– Et pourquoi je le laisserais, tu peux me le dire?

– Parce que tu n'as pas envie de mourir bêtement, rétorqua Kian en posant la main sur sa dague.

– Tu vois ça comme ça, mais ça pourrait être le contraire, répliqua le guerrier en sortant son poignard.

– On pourrait aussi décider qu'il y a eu suffisamment de morts hier, suggéra Kian.

Tout en parlant, il évaluait la distance qui le séparait de son adversaire, les obstacles éventuels et, autant qu'il le pouvait, la motivation des fantassins à venir en aide à leur compagnon.

– Pas assez de morts saxons, répondit l'homme avec un rictus de haine. Faut égorger les louveteaux si on veut pas qu'ils nous dévorent plus tard !

Ses camarades exprimèrent leur accord avec des ricanements. Kian avança d'un pas. Les hommes assis aux tables voisines suivaient l'échange avec intérêt.

– Il est à moi, dit Kian d'une voix menaçante. C'est une prise de guerre. Pas question que tu l'abîmes.

– Une prise de guerre de sa seigneurie ! ricana le guerrier au crâne rasé en le détaillant de la tête aux pieds. T'as pas pu attraper une belle Saxonne alors tu t'es rabattu sur lui, hein ?

Fier de sa répartie, il fit le tour de l'assistance du regard. Les témoins riaient bruyamment. Kian glissa sa dague hors de son fourreau.

– Regarde comme je le gâte, ton petit chéri ! siffla le guerrier.

Il tira violemment les cheveux d'Oswyn vers l'arrière tout en levant son poignard d'un geste rapide, prêt à frapper.

La dague de Kian traversa l'air en sifflant et se planta dans la gorge de l'homme.

Les yeux du blessé s'écarquillèrent. Il ouvrit la bouche mais seul un horrible gargouillement en sortit. Il tituba, ses mains se portèrent à son cou et il s'effondra à genoux derrière la table.

Ses camarades demeurèrent un instant abasourdis puis voulurent se jeter sur Kian en l'abreuvant d'insultes.

Il avait déjà tiré l'épée accrochée dans son dos et se tenait prêt à frapper quiconque s'approcherait.

– Il y a d'autres amateurs de plaisanteries ? demanda-t-il sans quitter les hommes des yeux.

La salle s'était tue. On n'entendait que les râles d'agonie de l'homme à terre. Les fantassins, figés, avaient les yeux rivés sur l'arme de Kian. Aucun d'eux n'avait une épée qui pût rivaliser avec la sienne. Et aucun n'aurait été capable de réussir un tel lancer.

Il y eut un bruit derrière Kian.

Il jeta un regard par-dessus son épaule sans baisser sa garde.

– Eh bien, mon frère ! Tu n'as pas assez rougi ta lame hier ?

Caius l'avait rejoint, le glaive à la main. Mais c'était une menace inutile car tous les clients de l'auberge avaient reconnu le seigneur Kaï. Les amis du mort reculèrent, craignant de subir l'une des célèbres colères du second d'Arturus.

Kian baissa sa garde et s'approcha d'Oswyn. Sur la joue pâle de l'enfant, la meurtrissure rouge que la brute lui avait faite paraissait écarlate.

– Tout va bien, Oswyn, assura-t-il en posant une main rassurante sur son bras.

Kian s'agenouilla et retira la dague qu'il essuya sur les vêtements du cadavre.

– Je vous emmène déjeuner ailleurs, proposa Caius, affable. Petrus a récupéré des vivres et une très bonne bière. Il a le nez fin pour ce genre d'affaires !

Les guerriers les regardèrent sortir dans un silence respectueux. Une fois dehors, Caius déclara :

– Tu as sauvé la vie de ce petit deux fois en quelques heures. S'il ne te voue pas un culte jusqu'à sa mort, c'est que les Saxons sont vraiment des démons sans âme.

Il prit Kian par les épaules et ajouta :

– N'empêche, il risque de t'attirer pas mal d'ennuis, ton protégé.

Kian ébouriffa la tête blonde d'Oswyn qui leva vers lui des yeux pleins de reconnaissance.

– Tu vois ! poursuivit Caius. Tu es déjà un dieu pour lui. Mon petit frère Ninian avait peut-être raison quand il prétendait qu'une action charitable est toujours récompensée. Bon, cela dit, il faudra que tu m'apprennes ce lancer de dague ! Tu t'es beaucoup entraîné ?

# 6

Dès l'aube, un messager avait été dépêché auprès d'Arturus pour annoncer leur victoire. Il atteindrait Ynis-Witrin le lendemain matin s'il ne dormait que quelques heures. Kian aurait aimé être à sa place. Il n'avait qu'une hâte : retrouver Azilis.

– Arturus était pressé de partir pour la Dumnonia, observa-t-il. J'imagine que sa cheville est guérie et qu'il est impatient de vous voir revenir.

Les proches du dux avaient passé l'après-midi à mettre en place la reprise en main de la ville. Il fallait débarrasser les rues et les eaux du port des cadavres qui les encombraient, déterminer le nombre de guerriers qui resteraient au fort, acheminer des vivres... Des tâches qui ne concernaient Kian en rien. Il avait longuement attendu le moment opportun pour évoquer la seule chose qui le préoccupait : son retour à la villa.

Le visage de Caius s'éclaira d'un large sourire.

– Bien sûr, tueur de berserker, bien sûr ! Et tu n'es pas moins impatient de retrouver ma sœur, n'est-ce pas ?

– Partez dès aujourd'hui, si vous le souhaitez, proposa Petrus. Je me charge des derniers détails concernant Portus Adurni. Ensuite, je rentrerai à Venta Belgarum[1] pour gérer les affaires pendant l'absence d'Arturus et de Kaï, comme Arturus l'a décidé.

– On fera étape à Venta ce soir, proposa Gwynnan. Et on en repartira demain matin.

– Avant le lever du soleil, promit Caius. Comme ça, tu pourras dormir auprès de Niniane dès demain. Ils ne s'attendent pas à nous voir réapparaître si tôt, ajouta-t-il en assenant une tape amicale dans le dos de Kian. On va leur faire une belle surprise.

1. La capitale d'Arturus.

# Les leçons du barde

# 1

Myrddin venait chercher Azilis vers la huitième heure et, à chaque fois, lui posait la même question : « Niniane, veux-tu poursuivre ton initiation ? » C'était un rituel qu'elle attendait tous les jours avec une impatience croissante. Ils se rendaient sur le Tor, près de la source, ou dans le bosquet de saules et de hêtres. Parfois ils s'asseyaient et Azilis écoutait Myrddin, ne l'interrompant que pour poser une question ou demander une précision. D'autres fois, ils marchaient en conversant et il distillait son enseignement dans un jeu de questions-réponses ou d'énigmes qu'Azilis apprenait peu à peu à résoudre. Il emportait toujours sa harpe et ponctuait ses propos de mélodies.

Ils revenaient vers la villa deux ou trois heures plus tard.

Ces instants passaient trop vite au goût d'Azilis. Sa soif d'apprendre, loin de se tarir, s'intensifiait. Et Myrddin savait l'entretenir en interrompant ses leçons à un moment passionnant, ou en laissant une interrogation en suspens.

Le jour qui suivit le départ des guerriers, le barde lui montra un disque de bronze très ancien, gravé de lignes, de cercles et d'écrits en grec qu'Azilis ne parvint pas à déchiffrer. Myrddin lui expliqua que l'instrument permettait de dessiner une carte du ciel puis, grâce à de savants calculs, d'établir des prédictions. Les inscriptions grecques sur la ligne extérieure du disque représentaient les douze mois de l'année égyptienne.

– Je te montrerai comment l'utiliser, promit le barde.

– Je ne veux pas apprendre à lire l'avenir, dit-elle avec fermeté. Je n'ai jamais souhaité connaître ce qu'il me réservait.

– Tout le monde n'est pas aussi sage que toi. Je peux t'assurer que ce disque a beaucoup servi ! Pourtant, les résultats sont toujours incertains, ou ils sont si obscurs qu'on peut les comprendre de multiples façons. Et parfois, ajouta-t-il avec une grimace, on préférerait n'avoir jamais voulu savoir !

Lorsque Myrddin aborda l'histoire et la géographie, Azilis se força à patienter, certaine qu'ils étudieraient bientôt des territoires inconnus d'elle, plus mystérieux et plus excitants. Car Myrddin ne trouva rien à lui apprendre qu'elle ne sût déjà.

Une question taraudait cependant la jeune femme. Elle la posa à la fin de leur leçon, alors qu'ils descendaient vers la villa.

– Où as-tu appris tout cela, Myrddin ? Pas chez les Pictes, je suppose ?

– Non, évidemment. Ambrosius Aurelianus m'a ouvert sa bibliothèque. J'ai lu Tacite[1]...

1. Historien romain qui naquit en Gaule vers 55 et mourut dans les années 120.

– Donc tu parles latin ?

– Mal, mais je le comprends bien. Comme tu l'as vu, je lis aussi un peu le grec. J'ai voulu sonder l'étendue de tes connaissances. Tu es plus savante que moi sur ces sujets. Sans parler de ton don de guérisseuse qui est de loin supérieur au mien.

Il s'immobilisa et lui demanda avec un demi-sourire :

– Veux-tu quand même me garder pour professeur, Niniane ?

– Ce n'est pas ce genre d'enseignements que j'attends de toi, tu le sais ! Dans le domaine que tu maîtrises, j'ai tout à apprendre.

– C'est vrai, admit-il.

– Je pourrais t'enseigner le grec, s'exclama-t-elle avec enthousiasme. En échange de tes leçons !

Il éclata de rire et porta la main d'Azilis à ses lèvres pour y déposer un baiser.

– Je te remercie, ironisa-t-il. Mais je préférerais une tout autre récompense !

Elle retira sèchement ses doigts des siens et voulut poursuivre sa route. Il l'attrapa par le coude, l'obligeant à lui faire face.

– Te rends-tu compte que si je t'enseigne ce que je sais, tu deviendras plus puissante que moi ?

Un frisson parcourut Azilis. Plus puissante que Myrddin ? Était-ce possible ? Il la fixait avec une intensité telle qu'elle ne pouvait plus le quitter des yeux. Mais elle n'avait pas peur. Au contraire. Elle se sentait étrangement excitée.

– Tu me fais mal, Myrddin.

– Excuse-moi, marmonna-t-il en repartant d'un pas rapide.

– Je ne recherche pas la puissance, cria-t-elle, courant à sa suite. Que voudrais-tu que j'en fasse? Je ne rêve pas de devenir la conseillère d'Arturus! J'aspire seulement à vivre en paix, à m'occuper des malades, à enseigner l'art de guérir... Tu n'as pas de raison de t'inquiéter!

Il se mit à rire et lança par-dessus son épaule :

– Bien sûr, belle Niniane, bien sûr! Et puis rien ne m'oblige à t'apprendre tout ce que je sais!

Cette réponse ne fut pas du goût d'Azilis. Mais elle se garda de l'avouer à Myrddin.

# 2

Le disque de bronze tournait devant ses yeux. Les
lignes et les cercles gravés sur sa surface passaient si
vite que leurs contours se brouillaient et se mêlaient.
Les inscriptions en grec flottaient autour du cercle
comme un ruban brillant. Soudain, elles se détachè-
rent et les lettres s'éparpillèrent dans les airs, minuscu-
les insectes noirs, luisants, qui vrombissaient dans ses
oreilles et l'encerclaient en la menaçant. Elle lâcha le
disque qui tomba dans l'herbe à ses pieds.

Un sentiment de panique s'empara d'elle.

« Je l'ai cassé ! Oh ! Grande Déesse, ayez pitié de moi !
Que va dire Myrddin ! Je voulais juste trouver Ninian… »

Elle tenta d'attraper les lettres qui volaient autour de
son visage sans y parvenir. Si elle parvenait à les remettre sur le disque, peut-être Myrddin ne s'apercevrait-il
de rien. Mais les lettres glissèrent entre ses doigts et
s'envolèrent vers un ciel immense et gris.

Elle contempla l'étendue grise des cieux, désespé-
rée et effrayée. Elle était perdue. Cette prairie lui était
inconnue, la plage qu'elle apercevait au loin aussi. Le
paysage, plat et vide, ne lui rappelait rien.

À terre, le cercle de bronze émit un sifflement suraigu. Les lettres grecques se regroupèrent en un essaim grotesque et terrifiant. Azilis recula, trébucha et tomba de tout son long dans l'herbe haute.

Alors les lettres s'accolèrent et formèrent une phrase en grec qu'elle déchiffra à haute voix :

– Niniane, où est Azilis ?

Elle se réveilla en criant.

Elle demeura un long moment assise dans son lit, le cœur battant à se rompre. Elle alluma sa lampe à huile d'une main tremblante, cherchant à discerner dans la pénombre les contours rassurants des meubles de sa chambre.

« Niniane, où est Azilis ? »

La phrase dansait devant ses yeux. Elle frotta ses paupières pour chasser cette vision, tenta de se rassurer. Ce n'était qu'un cauchemar. Pourquoi ces images absurdes semblaient-elles si réelles et si angoissantes ? Quel sens leur donner ?

« Niniane, où est Azilis ? »

– Quelle question stupide ! s'exclama-t-elle à haute voix. Comme si j'ignorais où je suis !

Elle se leva, se dirigea vers la fenêtre et tira le lourd rideau qui cachait le jardin. Il apparut dans un rayon de lune et elle se concentra sur les silhouettes des arbres et des bâtisses.

– Où est Azilis quand Kian n'est plus là ? soupira-t-elle.

Lui seul la nommait encore ainsi. Il avait toujours refusé de l'appeler Niniane dans l'intimité. Parce que ce n'était pas Niniane qu'il aimait.

« La différence est-elle si grande ? » s'interrogea-t-elle.

Elle avait renoncé à son nom après l'enterrement d'Aneurin. Après qu'elle eut failli quitter la vie. Elle avait voulu signifier sa propre mort et sa renaissance.

« C'est cela, aussi, qui fait de moi une initiée, comprit-elle. Ce retour de l'Autre Monde. »

Niniane… Elle aurait pu choisir de s'appeler Olwen ou Gwen au lieu d'adopter le surnom que lui donnait son père. Mais, dès sa fuite de la villa, elle avait emprunté l'identité de son jumeau. C'était si simple ! Trop sans doute. Une fois encore, elle n'avait pas interrogé l'évidence, ne s'était pas posé les bonnes questions.

– Je t'ai pris ton nom, Ninian, murmura-t-elle. Et que t'ai-je volé d'autre ? Ta virilité, comme le clamait papa ? Ta liberté ? Et moi, que m'a-t-on pris en m'imposant ce surnom lorsque j'étais enfant ? M'a-t-on enlevé une part de ma féminité ? De ma personnalité ?

Elle se recoucha, frissonnante. Elle n'éteignit pas la lampe mais demeura les yeux ouverts, incapable de trouver le sommeil. Si seulement Kian avait été près d'elle ! Elle n'avait personne à qui se confier. La solitude l'écrasait, et la peur. La peur d'avoir perdu Kian et Ninian. Et, en les perdant, de s'être perdue elle-même.

# 3

Le lendemain, il pleuvait à torrents. Myrddin et Azilis furent contraints de rester à la villa et s'enfermèrent dans la chambre aux herbes pour aborder l'étude des plantes. Cette fois, le barde accepta d'examiner celles que la jeune femme avait cueillies et dont elle ignorait l'usage. Il lui enseigna leur nom, leurs caractéristiques, leurs propriétés. Elle notait ce qu'il expliquait sur des feuilles de parchemin.

– Tu as des problèmes de mémoire?

Elle lui jeta un regard noir.

– Mais non! Seulement, si je suis absente, Enid pourra consulter mes notes.

Elle perçut une lueur moqueuse dans ses yeux et comprit un peu tard qu'il la taquinait.

– Je lui ai appris à lire et à écrire, bougonna-t-elle en rangeant le parchemin. Elle se débrouille bien maintenant.

« Mieux que Kian », se dit-elle avec une bouffée de tendresse pour son compagnon.

Elle pensait rarement à lui pendant les leçons de Myrddin. Mais le reste du temps, il lui manquait terriblement.

Le barde s'assit près d'elle et déclara d'un ton grave :

– Demain je te parlerai d'autres plantes. Je t'interdis d'écrire le moindre mot à leur sujet.

– Pourquoi ? Elles sont toxiques ?

– Pas si elles sont utilisées convenablement. Mais leur préparation comme leur utilisation doivent rester secrètes.

– À quoi servent-elles ?

– Ce sont des clés qui permettent de pénétrer l'Autre Monde, le Monde des Esprits. Elles libèrent l'âme de son enveloppe charnelle.

– Je vois... C'est grâce à ces herbes que tu quittes ton corps et que tu voyages dans le temps et l'espace.

– En partie. Il y a aussi la concentration, les paroles sacrées. Tout un rituel. Un maître chevaucheur doit être capable de se passer de ces clés.

– Tu me montreras comment les préparer ?

– Oui.

– Et je pourrai les utiliser ?

– Pas tout de suite.

Elle réprima un mouvement d'impatience.

– Alors quand ?

– Quand tu seras prête pour ce voyage.

– C'est bien vague ! Sais-tu au moins si ce sera encore long ?

– Une quinzaine de jours peut-être. Nous chevaucherons le vent ensemble avant qu'Arturus quitte la villa. Ta première initiatrice, Rhiannon, t'a appris à te concentrer. Cela nous fait gagner beaucoup de temps. Mais je dois te donner des armes pour te protéger : t'enseigner à contrôler ton souffle, à maîtriser tes sens, à bâillonner tes peurs.

Il attrapa une mèche de cheveux d'Azilis et l'enroula autour de son index, la laissant glisser le long de son doigt avant d'ajouter :

– Je te crois très capable de te lancer dans l'aventure sans attendre. Mais je ne veux pas risquer de te perdre.

Elle recula, mal à l'aise. Que répondre à cela ? Et comment réagir lorsqu'il la prenait par la main ou lui embrassait les doigts ? « Ce sont des gestes amicaux, des mots gentils, se répétait-elle. Ils n'ont rien de déplacé. »

Au fond, elle savait que c'était faux. Myrddin passait trop souvent la frontière qui séparait la démonstration d'amitié de la tendresse amoureuse. Seulement, comment lui interdire de lui prendre la main alors qu'elle avait accepté plusieurs fois ? Devait-elle se fâcher lorsqu'il lui rappelait qu'il la désirait ?

Et s'il l'abandonnait avant de lui révéler ses secrets ? S'il la trouvait trop rigide, trop fermée ? Bien sûr, c'était mal de le laisser espérer obtenir quoi que ce soit. Mais, après tout, elle l'avait prévenu.

Et puis, perdre ce savoir pour un baiser sur la main ou une caresse dans les cheveux ! Ce serait ridicule ! D'ailleurs, se rassura-t-elle, il n'exagérait pas. La plupart du temps, il était distant et autoritaire.

– Il faudra aussi apprendre la patience, déclara-t-il en se levant du tabouret et en se dirigeant vers la porte. Dans ton cas, ce sera le plus difficile !

Il sourit avant de quitter la pièce et ajouta :

– J'ai promis à Arturus une partie d'échecs avant le dîner. À tout à l'heure, belle Niniane !

Elle resta un long moment assise devant sa table de travail après son départ, incapable de démêler les sentiments qu'il lui inspirait. Admiration? Agacement? Crainte? Curiosité?

Et tant d'autres émotions qu'elle ne parvenait pas à cerner.

Si seulement elle avait pu se réfugier dans les bras de Kian, sentir la chaleur de son corps contre le sien, s'abandonner à ses caresses et ne plus penser!

Mais Kian était loin, en danger. Et elle était seule.

# 4

– Je te soupçonne de me laisser gagner de temps à autre pour ne pas blesser ma susceptibilité, grommela Arturus.

Il venait de perdre la belle après avoir remporté la revanche.

Myrddin et lui avaient continué à s'affronter aux échecs après le repas. Gwalmai, le neveu et porte-lance d'Arturus, s'était éclipsé. Azilis le suspectait d'avoir un faible pour Enid et de la rejoindre dès que possible. Il n'avait pas plus de quinze ans, l'âge de la jeune fille. Azilis espérait que le sourire chaleureux et la bonne humeur de Gwalmai aideraient sa suivante à oublier son fiancé tué à Sorviodunum – et le charme dangereux de Caius!

Arturus était allongé sur un lit en demi-cercle qui datait de l'époque où la salle était encore un triclinium[1]. Myrddin avait disposé l'échiquier sur une table en marbre, puis s'était installé de l'autre côté, face au dux.

1. Le triclinium était la salle à manger romaine où les convives mangeaient allongés sur des banquettes.

– Tu as toujours surestimé ma générosité, répliqua le barde en rangeant les pièces. Si j'étais capable de te battre à chaque fois que nous jouons, je ne m'en priverais pas !

– Hum... Je te crois assez pervers pour me laisser gagner la revanche. Ce qui te permet de mieux m'écraser ensuite !

Azilis, assise près du brasero qui réchauffait la pièce, avait suivi les parties avec attention, repoussant l'instant où il lui faudrait rejoindre la solitude de sa chambre et le froid de son lit.

Elle avait profité de ce que les deux hommes étaient absorbés par leur jeu pour les observer avec attention. Myrddin surtout. Elle se posait tant de questions sur lui ! Son âge, par exemple, qu'il s'était bien gardé de lui dire. Elle avait tenté de déchiffrer ses expressions, les gestes de ses mains, ses attitudes... Il ne pouvait pas être aussi hermétique qu'il paraissait de prime abord.

À l'observer pendant plus d'une heure, elle avait remarqué le plissement de ses paupières lorsque Arturus le mettait en mauvaise posture, le petit rictus au coin des lèvres – comme s'il réprimait un sourire – quand il se lançait dans un mouvement stratégique, la façon dont il frottait ses doigts quand il réfléchissait. Des détails, presque rien, mais qui pourraient s'avérer utiles.

Puis son esprit s'était éloigné du jeu et elle avait tenté d'imaginer ce qui occupait Kian à cet instant. Buvait-il de la bière avec Caius ? Jouait-il aux dés ou participait-il à un bras de fer ? Se reposait-il ? Comment savoir ?

Il lui était plus difficile encore d'imaginer ce que faisait Ninian. Quelques mois plus tôt, elle aurait été certaine qu'il dormait ou qu'il priait. Rien n'était moins sûr à présent. Depuis la terrible vision qu'elle avait eue de lui, elle le sentait malheureux et en danger. Elle se réveillait régulièrement avec le sentiment oppressant et tenace que son jumeau souffrait, qu'il avait besoin d'aide. Si seulement elle pouvait accompagner Caius en Gaule ! Elle avait tellement hâte d'avoir des nouvelles de Ninian !

– Tu es songeuse, Niniane, remarqua Arturus. Myrddin est un maître sévère et exigeant, n'est-ce pas ?

Elle fut surprise d'entendre Arturus évoquer les leçons que lui donnait le barde. Elle les avait supposées secrètes. C'était stupide. Tout le monde savait qu'elle avait passé ces derniers après-midi en compagnie de Myrddin ! Et lui s'était forcément ouvert de ses intentions à Arturus.

– Exigeant, oui, répondit-elle. Toutefois il n'a pas eu à se montrer sévère puisque je suis une élève docile et studieuse.

Le barde leva un sourcil ironique.

– Studieuse, certainement, mais docile ! Je n'aurais pas utilisé ce mot.

– Je ne vois pas pourquoi ! s'exclama-t-elle.

– Parce que tu n'as jamais eu l'occasion de désobéir ! D'ailleurs Kaï nous a fait de toi un autre portrait !

La colère s'empara d'Azilis.

– Vraiment ! Il se permet de parler de moi en public maintenant ! Et en m'accablant de défauts, évidemment !

– Au contraire, il n'a pas tari d'éloges à ton sujet, la rassura Arturus. Seulement il nous a aussi parlé de ton indiscipline.

– Il a également suggéré une certaine irascibilité, mais bien sûr tu ne peux pas être aussi colérique que Kaï, susurra Myrddin d'une voix de miel.

Les joues d'Azilis s'empourprèrent. Elle faillit quitter la pièce de rage. Ç'aurait été avouer sa défaite ! Et ne pas profiter de l'occasion pour en apprendre davantage sur le barde. Elle fit un énorme effort et déclara avec un sourire forcé :

– Ce serait difficile. Mais puisque nous en sommes à parler de nous, je me demandais depuis combien de temps vous vous connaissiez... si ce n'est pas se montrer indiscrète, ajouta-t-elle en s'adressant au dux.

– Pourquoi le serait-ce ? répondit-il. Nous nous sommes rencontrés il y a... quatorze ans ! Oui, j'avais onze ans quand mon père est revenu avec Myrddin de cette expédition contre les Pictes.

– Vraiment ? Et vous êtes devenus amis. Vous avez grandi ensemble, peut-être ?

– Pas vraiment... J'étais un gamin alors, et Myrddin un jeune homme. Disons plutôt qu'il a pris en main une partie de mon éducation.

Azilis lança un regard en coin à Myrddin. Il l'observait avec ce plissement d'yeux qu'elle avait remarqué pendant la partie, quand Arturus menaçait son fou. Elle aurait été contente d'elle s'il n'avait pas eu ce sourire amusé !

Arturus se redressa sur un coude et reprit :

– J'étais le fils unique d'Ambrosius, mais j'étais quand même un bâtard. On m'avait enseigné le maniement des armes, rien d'autre. Quand il est arrivé à Dynas Emrys – la forteresse où j'ai grandi sur les flancs du mont Eryri[1], Myrddin s'est mis en tête de me sortir de mon ignorance. Il m'a appris à lire et à écrire, ainsi que l'histoire et la géographie. Quand j'évoque sa sévérité, ajouta-t-il avec une grimace, je sais de quoi je parle !

1. L'actuel mont Snowdon dans le nord du pays de Galles.

– Dès que je t'ai vu, j'ai su que tu prendrais la succession d'Ambrosius, intervint Myrddin. La Bretagne avait besoin d'un roi capable de raisonner, pas seulement d'un bon guerrier. Et si cela t'intéresse, belle Niniane, poursuivit-il en se tournant vers elle avec un sourire ironique, sache que j'avais vingt ans quand Ambrosius m'a ramené à Dynas Emrys. Tu peux donc calculer sans peine que je suis maintenant un honorable vieillard de deux fois ton aîné. Sur ce, permettez-moi de me retirer car, avec l'âge, il devient difficile de veiller.

Arturus éclata de rire et le barde quitta la pièce d'un pas léger.

# 5

Myrddin montra à Azilis comment préparer la racine de mandragore, la jusquiame, la belladone, l'aconit. D'une habileté manuelle impressionnante, il utilisait indifféremment main droite et main gauche pour couper, hacher ou réduire en poudre.

Il l'obligea à réciter cent fois les dosages et les formules, à répéter sans relâche les gestes qui mélangeaient les sucs de ces plantes.

– Si tu te trompes, tu franchiras la porte de l'Autre Monde, lui expliquait-il quand elle perdait patience. Mais tu ne pourras pas en repartir.

Alors Azilis reprenait sans cesse les mêmes mouvements, les mêmes paroles, au point d'en rêver la nuit.

Ces heures où elle disparaissait en compagnie du barde ne passaient pas inaperçues. Les occupants de la villa cancanaient à qui mieux mieux. Gwyar, les yeux brillants et la lippe gourmande, se trouvait toujours dans la cour au moment où sa maîtresse partait ou revenait avec Myrddin. Lleyn, le petit palefrenier, boudait ostensiblement. Même Enid se montrait plus distante.

Un matin, alors qu'elles venaient de donner un bain à Adwen qui était parfaitement remise, Azilis aborda le sujet.

– Sans doute te demandes-tu à quoi Myrddin et moi nous occupons chaque après-midi, dit-elle sans ambages.

– Ça ne me concerne pas, dame Niniane, répliqua Enid.

– Sans doute. Cependant je tiens à éviter les quiproquos. En plus, Gwyar doit avoir imaginé un tas de bêtises et je préfère rétablir la vérité.

Elle sortit Adwen de la grande bassine où elle la baignait et poursuivit ses explications pendant qu'Enid séchait la petite dans un drap de lin.

– Le barde d'Arturus a proposé de m'instruire dans son Art, commença-t-elle. Il connaît très bien les herbes de cette région et j'ai consigné ce qu'il m'a appris sur des parchemins. Tu pourras les consulter. Comme tu le vois, il n'y a là rien d'extraordinaire. Ni de répréhensible. Je compte sur toi pour le dire aux autres.

– Lleyn s'était mis en tête que Myrddin et vous...

Enid rougit et laissa sa phrase en suspens. Adwen se glissa hors de ses bras en gazouillant et trottina nue à travers la pièce.

– Étions amants? suggéra Azilis sans ciller. Ça ne m'étonne pas! Il n'imagine pas qu'un homme et une femme puissent avoir d'autres rapports que ceux-là. Attention Adwen! Tu vas tomber!

Elle rattrapa la petite fille qui escaladait un tabouret à trois pieds. Adwen se laissa faire en riant aux éclats et entoura le cou d'Azilis de ses bras potelés.

« Elle est si mignonne, s'émut-elle, en embrassant la joue de l'enfant. Quand je pense que son père l'aurait laissée mourir! »

– Gwyar, par contre, ne s'était pas trompée, affirma Enid. Elle a dit exactement comme vous. Le seigneur Myrddin enseigne son Art à dame Niniane.

– Vraiment? s'étonna Azilis.

Elle s'efforçait de passer sa tunique à Adwen qui se tortillait. Enid lui vint en aide d'une main experte.

– Seulement, ajouta Enid avec un demi-sourire, je ne sais pas si vous donnez toutes deux un sens identique au mot « Art ».

Azilis fixa Enid sans répondre. Cette petite devenait de plus en plus futée! Et Gwyar était peut-être moins folle qu'il y semblait.

– Peu importe le sens qu'elle lui donne, répliqua-t-elle sèchement. D'ailleurs, si elle s'imagine que Myrddin m'apprend à maudire les mauvaises langues, elle se taira peut-être! Ce que je refuse, ajouta-t-elle plus doucement, c'est qu'on me croie infidèle. J'aime le seigneur Kian, il me manque, et je n'ai aucune intention de le tromper.

– Ne vous en faites pas, dame Niniane, je parlerai à Lleyn, promit Enid avec un sourire joyeux. Espérons que cela lui rendra sa bonne humeur!

Adwen s'était assise à leurs pieds et jouait avec la poupée que lui avait fabriquée Enid. La jeune fille prit l'enfant sur ses genoux et entreprit de la peigner. Azilis lança d'un air détaché :

– À moins que Lleyn ait été tracassé par autre chose... Il est peut-être jaloux.

– Jaloux? Mais de quoi?

– Il a pu remarquer, comme moi, que Gwalmai appréciait beaucoup ta présence.

Enid rougit et se concentra sur la chevelure d'Adwen.

– Lleyn ne s'est jamais intéressé à moi, protesta-t-elle. Ni moi à lui.

– Alors je me suis trompée.

Azilis se leva, posa un baiser sur la tête d'Adwen et ajouta en soupirant :

– Je dois voir Math pour examiner les comptes de la villa. Ça m'ennuie à mourir mais je ne peux pas y échapper. Ah, j'y pense ! La mère d'Adwen passera peut-être la reprendre aujourd'hui. Avertis-moi si elle arrivait pendant que je discute avec l'intendant. Je veux dire au revoir à notre protégée.

Elle quitta la pièce sans qu'Enid, les joues écarlates, ait levé les yeux vers elle.

« J'avais deviné juste, songea Azilis avec un sourire. Gwalmai a séduit Enid. Espérons qu'il ne la fera pas souffrir. Elle n'est que ma suivante, et lui est le neveu du futur roi de Bretagne. »

# 6

Arane, la mère d'Adwen, vint reprendre sa fille le lendemain. Azilis comme Enid la virent partir avec regret. Elles s'étaient attachées à elle et auraient aimé la garder à leurs côtés. Azilis fit jurer à Arane de lui amener sa fille chaque mois, et lui rappela sa promesse de prendre l'enfant pour élève lorsqu'elle aurait sept ans.

Les leçons de Myrddin devinrent plus physiques et plus difficiles. Azilis travaillait sa concentration, son souffle, la maîtrise qu'elle avait de son corps, de ses pensées, de ses nerfs.

Myrddin la pria de se vêtir en homme et, chaque jour, l'obligea à courir de plus en plus longtemps, jusqu'à ce qu'elle soit hors d'haleine ou qu'un point de côté la force à s'arrêter. Il lui montra comment maîtriser sa respiration ou ralentir son cœur, lui demanda d'apprendre par cœur un long poème pendant qu'il en récitait un autre à son oreille. Il lui banda les yeux et elle dut se diriger dans le noir en se fiant uniquement à son ouïe et à son odorat.

Ces leçons étaient épuisantes mais elles donnaient parfois lieu à des fous rires qui faisaient perdre à Myrddin son air sérieux et le transformaient en compagnon de jeu.

Elle se rebella le jour où il lui annonça qu'il allait lui faire mal et qu'elle devrait le supporter le plus longtemps possible.

– Si tu ne parviens pas à contrôler la douleur quand tu es en sécurité près de moi, se justifia-t-il, comment réagiras-tu le jour où tu seras seule et en danger? Regarde, Niniane. Je veux que tu sois capable de faire cela.

Ils s'étaient installés non loin de la source. À la surprise d'Azilis, Myrddin avait allumé un feu. Elle comprit pourquoi lorsqu'elle le vit plonger la lame d'une dague dans les braises, la chauffer à blanc puis l'appliquer sur son bras sans frémir. Elle poussa un cri et, d'instinct, saisit la main de Myrddin pour l'obliger à cesser. Il reprit comme si de rien n'était :

– Tu sais déjà faire preuve d'une immense concentration. Cela t'aidera.

– Il faut te soigner, Myrddin! Rentrons, je vais t'appliquer une compresse d'huile de millepertuis.

– Nous soignerons nos deux brûlures ensemble, tout à l'heure.

– Il n'en est pas question! Je refuse!

– Alors mon enseignement s'arrêtera là. Car moi, je refuse que tu chevauches le vent si je ne suis pas certain que tu es capable de résister à la souffrance.

Elle demeura silencieuse, tête baissée, partagée entre le désir de poursuivre son initiation et la peur.

– Je t'avais prévenue qu'il te faudrait affronter la douleur, Niniane, dit-il doucement en caressant sa joue. Et toi, tu as promis de m'obéir si cela ne t'obligeait pas à commettre des actes contraires à ta conscience. Une petite brûlure choque-t-elle ton sens moral?

Elle secoua la tête. D'un geste brusque, elle releva la manche de sa tunique et tendit son bras droit vers lui.

– Vas-y.

Il plongea à nouveau le poignard dans les flammes. Elle ferma les paupières. « Ça ne sera pas long, se dit-elle. Je me concentrerai sur autre chose. Mais sur quoi? »

Elle tressaillit lorsque la lame toucha sa peau, serra les dents pour ne pas crier.

« Kian! », cria-t-elle intérieurement. Son énergie se concentra sur l'homme qu'elle aimait. Elle évoqua ses yeux d'or, son sourire, la douceur de sa peau contre la sienne, le plaisir qu'il savait lui donner.

La souffrance restait limitée à son bras. Elle la contrôlait, lui interdisait de la submerger.

– Niniane? C'est fini, Niniane, tu as réussi!

Elle ouvrit les paupières, découvrit le regard vairon fixé sur elle. Un mélange d'anxiété et d'admiration animait le visage de Myrddin. Avant qu'elle ait prononcé un mot, il la prit dans ses bras et la serra contre lui.

– Tu es magnifique, murmura la voix chaude du barde à son oreille. Magnifique! Aussi courageuse que belle. Tu feras une merveilleuse chevaucheuse de vent.

Elle ne s'écarta pas immédiatement, fière d'avoir passé cette épreuve, troublée par cette voix vibrante d'émotion qui évoquait tant celle d'Aneurin et la félicitait avec tendresse.

Quand elle se dégagea, elle déclara fermement :

– Je suis prête à franchir la barrière qui nous sépare du Monde des Esprits. J'en suis certaine, Myrddin.

Il acquiesça d'un sourire et ils descendirent vers la villa. Cette fois, Myrddin ne tenait pas Azilis par la main. Il avait glissé son bras autour de sa taille et la serrait tout contre lui.

# 7

– Je marche sans aucun problème! Je peux même sauter à cloche-pied. Je danserais s'il le fallait!

Arturus arpentait la cour de la villa, le sourire aux lèvres. Le déjeuner terminé, Azilis lui avait ôté son dernier pansement et l'avait déclaré guéri.

– Danser, ça m'étonnerait, remarqua Myrddin d'un ton moqueur. À moins que la magie de Niniane ne t'ait donné une capacité dont tu ne disposais pas précédemment.

Azilis éclata de rire. Elle était ravie de voir le dux guéri par ses soins et plus heureuse encore de savoir que Kian reviendrait prochainement. Un messager était arrivé de Portus Adurni le matin pour annoncer la victoire des Bretons. Les pertes avaient été lourdes mais Kian et Caius étaient sains et saufs. Seule la mort de Garym, le porte-lance de son frère, avait assombri la joie de cette nouvelle.

– Je peux courir aussi! grogna Arturus en se précipitant vers le barde.

Celui-ci ne s'esquiva pas et reçut une bourrade affectueuse. Au fil des jours, Azilis avait découvert les liens profonds qui liaient les deux hommes. Myrddin n'était pas seulement le barde et le conseiller d'Arturus. Il était d'abord son ami.

Elle les laissa pour annoncer à Gwyar que les guerriers rentreraient probablement dans un jour ou deux et qu'il faudrait se préparer à nourrir leurs féroces appétits. Le bonheur de retrouver Kian la faisait sourire sans arrêt. Elle frissonnait de joie à l'idée de se serrer bientôt contre lui, de retrouver ses baisers. Elle était si absorbée qu'elle ne vit pas Enid et Gwalmai assis sur le sol du péristyle et faillit tomber.

– Que faites-vous là? les interrogea-t-elle vertement. Vous ne pouvez pas vous asseoir ailleurs?

Elle eut le temps d'apercevoir leurs mains qui se séparaient avant qu'ils ne se lèvent, puis découvrit les yeux rougis de Gwalmai. Elle se reprocha aussitôt son manque de tact. L'adolescent pleurait la mort de Garym et Enid tentait de le consoler.

– Pardon, dame Niniane, balbutia Gwalmai. C'est entièrement ma faute. Je…

Elle l'interrompit avec autorité :

– Ce n'est rien, n'en parlons plus. Par contre, tu vas me rendre un service. Je n'ai pas eu beaucoup de temps pour monter ma jument ces jours derniers. Il fait beau aujourd'hui et j'aimerais qu'elle prenne un peu d'exercice. Veux-tu l'emmener en promenade?

– Volontiers, dame Niniane.

– Bien. Tu diras à Lleyn de seller Luna.

Elle s'avança vers la cuisine puis fit semblant de se raviser :

– Ah! Est-ce que tu emmènerais Enid avec toi? Je la trouve un peu pâle. Elle aussi a besoin de prendre l'air.

– Mais dame Niniane, protesta Enid en écarquillant les yeux. Je ne sais pas monter à cheval!

– Ne sois pas sotte, voyons! Il s'agit d'une simple promenade. Tu ne risques pas de tomber, Gwalmai te tiendra. N'est-ce pas, Gwalmai?

– Oui, dame Niniane. Je ferai très attention.

– Bon. Ne revenez pas trop tard!

Elle tourna les talons et repartit vers la cuisine en se mordant les lèvres pour ne pas rire. « Tout le monde doit être heureux aujourd'hui, se dit-elle. Kian va bientôt revenir! »

# 8

Les deux jeunes gens ne reparurent qu'en fin d'après-midi. Azilis leur trouva les yeux brillants et les pommettes rouges. Elle n'eut pas le cœur de les gronder pour leur longue absence mais se promit de questionner Enid. Elle-même s'était beaucoup ennuyée. Myrddin avait consacré l'après-midi à Arturus pour discuter tactiques militaires et politiques. Azilis s'était obligée à rendre une visite à Math.

Elle avait passé un temps infiniment long à décider avec son intendant quels prés mettre en pâture, combien de moutons exiger des métayers, quels arbres abattre, planter ou émonder. Des tâches qui l'ennuyaient affreusement.

Le repas du soir lui parut donc d'autant plus joyeux que l'après-midi avait été morne. Gwalmai avait retrouvé le sourire et Arturus était dans une forme étincelante. Elle se retira tôt et se déshabilla, le cœur en fête.

« Plus qu'une nuit sans Kian, pensa-t-elle en peignant ses cheveux, debout devant sa fenêtre. Deux au plus. »

– Niniane, veux-tu poursuivre ton initiation?

Elle sursauta violemment et laissa tomber le peigne qui rebondit sur le sol. Myrddin le ramassa et le lui tendit sans qu'elle réagisse, le cœur affolé par la surprise qu'il lui avait causée.

– Tu m'as fait peur, gronda-t-elle. Pourquoi ne m'as-tu pas dit que tu viendrais me voir après le dîner?

Il posa le peigne sur une table et l'observa en silence. Elle remarqua qu'il avait souligné ses yeux de noir, comme le premier jour où elle l'avait rencontré, et noué ses cheveux avec un lien de cuir. Il avait aussi revêtu une saie de laine sombre fermée par une grande fibule d'or en forme de dragon.

Était-ce l'effet du maquillage? Était-ce dû à son air grave? Aux ombres que les flammes des lampes creusaient sur son visage? Le barde Myrddin, léger et souriant, qui dînait en sa compagnie moins d'une heure auparavant, s'était évaporé. À sa place se tenait un être qui dégageait une telle puissance qu'elle pouvait à peine soutenir son regard.

Elle se souvint soudain qu'elle ne portait qu'une mince tunique de lin et que ses cheveux flottaient librement sur ses épaules. Sa gêne aggrava son trouble. Elle chercha des yeux une étole dans laquelle s'envelopper.

– Tu ne m'as pas répondu, Niniane. Veux-tu poursuivre ton initiation?

Le pouls d'Azilis s'accéléra. Elle hocha la tête, incapable de parler. Il allait lui apprendre à chevaucher le vent! Cette nuit!

– Oui, dit-il, comme si elle s'était exprimée à voix haute. Je t'emmène dans le Monde des Esprits. Enfile des vêtements d'homme et rejoins-moi aux écuries.

Il sortit de la chambre sans un bruit, comme emporté par un souffle d'air. Un instant, Azilis resta figée au milieu de la pièce, le cœur battant, les mains glacées.

Puis elle se précipita vers son coffre et s'habilla en hâte.

# Les chevaucheurs
de vent

# 1

Myrddin n'avait sellé que son propre cheval, un étalon à la robe gris souris.

– Nous n'allons pas très loin, expliqua-t-il à Azilis qui l'avait rejoint. Nous monterons ensemble.

La pleine lune rendait une torche inutile. Math rouvrit le portail de bois qu'il fermait au coucher du soleil. Azilis surprit son regard interloqué mais ne s'en soucia pas. Ils partirent au galop vers le nord.

Elle se serra contre Myrddin pour ne pas tomber. Elle distinguait à peine la route. Très vite elle perdit tout repère. L'excitation lui nouait l'estomac, des idées folles défilaient dans son esprit.

« Calme-toi, se dit-elle. Apaise ton âme avant d'affronter l'Autre Monde. » Elle se concentra sur sa respiration pour chasser les pensées qui l'assaillaient. Quand Myrddin ralentit l'allure, elle avait retrouvé son calme mais n'avait aucune idée de la durée du trajet.

Elle entendit le grondement d'une cascade et ils débouchèrent soudain entre deux hautes falaises.

– Nous continuons à pied, déclara Myrddin en tirant sur les rênes.

Elle sauta à terre et leva les yeux, stupéfaite de découvrir qu'ils se trouvaient sur un chemin escarpé, tracé au fond d'une gorge entre deux parois si abruptes qu'il lui fallait renverser la tête pour en voir le sommet.

Un loup hurla au loin, bientôt suivi d'un autre. Azilis devina que Myrddin l'avait conduite jusqu'aux montagnes situées à environ treize milles[1] d'Ynis-Witrin. Elle n'y était jamais allée mais c'était là qu'Arturus avait poursuivi le loup géant à qui il devait son entorse. Était-ce son hurlement qu'elle venait d'entendre?

Ce paysage différait singulièrement de tous les alentours, plats et marécageux. Partout la pierre affleurait sous la froide lumière de la lune. Des arbustes s'accrochaient aux flancs à pic. Des cailloux jonchaient le chemin et rendaient la progression difficile. Ils empruntèrent à pied un raidillon qui escaladait le flanc droit de la gorge.

Myrddin avançait d'un pas sûr, s'arrêtant uniquement pour l'aider à franchir un passage délicat ou pour écarter des branchages. Azilis s'interdisait la moindre question, décidée à se laisser guider par son maître spirituel.

Elle voulait lui accorder sa confiance, pleine et entière. Avec lui, elle avait affiné ses perceptions suprasensibles, et appris à imposer le silence à sa raison pour que s'expriment d'autres dons. Le désir qu'il éprouvait pour elle ne représentait plus une menace mais la source de connaissances immenses.

Il attacha son cheval aux branches basses d'un arbre rabougri, s'empara d'une besace accrochée à la selle, et ils entreprirent l'ascension d'un sentier de chèvres.

1. Soit une vingtaine de kilomètres.

– Nous arrivons, lui promit Myrddin alors qu'elle tré-
buchait.

Il lui prit la main pour la guider. Enfin, il s'agenouilla
pour dégager l'entrée d'une grotte derrière d'immenses
fougères.

– Nous ne pourrons pas avancer debout, lui expliqua-
t-il, ni tenir une torche. Mais tu n'as rien à craindre.

Ils s'engagèrent en rampant dans un étroit boyau.
Malgré les paroles rassurantes de Myrddin, le ventre d'Azilis se noua, son cœur s'accéléra. Combien de
temps allaient-ils avancer en aveugle le long de ce tunnel qui s'enfonçait dans la montagne? Ne risquaient-ils
pas de rencontrer un blaireau, un renard, voire un ours?
Ses mains s'égratignaient sur des pierres, des insectes
fuyaient sous ses doigts. Et l'air semblait se raréfier.

Elle pensa rebrousser chemin, comprit dans un mouvement de panique qu'il lui était impossible de se
retourner. Elle retint un cri...

# 2

Le couloir s'ouvrit soudain et, devant elle, Myrddin se redressa. Il sortit de sa besace une torche et un briquet d'amadou. Les ténèbres reculèrent, une nuée de chauves-souris s'envola avec elles.

Ils se tenaient dans une grotte de grandes dimensions. Azilis n'en voyait ni le plafond ni les extrémités. Des stalactites d'un blanc laiteux drapaient la paroi face à eux. Elle demeura bouche bée devant la beauté de cette cascade figée.

– Viens, Niniane. Nous nous arrêterons plus loin.

Il l'entraîna en passant la main autour de sa taille. L'air était froid, humide. Myrddin la serra contre lui plus étroitement et elle lui fut reconnaissante de la chaleur et du réconfort qu'il lui offrait.

– C'est ici, dit-il enfin. Assieds-toi.

Il s'accroupit, coinça la torche entre deux rochers et les restes noircis d'un foyer apparurent dans la lumière tremblante. Il sortit une autre torche de la besace et l'installa un peu plus loin. Puis il prépara un feu à l'aide de bûches et de petit bois qu'il avait sans doute apportés là auparavant.

Bientôt, des flammes crépitèrent. Un mince filet de fumée s'éleva. Myrddin tira de son sac des sachets de lin qu'il disposa devant lui, ainsi qu'un bol, une outre d'eau, un couteau, une cuillère. Dans la lueur orangée du feu, son visage maquillé avait l'inquiétante beauté d'un masque.

– Cet endroit est secret, Niniane, tu t'en doutes. Comme ce que nous allons y faire. Tu m'as juré de ne jamais divulguer mon enseignement à qui n'en serait pas digne. Seuls certains êtres pourront être initiés. Mais ce ne seront pas forcément tes amis ou tes parents.

– Je le comprends, Myrddin, et je respecterai mon serment.

– Bien, dit-il. Tu vas préparer les clés.

Elle s'agenouilla près de lui, sortit des sachets les feuilles de jusquiame séchées, les racines d'aconit réduites en poudre, les baies de belladone.

Tout en comptant les mesures à l'aide de la cuillère, elle murmurait les paroles d'une prière à la Grande Déesse que Myrddin lui avait enseignée. Il l'avait traduite pour elle mais c'était en langue picte qu'elle devait la réciter.

Elle réserva les feuilles de jusquiame pour les offrir au feu, versa de l'eau dans le bol, y mélangea aconit et belladone. Une erreur de dosage et la mort serait au rendez-vous. Les conseils de Myrddin résonnaient dans sa mémoire comme s'il les avait prononcés à l'instant :

« *Tourne toujours ta potion de la droite vers la gauche, Niniane, dans le sens que suit le soleil dans notre monde, sinon ton remède deviendrait poison.*

– *Et si je veux préparer un poison ?*

– *Alors tu suivras le soleil dans le monde sombre et tu tourneras la cuillère de la gauche vers la droite.* »

Était-il possible que la différence tienne à si peu? Oui, puisqu'il l'affirmait. Elle s'interdisait de mettre sa parole en doute.

– C'est terminé, dit-elle.

– Pas encore. Je dois tisser sur toi mon sort de protection. Et lier ton rythme vital au mien pour t'accompagner dans ton voyage.

– Tu ne m'as pas parlé de cela, s'étonna-t-elle.

– Pourquoi l'aurais-je fait? Ce n'était pas le bon moment. Ôte ton manteau et ta tunique, s'il te plaît.

Elle eut un mouvement de recul. Sa confiance vacilla comme la flamme d'une chandelle dans le vent. Un sourire moqueur apparut sur le visage ambigu du barde.

– Ne sois pas sotte, voyons. Penses-tu que je t'aurais emmenée jusqu'ici pour abuser de toi? Je veux que tu dénudes ton bras gauche, rien de plus. Je dois y tracer les signes qui éloigneront les démons, des signes comme ceux qui me protègent. Regarde!

Il ouvrit la fibule qui maintenait sa saie, enleva sa tunique et apparut torse nu devant Azilis.

Sur ses épaules, sur son buste, sur ses bras jusqu'aux coudes, s'entrelaçaient des cercles, des lignes, des points qui formaient un dessin complexe, indéchiffrable.

– J'ai été élevé chez les Pictes, tu t'en souviens? Les Romains les appelaient les hommes peints parce qu'ils se battent nus et que leur corps est couvert de ces tatouages bleus. Ce sont des parures guerrières mais aussi des signes magiques qui sont inscrits sur la peau lors de rituels sacrés...

– Tu ne vas pas me faire ça? balbutia-t-elle.

– Non, rassure-toi. Il me faudrait plus d'une nuit!

– C'est douloureux?

– Un peu. Moins qu'une brûlure cependant. Et moins que ce qui arriverait si tu devais rencontrer un démon sans protection.

Elle hésitait. Ces peintures sur son bras... Comment réagirait Kian en les voyant?

– Si tu refuses, Niniane, je ne t'emmènerai pas. Je te l'ai déjà dit, je tiens trop à toi pour mettre ta vie en danger.

Elle le dévisagea. Comment percer le mystère de ce visage ambigu dans la lueur tremblante des flammes? Comment sonder ces yeux vairons qui la regardaient avec une telle intensité?

Elle obéit. L'air froid s'enroula autour de ses épaules dénudées. Elle serra ses bras contre elle, tant par pudeur que pour se réchauffer. Ses seins demeuraient cachés, serrés dans leur étole de lin, mais sa pudeur se révoltait.

Elle lui fut reconnaissante lorsqu'il la couvrit de sa saie, ne laissant à découvert que son bras gauche. Il demeura torse nu. Il s'assit en tailleur et prit dans sa besace une fiole remplie d'un liquide sombre dans laquelle il trempa une longue aiguille. Il commença à tracer autour de son bras gauche, juste au-dessous du coude, un cercle de points et de traits qui firent venir les larmes aux yeux d'Azilis.

La douleur était supportable mais ces piqûres incessantes, monotones, lui vrillaient les nerfs. Myrddin psalmodiait à mi-voix une incantation en langue picte dans laquelle elle reconnut son nom répété des dizaines de fois. « Niniane... Niniane... » Il lui sembla aussi entendre le nom de Myrddin. Le chant lancinant du barde la plongea peu à peu dans une torpeur qui lui fit oublier le temps et les piqûres.

– J'ai terminé. Donne-moi ta main.

Elle la lui tendit et poussa un cri de douleur lorsqu'il entailla la pulpe de son pouce avec son couteau.

– Pourquoi fais-tu ça ? s'insurgea-t-elle.

Elle porta son pouce à ses lèvres, le goût du sang emplit sa bouche.

– Pour que je t'accompagne dans ton voyage, ton sang et le mien doivent se mêler. Je tiendrai ta main dans la mienne, nos doigts serrés l'un contre l'autre pour nous permettre de communiquer.

La suspicion s'insinua en elle. Cela avait-il vraiment un rapport avec son initiation ? Caius et Aneurin aussi avaient échangé leur sang lorsqu'ils étaient jeunes, à la villa. « Pour être liés à jamais », lui avait expliqué son frère. Et si c'était ce que Myrddin cherchait ?

– Qu'y a-t-il, Niniane ? Tu ne me fais plus confiance ?

Il lui caressa la joue.

– Tout est prêt. Tu n'as plus qu'à jeter les feuilles de jusquiame dans le feu. Nous boirons l'infusion juste après.

– Tu ne tentes pas de me tromper, Myrddin ?

– Je t'aime, Niniane. Jamais je ne te ferais de mal.

Elle détourna la tête. Son ton était si sincère, si tendre, qu'elle s'en voulut d'avoir douté de lui.

– Allons-y, dit-elle.

# 3

Les feuilles s'enflammèrent rapidement, ajoutant leur odeur âcre à celle du bois brûlé. Myrddin prit la coupe et but le premier. Il la tendit ensuite à Azilis et elle avala le breuvage amer à son tour. Il s'entailla le pouce, s'installa devant le feu, tendant son bras gauche pour serrer l'un contre l'autre leurs doigts blessés.

Comme lui, elle inhala les vapeurs qui s'élevaient du feu. Son pouls palpitait dans sa blessure, de plus en plus vite. Puis ce ne fut plus un pouls mais deux qu'elle sentit battre ensemble dans sa main. Dans son bras. Dans tout son corps.

Le rythme cardiaque de Myrddin s'était accordé au sien. Leurs cœurs résonnaient dans la grotte comme des tambours.

Les flammes étirèrent leurs pointes jaunes de plus en plus haut. Azilis les suivit des yeux, fascinée. Elles s'enroulaient en spirales sur les parois de la grotte, s'éparpillaient en scintillements, formaient des cercles lumineux qui s'élargissaient ou rétrécissaient selon le rythme des battements de leurs cœurs.

Elle s'aperçut avec stupeur que les dessins tracés sur la peau de Myrddin étaient semblables à ceux qui dansaient sur les murs de la grotte. Les cercles étincelants ne tourbillonnaient plus follement maintenant. Au contraire, ils s'organisaient en un tunnel à l'extrémité duquel brillait une vive lueur blanche. Elle attirait Azilis irrésistiblement.

Une sensation d'immense déchirement suivit, comme si on l'arrachait à elle-même. Puis elle s'éleva vers ce tourbillon créé de fils de flammes et de lumière et elle aperçut son corps qui s'éloignait, allongé près du feu, à côté de celui du barde.

Myrddin était près d'elle mais aussi autour d'elle et en elle. Son esprit s'était uni au sien et la guidait dans cette ascension extraordinaire. Leurs esprits vibraient à l'unisson. Il ne la laisserait pas sombrer dans le monde ténébreux qui l'avait happée après sa chute au mont Tumba. Elle resterait maîtresse de son âme et il serait son guide.

Elle eut conscience de présences dans le tunnel. D'autres êtres ? D'autres esprits ?

Un visage lui souriait à travers les mailles scintillantes. Un flot de douceur et d'amour la submergea.

« Je suis là ! Rejoins-moi ! »

Olwen disparaissait déjà. Azilis devina que son père se trouvait là aussi mais elle poursuivait sa route, happée vers le ciel, vers la pleine lune qui l'appelait sans relâche.

Puis il surgit devant elle. Aneurin. Plus beau encore que dans son souvenir. Sa chaleur l'enveloppa quand il la serra contre lui, son souffle effleura sa joue. Il était vivant, il riait, sa voix chaude murmurait à son oreille !

*– Merci, petite cousine. Tu as accompli mon rêve, tu m'as donné la paix. Je veille sur toi et sur Caius. Dis-le-lui. Dis-lui que je ne l'ai jamais oublié.*

Elle s'arrêta net. Un vertige la saisit. Elle tombait, les ténèbres l'enveloppaient. Une force la saisit, l'empêcha de sombrer.

— Aneurin... murmura-t-elle.

— *Ce n'est pas terminé,* chuchota-t-il. *Concentre-toi, poursuis ta route.*

Elle se battit contre l'obscurité, contre le froid qui l'envahissait. Aneurin l'exigeait.

Dans un dernier élan, elle jaillit hors de la lumière et s'éleva dans le ciel.

Une lune énorme y luisait. Le monde s'était figé, gris et noir dans une nuit trop claire et trop calme. Elle se trouvait au sommet de la gorge qu'ils avaient empruntée pour rejoindre la grotte.

Elle percevait le monde à des milles. Là-bas, sa villa endormie sous le cône du Tor. Plus à l'ouest, la mer qui séparait les côtes de Bretagne de celles de l'Hibernia[1].

Elle sentait la présence de Myrddin dans ses veines.

Ils s'envolèrent au-dessus des falaises, non comme des oiseaux mais comme le souffle du vent. Loin au-dessus d'eux, des milliards d'étoiles luisaient, poussière blanche, éclats de diamants sur le voile noir de la nuit.

— « *J'ai été étoile lointaine...* »

La voix de Myrddin résonnait en elle. Le vers de ce poème, qu'il lui avait récité des mois plus tôt, prenait soudain tout son sens. Comme lui, elle ne voyait pas l'étoile. Elle était l'étoile. Et le ciel. Et la roche, et la bruyère.

Elle fila vers la mer, attirée par l'étendue d'argent qui luisait sous la lune. Elle glissa au-dessus de l'eau, aperçut des mouettes bercées par les vagues, survola les côtes d'Hibernia.

1. L'actuelle Irlande.

Non! Elle était aussi cette mer, cette plage, l'écume des vagues, le moindre grain de sable!

C'était une ivresse sans pareille, une plénitude absolue. Comme son corps était loin! Comme il lui semblait étranger et lourd! Une carapace épaisse qui l'enfermait et l'empêchait de s'unir au Monde! Le désir de se disperser dans la brume l'envahit. Être à jamais immatérielle...

– *Attention, Niniane! Recentre-toi!*

L'appel de Myrddin claqua comme un coup de fouet. Elle obéit à son injonction, rassembla les milliards de particules de son être. La Voie lactée traçait une route immense dans l'océan de la nuit.

Le cœur de Myrddin battait en elle. Ce qu'elle voyait, il le voyait aussi, il percevait sa moindre peur, son plus petit désir. Il avait accès aux secrets de son être, elle ne percevait que sa puissance et son amour pour elle.

Si elle n'avait pas été novice, elle aurait pu fouiller son âme. Mais elle utilisait toute son énergie à ne pas se dissoudre dans l'infini.

– *Concentre-toi sur l'objet de ta quête.*

L'espace et le temps n'existaient plus. Elle pouvait parcourir le monde à sa guise, franchir les océans, les montagnes, les déserts...

« Ninian! pensa-t-elle. Je veux voir Ninian! »

Sa volonté se projeta vers son frère. Elle saurait enfin s'il était en vie. Elle le rejoindrait au mont Tumba, le verrait prier avec les autres moines, ou dormir dans sa cellule au toit de chaume.

Ou elle verrait sa tombe, creusée près de celle d'Aneurin.

Elle fut aspirée par une rafale, un tourbillon glacé l'emporta loin, très loin, sans qu'elle distingue rien de ce qui l'entourait.

Le visage de son jumeau apparut brusquement devant elle.

Ses grands yeux verts fixaient le vide, pleins de détresse. Ses lèvres étaient tuméfiées, ses joues creusées, son crâne avait été rasé.

Puis elle aperçut le collier de fer qui enserrait son cou, la chaîne à grosses mailles qui l'attachait à un piquet. Il y avait d'autres formes humaines autour de son frère, mais elle ne voyait que lui. Il souffrait! Elle souffrait aussi!

– NINIAN! NINIAN!

Elle criait son nom, très loin, dans la caverne humide et sombre.

Une tornade se dressa devant elle, l'emporta, la projeta en tous sens comme un tas de feuilles mortes. Son être se disloquait. Son âme hurla de terreur.

– NINIAN!

Elle allait disparaître, se dissoudre dans l'espace, mourir sans lui venir en aide.

Il y eut un éclair éblouissant, une énergie brutale la traversa de part en part. Myrddin la ramenait vers son corps. Il l'entraînait comme la tempête emporte une brindille.

Il y eut un choc et elle se tordit de douleur. Elle n'était que crampes, ses muscles tendus, durs comme de la pierre, la broyaient. Puis ils se relâchèrent et elle s'effondra, vide et sans force sur le sol.

# Le retour
# des guerriers

# 1

Le bruit de pas nus traversant la chambre, le froissement des vêtements que l'on jette, les gémissements étouffés d'un couple en train de s'aimer.

Kian tenta de replonger dans le sommeil. Sans succès. Il enfouit sa tête sous son oreiller.

Quelle heure était-il? Fort tard à en juger par le rayon de lune qui striait le sol. Ils devaient se lever avant l'aube et chevaucher toute la journée mais, pour Kaï, c'était sans importance. À peine le repas terminé, il avait quitté l'ancien palais du gouverneur en annonçant qu'il partait « chasser ». Gwynnan et Kian l'avaient regardé s'éloigner en se demandant où il trouvait une telle énergie.

« Pourquoi a-t-il amené cette fille ici? pensa Kian avec humeur. Il se fiche bien de nous réveiller, Oswyn et moi! »

Le silence revint enfin dans la pièce. Aussitôt après, Kian entendit Caius murmurer :

– Va-t'en, maintenant. Nous partons avant le lever du soleil, et je suppose qu'il ne va plus tarder.

Il alluma la lampe à huile près de son lit. Kian vit une femme se lever et s'habiller sans protester. Caius lui tendit un anneau d'or et elle quitta la pièce en silence, sans même un dernier baiser.

Sur sa paillasse, Oswyn marmonna en saxon et se retourna avant de replonger dans un profond sommeil.

« Les enfants ont de la chance de dormir en toutes circonstances ! » songea Kian, exaspéré.

Caius marcha jusqu'à la fenêtre en s'étirant. Kian se releva sur un coude, une remarque acerbe au bord des lèvres. Le visage du frère d'Azilis apparut dans la lueur blanche de la lune. Si triste, si désespéré, que la colère de Kian s'évanouit dans l'instant.

Comme s'il s'était senti observé, Caius tourna la tête vers lui.

– Tu ne dors pas, tueur de berserker ? chuchota-t-il.

– J'ai le sommeil plutôt léger, figure-toi.

– Ah… Pardonne-moi, alors.

Kian n'avait plus envie d'adresser à Caius les reproches qu'il méritait. Il demanda :

– C'est à cause de Garym ?

– À cause de Garym ? Quoi ? Que j'ai amené cette fille ici ?

– Non. Que tu avais l'air malheureux.

Il y eut un silence puis Caius vint s'asseoir près du lit de Kian.

– Ça m'arrive parfois, après l'amour. Enfin, ajouta-t-il avec un ricanement, amour est un bien grand mot pour ce genre d'exercice !

Kian devina que Caius avait envie de se confier. Il se racla la gorge, posa la première question qui lui traversa l'esprit.

– Même avec une femme dont tu es amoureux ?

– Je n'ai jamais aimé une femme. Certaines m'ont plu davantage, voilà tout. Je n'ai pas ta chance, tueur de berserker !

Le visage d'Azilis surgit dans l'esprit de Kian, une vague de joie l'envahit à l'idée de la revoir. « Dans quelques heures », songea-t-il.

Il chassa cette pensée, un peu honteux de son bonheur face à la solitude de Kaï.

– Tu fais la guerre depuis des années, remarqua-t-il. Tu vas de camps fortifiés en champs de bataille. Ce n'est pas étonnant que tu n'aies pas rencontré l'amour !

– Je t'ai dit que je n'avais jamais aimé une femme, répondit Caius d'une voix à peine perceptible. Pas que je n'avais jamais aimé.

Stupéfait, Kian se demanda ce que signifiaient les paroles de son ami. Que Caius, l'insatiable séducteur, préférait les hommes ? Impossible ! Certes, il n'en aurait rien montré à la villa de son père, mais pas dans l'armée d'Arturus où les couples de guerriers ne choquaient personne. Petrus prétendait même que ces amitiés amoureuses stimulaient le courage des combattants !

Puis la réponse surgit. Évidente, limpide. Caius le lui avait déjà avoué le soir de la victoire de Sorviodunum mais, alors, Kian n'avait pas saisi la portée de ses paroles.

Kaï voulut se lever. Kian l'en empêcha en posant la main sur son épaule.

– Aneurin, souffla-t-il.

Il sentit les muscles de Kaï se détendre, comme si on le soulageait d'un poids invisible. Il acquiesça et murmura d'une traite :

– La plupart diraient que c'était juste de l'amitié. Mais le mot est trop tiède ! On se comprenait à la perfection, parfois sans échanger un mot. Il était une partie de moi comme j'étais une partie de lui. Aujourd'hui, il me manque autant que le jour de son départ. Je n'ai jamais éprouvé ça pour une femme !

– Pourtant, tu ne l'as pas suivi à Constantinople, remarqua Kian.

– J'étais mineur, mon père a refusé que je l'accompagne. Aneurin avait besoin d'apaiser sa conscience. La culpabilité le dévorait, il voulait se racheter. Je ne peux pas t'en dire davantage. Nous devions nous retrouver, partir ensemble en Bretagne...

– Je connais son secret. Il me l'a confessé avant de mourir, en me confiant ta sœur et Kaledvour.

Kian hésita un instant avant d'ajouter :

– Tu sais, Kaï, j'aime Azilis depuis des années. Je ne la quitterais pour rien au monde, pas même si on m'offrait un royaume. Mais je suis loin de la comprendre ! Alors ce que tu ressentais pour Aneurin, c'était sans doute de l'amitié. Une amitié... passionnée.

– Une amitié passionnée, répéta Caius d'un ton rêveur. C'est bien trouvé. Tu crois que ça existe entre un homme et une femme ?

– Aucune idée. Je connais mieux les chevaux que les femmes.

Caius se mit à rire doucement. Il serra le bras de Kian et déclara :

– Merci, mon frère. Parler avec toi m'a fait du bien. Je vais te laisser dormir maintenant. Une longue route nous attend tout à l'heure.

Il s'allongea sur son lit et sombra très vite dans le sommeil. Kian, lui, resta éveillé jusqu'à ce qu'un serviteur se présente à leur porte.

# 2

Kian avait espéré qu'ils arriveraient à la villa avant la nuit mais, lorsqu'ils atteignirent Ynis-Witrin le lendemain, la lune était haute dans le ciel. Les chevaux avaient eu besoin de se reposer, ainsi qu'Oswyn qui, assis devant Kian, se cramponnait de son mieux à la selle d'Orion.

Ils tambourinèrent au portail et Math leur ouvrit rapidement. Kian le salua à peine, balaya ses « On ne vous attendait pas si tôt ! » d'un geste et conduisit Orion à l'écurie. Il l'installa à sa place habituelle, à côté de Luna qui l'accueillit d'un hennissement joyeux. Il confia à un Lleyn aux yeux papillonnant de sommeil le soin de le bouchonner puis fila vers la maison, le cœur battant, impatient de voir le regard étonné d'Azilis quand il apparaîtrait devant elle. Il brûlait de la serrer contre lui. Il avait à la fois envie de rire et de pleurer.

Oswyn trottait derrière lui, se dévissant la tête pour observer la maison et se cognant aux meubles.

– Pas si vite, Kian ! Attends-nous !

Caius et Gwynnan les rejoignirent dans le vestibule.

– À quelle vitesse courrais-tu si ta cuisse était complètement guérie? demanda Gwynnan d'un air moqueur.

– Dis au garçon de dormir dans un coin de ma chambre, proposa Caius en désignant Oswyn du menton. Je suppose que tu te dispenseras de sa présence cette nuit. À moins, bien sûr, que tu ne préfères laisser dormir ma pauvre sœur à une heure si tardive et que tu te couches ailleurs que dans ton lit?

– Merci pour ta proposition, mais je me glisserai à côté d'elle sans bruit, promit Kian en riant. Je te confie Oswyn.

– À demain, mon frère, dit Caius en lui donnant une tape sur l'épaule. Allez, le Saxon, par ici!

Il entraîna l'enfant qui le suivit à contrecœur en jetant des regards tristes en direction de Kian. Sans succès. Car celui-ci ne pensait qu'à retrouver Azilis et à la tirer du sommeil de la plus délicieuse façon.

La chambre était plongée dans le noir. Il s'y dirigea à tâtons, marcha sur une étoffe, découvrit en la ramassant qu'il s'agissait d'une tunique. Il demeura un instant immobile.

Le silence qui régnait dans la pièce était anormal. Il n'entendait aucune respiration, aucun souffle. Il avança jusqu'au lit.

Il était vide.

D'une main inquiète, il tâtonna à la recherche de la lampe à huile qu'Azilis gardait à son chevet. Il frotta le briquet d'amadou, alluma la mèche.

Le lit n'était pas défait. Des vêtements gisaient sur le sol comme si elle les avait ôtés en hâte. Il enfouit son visage dans l'étoffe légère d'une tunique en soie, respira son parfum.

« Elle est au chevet d'un malade, se rassura-t-il aussitôt. À l'infirmerie. »

Il se précipita hors de la pièce, la lampe à la main, remonta le péristyle au pas de course.

Les anciens thermes étaient plongés dans l'obscurité. Les dauphins de mosaïque bondissaient au plafond dans un rayon de lune.

« Elle ne peut pas être partie ! Luna était à l'écurie. Et puis Math ne m'a rien dit. Il m'aurait prévenu s'il était arrivé quelque chose ! »

Oui, mais où était-elle ?

Enid. Elle saurait sans doute où se trouvait sa maîtresse. Il rejoignit sa chambre, poussa la lourde tenture qui en fermait l'entrée. Il y faisait noir mais Kian entendit nettement la respiration tranquille de la jeune fille.

Les respirations !

Il leva la lampe au-dessus de la couche d'Enid et la découvrit endormie dans les bras de Gwalmai.

Il sortit sans un bruit. Ses pas le ramenèrent dans sa propre chambre. Il s'assit sur le lit, laissa son regard errer dans la pièce.

Pourquoi Azilis avait-elle jeté ses vêtements sur le sol ? Parce qu'elle était pressée ? Mais pourquoi était-elle aussi pressée de se déshabiller ?

La jalousie le poignarda en plein cœur. Il rejeta l'idée qui s'insinuait dans son esprit. Sournoise, elle s'imposa cependant à lui.

Azilis n'était peut-être pas loin ! Couchée dans les bras d'un autre. Dans le lit d'Arturus. Ou dans celui du barde.

Absurde! Impossible!

Pourquoi impossible? Ils avaient passé vingt jours ensemble. Elle était belle, attirante. Comment lui résister? Et le dux bellorum aussi était séduisant, auréolé de prestige et de gloire. Il était libre. Azilis aussi puisqu'elle refusait le mariage!

Niniane refuserait-elle d'épouser le futur roi de Bretagne?

Il se leva brutalement. Il devait savoir. Maintenant.

Un instant plus tard, il se trouvait devant la chambre du dux. Il posa la main sur la porte, hésita. Un grognement menaçant monta derrière la cloison de bois.

Cabal! Le molosse qui suivait Arturus partout! Si Kian entrait sans crier gare, le chien lui sauterait à la gorge.

Il recula. Il lui restait à vérifier si elle ne se trouvait pas avec Myrddin. Le personnage était étrange, avec sa démarche chaloupée et ses airs ambigus. L'idée qu'il ait pu séduire Azilis semblait assez ridicule.

Malgré tout, c'était un barde. Et Azilis avait été amoureuse du barde Aneurin. D'ailleurs Myrddin et lui avaient la même voix. Il jouait merveilleusement de la harpe. Il était brillant, savant, poète... Des qualités dont raffolait la jeune femme et dont Kian était entièrement dépourvu.

Lorsqu'il pénétra dans la chambre de Myrddin, la possibilité d'y découvrir Azilis lui semblait parfaitement vraisemblable.

Il fut soulagé de la trouver vide. Puis l'évidence surgit à son esprit. Si Myrddin n'était pas dans sa chambre, ni Azilis dans la sienne, c'était qu'ils étaient partis ensemble.

# Le baiser
# de Myrddin

# 1

Des ombres bougeaient autour d'Azilis, des murmures parvenaient à ses oreilles. Elle tenta un mouvement, une onde de douleur lui enserra le crâne.

Ses muscles étaient douloureux. Respirer lui demandait un effort infini. Elle avait la bouche sèche et une horrible nausée lui tordait le ventre.

Elle fit un effort énorme pour ouvrir les paupières et tourner la tête vers la lueur des flammes. Accroupi près du feu, Myrddin y jetait des herbes en marmonnant des paroles qu'elle ne comprenait pas.

Elle voulut lui signaler qu'elle s'était réveillée, qu'elle avait soif, qu'elle avait mal. Elle ne parvint pas à articuler un mot.

« Il va s'occuper de moi, se rassura-t-elle. Il sait ce dont j'ai besoin. »

Ses paupières se refermaient lorsqu'elle aperçut une silhouette debout devant elle. De peur, elle ouvrit grand les yeux. Un cri se forma dans sa gorge mais seul un gémissement franchit ses lèvres.

Un homme l'observait. Son visage était maquillé comme celui de Myrddin. Il paraissait immense. Il était vêtu d'une tunique et de braies étranges, en peau de bête tannée.

Elle n'avait jamais vu pareil accoutrement. Mais ce n'était pas là le plus singulier !

La dépouille d'un loup couvrait sa tête et descendait jusqu'à ses épaules, la gueule de l'animal dissimulant son front et ses cheveux. Était-ce un berserker comme celui qui avait attaqué Kian sur le champ de bataille de Sorviodunum ?

Elle se souvint ensuite que les porte-enseigne des anciennes légions romaines se coiffaient de têtes de loup, mais la ressemblance s'arrêtait là.

Non, l'homme n'était ni un porte-enseigne romain ni un berserker saxon.

Mais alors, qui était-il ? Et pourquoi Myrddin, toujours assis devant le feu, ne réagissait-il pas à sa présence ? Elle se sentait si mal, si faible !

Elle cligna des yeux pour mieux voir l'inconnu. Un écran de brume s'élevait entre eux.

Il se pencha vers elle. Une bûchette s'embrasa dans une gerbe d'étincelles, projetant soudain une lumière orangée dans la grotte. La silhouette parut s'évanouir, se reforma presque aussitôt.

Une terreur superstitieuse la saisit. Ce n'était pas un homme qui tendait le bras vers elle mais un esprit. Il venait la chercher pour l'emporter vers l'au-delà. Dans un élan de panique, elle se redressa.

Elle vit les lèvres de l'apparition bouger, des mots d'une langue inconnue, aux voyelles sombres, aux sonorités anciennes, parvinrent jusqu'à sa conscience. Pourtant elle aurait juré qu'il n'avait proféré aucun son.

La douleur qui vrillait son crâne s'amenuisa, sa respiration se fit plus aisée. Puis la nausée devint si forte qu'elle vomit, penchée sur le côté. Un liquide amer et acide emplit sa bouche, il avait le goût de l'infusion qu'elle avait ingérée.

Elle se laissa retomber sur le dos, épuisée et tremblante. Le murmure de mots étrangers pénétra sa conscience. La voix de Myrddin répondait à celle de l'étranger. Dans cette langue qui roulait comme les galets au fond d'une rivière. Primordiale, archaïque.

Elle sombra dans la nuit.

# 2

On soulevait sa tête, on introduisait le goulot d'une gourde d'eau fraîche entre ses lèvres. Elle se désaltéra avec avidité puis repoussa la main qui l'aidait à boire.

– Tu n'as plus soif?

Elle fit signe que non.

– Mange maintenant. C'est important. Tu dois prendre des forces.

Elle se força à grignoter le morceau de pain que Myrddin lui offrait. Il la tenait contre lui. Elle était exténuée mais l'horrible douleur qui la paralysait avait disparu. Seule demeurait la brûlure qui entourait son bras, là où Myrddin avait tatoué un bracelet de signes. Le front posé contre le cou du barde, elle sentait une veine qui battait et le rythme de son propre cœur s'accordait à celui de Myrddin. « Comme lorsque nous chevauchions le vent », se dit-elle.

Les sensations qu'elle avait éprouvées alors lui revinrent à l'esprit. C'était une expérience indicible. Elle éprouvait une reconnaissance infinie envers celui qui lui avait ouvert les portes de ce savoir secret. Jamais elle ne le remercierait assez.

« Tu pourrais, si tu le voulais... »

Elle entendit à peine la voix minuscule qui s'était exprimée au fond de sa conscience. De sa mémoire engourdie, surgissait l'image de Ninian, enchaîné et meurtri.

– Mon frère ! Il est prisonnier. Il faut le sauver ! Je dois rentrer, Myrddin.

– Calme-toi, Niniane, calme-toi ! Je le sais, j'ai eu la même vision que toi. Elle a failli te coûter la vie, mon bel amour !

Il lui caressa le front, écartant des mèches de cheveux qui lui couvraient les yeux.

– Il faut avertir Caius, dit-elle. Il partira à sa recherche aussitôt.

– Vraiment ? Et où ira-t-il ?

Elle demeura interdite. Elle avait vu Ninian, certes. Cependant elle ne possédait aucune indication sur le lieu où on le tenait prisonnier.

– Écoute, Niniane, reprit Myrddin avec douceur. Ce que tu as vu correspond à la réalité mais est-elle présente, passée ou future ? Nous l'ignorons. Tu as été possédée par cette vision, et ton émotion a été si puissante qu'elle a failli te tuer. Lorsque nous chevauchons le vent, nous devons contrôler nos sens et nos sentiments sous peine de nous perdre dans l'espace, ou d'être rappelés trop brutalement dans notre chair.

– Tu ne m'avais pas prévenue, remarqua-t-elle.

– Et j'ai eu tort, admit-il. J'ai été imprudent et stupide. Malgré ce que je connaissais de tes dons, j'en ai sous-estimé l'étendue. Je n'imaginais pas que tu serais capable de partir si loin, si vite ! Ni que tu risquais d'affronter un choc pareil !

Il la serra plus fort contre lui, embrassa ses cheveux.

– Si tu étais morte par ma faute, murmura-t-il, je me serais tué à tes côtés.

Azilis écoutait à peine. Un autre souvenir remontait à sa mémoire. Moins net que sa vision de Ninian, mais tout aussi puissant.

– Il y avait un homme devant moi, chuchota-t-elle. Ici, dans la grotte. Il portait une peau de loup. Tu étais près du feu. Il s'est penché vers moi en me parlant. Je n'ai pas compris ce qu'il disait mais je me suis sentie mieux juste après. Et j'ai été malade, ajouta-t-elle, gênée par ce souvenir.

– Tu l'as vu? Je l'ai invoqué pour qu'il t'aide à sortir des ténèbres. Te ramener dans ton corps m'avait épuisé. J'avais peur d'être incapable de t'aider davantage.

– Est-ce que c'était un esprit?

– Oui. De son vivant, il fut un grand passeur d'âmes, un maître chevaucheur. Il a transformé cette grotte en lieu sacré où le monde des hommes et celui des Esprits communiquent. Cela s'est passé il y a des milliers d'années, bien avant l'arrivée des Bretons sur cette île. J'ai été initié à cette magie dans un lieu sacré comme celui-ci, un cercle de pierres battu par les vents de la mer. Comme ici, on y avait enterré la dépouille d'un chevaucheur qui avait ouvert la porte. Pour qu'il veille à jamais sur ce lieu sacré et vienne en aide à ceux qui lui succéderaient.

Elle demeura un instant silencieuse, tentant d'imaginer cette période ancienne, peut-être antérieure à l'époque d'Homère et de son *Odyssée*.

– Cette grotte est son tombeau, alors? demanda-t-elle.

– Un beau tombeau, tu ne trouves pas? J'aimerais en avoir un semblable.

– Est-ce qu'il faut toujours se trouver dans un tel lieu pour chevaucher le vent?

– Pas nécessairement. Mais les premières fois, c'est préférable. Je n'aurais peut-être pas pu te sauver s'il avait refusé de répondre à mon appel pour te porter secours.

Elle se dégagea de son étreinte, s'assit, ferma les yeux pour combattre le vertige qui la gagnait. L'univers rationnel dans lequel elle avait été élevée s'éloignait. Elle évoluait dans un monde de mystères, de fantômes, de magie plus ancienne que celle des druides; ceux-ci avaient pourtant disparu quatre siècles avant sa naissance.

Mais c'était sans importance. Elle devait avant tout sauver Ninian.

# 3

– J'avais déjà eu une vision concernant Ninian, dit Azilis à mi-voix. Il était poursuivi, des hommes menaçaient de le tuer. Ça s'est passé un matin, juste avant l'aube, peu après mon arrivée en Bretagne. C'était comme si j'étais devenue mon frère ! Même réveillée, j'étais encore là-bas, hors d'haleine, les branches des arbres me griffant les joues pendant que je courais. J'entendais les hurlements du moine qui me pourchassait.

– La terreur de Ninian s'est transmise à toi par le lien qui vous lie au-delà du temps et de l'espace. Tu sais, lorsque j'ai appris que tu avais un jumeau, cela a confirmé ce dont je me doutais. Que tu étais, comme moi, un être double. Je t'avoue que j'ai questionné Caius à ton sujet. J'avais envie d'en apprendre davantage. Lui était heureux de parler de sa petite sœur adorée. Il m'a révélé que tu avais un jumeau et que, des deux, tu étais la plus téméraire. Et même, a-t-il ajouté, la plus virile. C'est un mot qui peut paraître absurde si on se borne aux apparences. Mais il avait entièrement raison.

– C'est ce qui se disait à la maison. Que je m'étais imprégnée de sa virilité quand nous partagions le ventre de notre mère. Et que je lui avais donné ma féminité en échange. Cela le rendait malheureux, mon pauvre Ninian. Il savait que notre père lui préférait Caius et moi parce que nous lui ressemblions.

– En tout cas, vos parents ont eu raison de vous donner des noms identiques[1], vous êtes les deux faces d'une même pièce !

Elle se demanda si elle devait lui avouer qu'on ne l'avait pas baptisée Niniane mais Azilis.

Finalement elle décida de garder son premier nom secret. Un jour, peut-être, elle le lui révélerait. Ce n'était pas le moment.

D'ailleurs, Myrddin poursuivait :

– La vérité, c'est que ton frère et toi, vous étiez un avant de devenir deux. Ninian, c'est ton œil bleu, ou ton œil noir. C'est cette dualité qui fait de nous des êtres sensibles à l'Autre Monde.

– Voilà pourquoi il est devenu moine, murmura-t-elle, rêveuse.

– Mauvais choix, à mon avis. Je n'aime pas les serviteurs du Christ.

– Tu aimerais Ninian, je te l'assure ! Tout le monde l'aime. C'est un don qu'il possède ! Il faut que je le sauve, Myrddin ! Je suis prête à tout pour le retrouver. Dis-moi ce qu'il faut faire, je le ferai.

Le barde ne répondit pas immédiatement. Assis face à elle, il l'observait, énigmatique. Ses tatouages semblaient danser sur ses épaules. Elle se rendit compte alors qu'il était toujours torse nu et qu'elle portait sa saie par-dessus son manteau.

1. Ninian se prononce comme Niniane en gallois et en anglais.

– Explorer la Gaule depuis le monastère où il a été poursuivi, suggéra-t-il, tenter de retrouver ses traces en chevauchant le vent. Ce sera dangereux, épuisant et difficile.

– Je le ferai, déclara-t-elle d'un ton de défi. Jusqu'à ce que je découvre où il se trouve. Et puis Caius ira le chercher.

– Il est hors de question que tu chevauches le vent avant longtemps, Niniane. Ce qui s'est passé cette nuit t'a fragilisée. Une nouvelle expérience de la sorte te serait fatale. Et tu es trop novice pour te lancer dans ce genre d'exploration.

– Mais je ne peux pas l'abandonner !

Elle avait presque crié. Il lui prit les mains.

– Je le chercherai, promit-il.

– Tu feras cela pour moi ?

Une fois encore, elle se sentit submergée de reconnaissance.

– Un baiser serait-il une trop grande récompense pour me remercier d'accomplir cette mission ?

– Est-ce du chantage ? Tu ne chercheras pas mon frère si je refuse ?

À sa propre surprise, la demande de Myrddin ne la révoltait pas. Mais elle la décevait et l'attristait.

– Bien sûr que je le ferai, Niniane. Et je n'exigerai rien en retour. Tu ne te souviens plus de mon serment ? Je veux juste savoir si tu accepterais de m'embrasser.

– Qu'est-ce qu'un baiser après ce que nous avons partagé cette nuit, Myrddin ? N'est-ce pas dérisoire ?

– À mes yeux, non, déclara-t-il en souriant. Je suis un homme avant d'être un chevaucheur de vent !

– Alors, embrasse-moi, chuchota-t-elle.

# 4

Azilis ferma les yeux. Le sacrifice n'était pas si énorme. Il lui avait tant donné qu'elle pouvait bien lui offrir cela.

En une fraction d'instant, elle se souvint du premier baiser qu'elle avait échangé avec Kian, dans une cave de Condate où ils s'étaient réfugiés pour échapper à la milice. Il avait été si passionné, si intense, qu'elle avait presque perdu le contrôle d'elle-même. Cela n'arriverait pas avec Myrddin. Elle resterait passive et inerte, sans pour autant le rejeter.

Les lèvres du barde ne se posèrent pas sur ses lèvres, comme elle s'y attendait, mais à la naissance de son cou. Sa bouche glissa lentement jusqu'au lobe de son oreille, qu'il mordilla, puis le long de sa mâchoire pour se poser enfin sur sa bouche qu'il effleura à peine.

La peau d'Azilis était parcourue de frissons.

« Cette grotte est glacée, se dit-elle en serrant contre elle les pans du manteau. Je vais attraper... »

Sa pensée s'arrêta net lorsque Myrddin l'embrassa réellement. Il tenait son visage entre ses mains, à genoux devant elle, sans la serrer contre lui. Pourtant, le contact de sa bouche sur la sienne avait réveillé le sentiment de fusion entre leurs êtres qu'elle avait éprouvé quand ils chevauchaient le vent.

Le cœur d'Azilis s'affola, son souffle devint plus rapide et moins profond, elle s'accrocha aux bras de Myrddin pour ne pas chanceler.

Ce fut quand il cessa de l'embrasser qu'elle s'aperçut que ses mains n'enserraient plus son visage mais sa taille. Il relâcha son étreinte et termina comme il avait débuté, en laissant glisser ses lèvres du coin de sa bouche à la base de son cou.

– Merci, dit-il dans un souffle. Ce baiser mérite tous les sacrifices.

Elle ne répondit rien, stupéfaite de sa propre réaction. Devait-elle se sentir coupable d'avoir éprouvé tant de plaisir ? Avait-elle trahi Kian ?

« Il faut que j'aide Ninian, se répéta-t-elle mentalement. C'est pour lui que je l'ai fait. »

C'était une excuse un peu facile. Mais elle était trop fatiguée pour réfléchir à tout cela posément. Elle y penserait plus tard. Plus tard…

– Nous devons rentrer, Niniane, dit Myrddin en lui tendant la main pour l'aider à se redresser. On va s'interroger sur notre disparition, s'inquiéter peut-être. Je pensais que nous reviendrions à la villa à l'aube, mais le soleil sera haut quand nous atteindrons Ynis-Witrin.

– Sais-tu l'heure qu'il est ? demanda-t-elle d'une voix qu'elle trouva rauque et voilée.

– Pas avec précision, mais je devine que l'aurore va se lever. Te sens-tu capable de sortir de la grotte par le tunnel que nous avons emprunté ou préfères-tu te reposer encore ?

– J'y arriverai, partons.

Kian devait revenir aujourd'hui. Que penserait-il s'il ne la trouvait pas à la villa et la voyait rentrer en compagnie du barde? Elle préférait ne pas l'imaginer.

Encore moins maintenant qu'elle avait embrassé Myrddin.

Car prétendre que lui seul l'avait embrassée aurait été mentir.

# 5

Sortir du tunnel qui menait à la grotte fut éprouvant. Azilis était à bout de forces, tremblante, plus faible qu'elle ne l'avait supposé. Sans le soutien de Myrddin qui la porta à demi, elle aurait été incapable de descendre le sentier abrupt jusqu'à leur monture.

Il l'aida à monter en selle et s'installa derrière elle. Ils reprirent la route encaissée entre les deux hautes falaises alors que le soleil apparaissait à l'horizon.

L'étalon allait au pas, le claquement de ses sabots résonnant sur les parois de pierre. Azilis sentait le sommeil la gagner. Elle ouvrit les yeux dans un sursaut lorsque le cheval fit un brusque écart de côté et tenta de se cabrer avec un hennissement de peur.

Myrddin s'adressa à sa monture dans une langue étrange et rugueuse inconnue d'Azilis. L'animal se calma aussitôt mais elle percevait sa tension. Elle voulut demander au barde s'il s'était exprimé en picte mais la question ne franchit pas ses lèvres.

Elle venait de voir ce qui effrayait tant le cheval.

Un loup. Énorme. Assis au milieu de la voie. Il les fixait de son regard clair comme s'il les avait attendus. Il ne semblait ni craintif ni agressif.

Myrddin utilisa à nouveau le dialecte inconnu, puis il sauta à terre et marcha vers le loup.

Celui-ci s'approcha en rampant et en remuant la queue, comme un chien qui se soumet. Myrddin posa un genou à terre et lui gratta la tête. Il caressa le dos du loup qui lui lécha la main.

« Il vient accueillir son maître ! s'étonna-t-elle, les yeux rivés sur l'incroyable spectacle. Comment a-t-il pu apprivoiser pareil monstre ? À moins qu'il ne l'ait ensorcelé à l'instant ? »

Myrddin continuait à parler au loup qui l'écoutait avec attention, les oreilles dressées. Quand le barde se releva, l'animal tourna autour de lui trois ou quatre fois, comme s'il jouait, puis repartit en courant vers les falaises. Azilis, cramponnée aux rênes du cheval, le vit disparaître derrière un rocher.

— Myrddin, commença-t-elle lorsqu'il fut remonté en selle, explique-moi...

— Ce serait long et tu es fatiguée. Plus tard.

— Tout de suite !

Il déposa un baiser dans son cou et chuchota :

— Tu as le don de guérison, et moi celui de communiquer avec les animaux. Je les comprends, je les apaise, je m'en fais obéir. Ils agissent à ma guise.

Elle se répéta les paroles du barde, se rappela les histoires de meneurs de loups qu'on lui avait racontées dans son enfance. Sa fatigue se transformait en torpeur mais elle luttait contre le sommeil. La connivence entre Myrddin et cet animal n'était pas innocente. Elle signifiait quelque chose... Mais quoi ? Son esprit fonctionnait au ralenti, elle ne parvenait plus à réfléchir.

Au moment où elle s'enfonçait dans le sommeil, la réponse jaillit.

– Le loup que poursuivait Arturus… balbutia-t-elle. Celui à qui il doit son entorse. C'est lui, non?

– Possible.

– Tu as envoyé Arturus à sa poursuite, et le loup l'a entraîné dans la gorge où il s'est blessé.

– C'était un accident, Niniane, lui assura-t-il. Me crois-tu assez puissant pour faire une chose pareille?

« Assez puissant et assez retors, oui. Je te pense capable de tout pour parvenir à tes fins. »

Ce furent les dernières pensées d'Azilis avant qu'elle ne s'endorme, et elle n'eut pas la force de les exprimer à voix haute.

# L'inconnu
# aux yeux d'or

# 1

Enid se réveilla bien plus tard qu'à son habitude. Elle se glissa hors des bras de Gwalmai en prenant garde à ne pas le réveiller puis se dépêcha de s'habiller.

Dame Niniane serait levée. Elle était si matinale ! Enid se demanda si elle lui avouerait avoir passé la nuit avec le porte-lance d'Arturus. Elle se doutait que sa maîtresse n'y serait pas hostile. Elle avait d'ailleurs encouragé cette aventure, peut-être pour éloigner le seigneur Kaï des pensées de sa suivante. En fait, elle n'aurait pas besoin d'en parler. Dame Niniane le savait certainement déjà. Elle le lirait sur son visage avant qu'elle ait ouvert la bouche. Dame Niniane devinait tout !

Elle contempla un moment Gwalmai avant de sortir de sa chambre. Endormi, il semblait plus jeune, plus fragile. Elle l'appréciait sans être amoureuse de lui, pourtant elle lui avait offert sa virginité. Ce cadeau qu'elle avait refusé à Amren.

Amren était mort maintenant, tué sur le champ de bataille de Sorviodunum. Et elle s'était refusée à lui avant le combat parce qu'elle voulait attendre le soir de leurs noces. Stupide qu'elle était !

Elle n'avait pas voulu être aussi sotte avec Gwalmai. Bien sûr, cette nuit compterait peu pour lui. Il était le neveu d'Arturus, le futur roi de Bretagne. Elle n'était qu'une petite paysanne que le destin avait donnée pour servante à une grande dame. Mais si, comme son ami Garym, il mourait demain au combat, il aurait au moins connu l'amour, grâce à elle.

Elle quitta la pièce la gorge serrée. Dame Niniane se trouvait peut-être dans la chambre aux herbes. À moins qu'elle n'ait décidé de profiter du beau temps pour s'occuper de son jardin.

Elle s'engagea dans le péristyle et s'arrêta net au lieu de diriger ses pas vers la cuisine.

Au milieu du passage, son épée posée sur ses cuisses, le seigneur Kian était assis en tailleur.

Une barbe de plusieurs jours lui couvrait les joues et il regardait fixement devant lui. Quand elle s'avança à sa rencontre, il l'observa du coin de l'œil, sans tourner la tête.

– Mon seigneur, vous êtes déjà revenu ! Quand êtes-vous arrivé ?

– Cette nuit.

Son attitude étrange inquiéta Enid. Que faisait-il là, assis par terre, avec sa lame au clair comme s'il veillait ? Attendait-il quelqu'un ? Elle n'osait pas l'interroger, intimidée par son air dur. Enfin, comme il ne bougeait toujours pas, elle se lança :

– Dame Niniane sait-elle que vous êtes ici, mon seigneur ?

– Dame Niniane ne le sait pas. Dame Niniane n'était pas dans sa chambre cette nuit. Ni ailleurs dans la maison.

– Mais c'est impossible ! s'exclama Enid. Elle a dîné ici hier soir. Elle savait que vous deviez rentrer aujourd'hui. Elle était si heureuse !

– Elle a quitté la villa avec le barde à la tombée de la nuit. Math me l'a confirmé ce matin.

– Comment ? Niniane partie avec Myrddin ?

Caius venait de surgir derrière Enid. Le cœur de la jeune fille cessa de battre un moment avant de repartir au galop. Qu'il était beau ! Davantage encore que dans son souvenir ! Ses cheveux dénoués tombaient sur ses épaules, il n'avait pas pris la peine de passer une tunique et la vue de son torse musclé la fit rougir.

Elle baissa les yeux, se reprochant de s'attarder sur des détails frivoles alors que sa maîtresse avait disparu. Et puis, de toute façon, il n'avait pas remarqué sa présence.

Il se tourna vers elle pourtant et l'interrogea :

– T'a-t-elle dit où elle irait ?

– Non, mon seigneur. Je suis aussi surprise que vous ! Elle ne m'a parlé de rien.

– Avait-elle déjà quitté la villa avec Myrddin auparavant ?

– Pas la nuit. Enfin, pas que je sache.

– Mais le jour, oui ?

Le seigneur Kian avait pris la parole d'une voix rauque, pleine de colère. Il se leva avec la souplesse d'un lynx. Elle remarqua ses yeux rougis par le manque de sommeil, sa main qui serrait le pommeau de son épée, et la peur l'envahit. Il s'imaginait sans doute que dame Niniane lui était infidèle !

– Seigneur Kian ! s'écria-t-elle. Dame Niniane est devenue l'élève du barde Myrddin pendant votre absence. Elle... Elle ignorait l'usage de nombreuses plantes de ce pays, et il le lui a enseigné. Elle m'a montré certains remèdes qu'il...

– Et je suppose qu'il y a des plantes qu'on ne cueille que la nuit ! s'exclama Kian avec une ironie mordante.

– Mais oui, mon seigneur, bien sûr ! Certaines racines doivent être récoltées à la lueur de la pleine lune.

– La petite a raison, mon frère. Ne t'inquiète pas. Ils vont bientôt rentrer et tout sera expliqué. Allez, viens avec moi à la cuisine. Je parie que tu n'as pas fermé l'œil de la nuit.

Le seigneur Kaï passa le bras autour des épaules du seigneur Kian qui parut se détendre. Enid sentit sa propre tension se dissiper.

– C'est vrai, murmura Kian.

– Et dans quel but avais-tu sorti ton épée, au juste ? Tu comptais assassiner ma sœur et m'obliger ensuite à te tuer ?

– Ta sœur, non. Mais le barde...

– Je vois... Eh bien, estime-toi heureux que nous t'ayons remis les idées en place. Myrddin est un adversaire redoutable, crois-moi ! Allez, viens manger !

Il se dirigea vers la cuisine puis parut se raviser et se tourna vers Enid. Elle sentit ses joues s'empourprer à nouveau et se maudit.

– Ah ! Petite, ne t'étonne pas si tu vois un Saxon de onze ou douze ans se promener dans la villa. Le seigneur Kian l'a ramassé à Portus Adurni et a décidé de l'adopter. Pour le moment, il dort dans ma chambre, mais je suppose qu'il finira par se réveiller !

Enid resta muette de stupeur, se demandant comment dame Niniane prendrait une telle nouvelle. Elle les regarda s'éloigner, n'osant pas les suivre malgré la faim qui la tenaillait. Faute d'une meilleure idée, elle rejoignit Gwalmai.

# 2

Les deux hommes déjeunèrent en tête à tête et Gwyar, avide de nouvelles fraîches, en fut pour ses frais. Ils ne lui accordèrent pas la moindre attention et discutèrent en latin, ce qui agaça fortement la cuisinière qui ne comprit pas un mot.

– Ne te méprends pas sur Myrddin, déclara Caius en étalant une épaisse couche de pâté de lièvre sur une tranche de pain. Il se bat comme un guerrier en plus d'être un poète. Sais-tu qu'il est ambidextre ?

– Qu'il est quoi ?

– Il utilise sa main droite aussi habilement que sa gauche. Tu t'es déjà battu contre un gaucher ? Bon, alors tu comprends ce que ça signifie... Et je l'ai souvent vu combattre une épée dans chaque main.

– Pourquoi me racontes-tu ça ? l'interrogea Kian d'un ton rogue. Ce sont des conseils pour le tuer ?

– Sûrement pas ! Je ne donnerais pas cher de ta vie si cela arrivait car Arturus ne te le pardonnerait jamais. Myrddin est son plus vieil ami. Il ne serait pas en passe de devenir Haut Roi si Myrddin ne l'avait conseillé et guidé.

Caius s'interrompit pour avaler un morceau de pain puis poursuivit en ponctuant ses mots avec le couteau de cuisine :

– Il connaît la magie, il lit l'avenir dans les étoiles. Et il prédit les mouvements de l'ennemi la veille d'une bataille.

Kian serra les dents et détourna la tête. Caius ne s'apercevait-il donc pas qu'en vantant les qualités du barde, il ne faisait qu'accroître sa jalousie ?

– Tu ne me crois pas ? Je te jure que c'est la vérité ! Au matin, avant que nous engagions nos troupes, Myrddin nous a plusieurs fois ordonné de changer notre plan d'attaque, de contourner telle colline ou d'éviter telle plaine. À chaque fois, nous avons pris l'ennemi à revers !

– Eh bien tant mieux ! grommela Kian. Moi, ce que je veux, c'est retrouver Azilis !

À cet instant précis, Lleyn surgit dans la cuisine en criant :

– Vite ! Vite ! Où est Enid ? Le seigneur Myrddin a ramené dame Niniane ! Elle est évanouie !

# 3

Caius et Kian foncèrent derrière le palefrenier mais Myrddin ne se trouvait plus dans le vestibule. Ils coururent alors dans la chambre et le virent penché au-dessus du lit où il avait allongé la jeune femme.

Aussitôt, les conseils de prudence de Caius, les mots rassurants d'Enid, disparurent de l'esprit de Kian. La colère et la jalousie s'emparèrent de lui. La peur aussi. Peur qu'il soit arrivé malheur à Azilis, que ce barde maudit l'ait blessée, meurtrie, malmenée.

Il se précipita vers le lit, bouscula violemment Myrddin et découvrit Azilis, livide, les yeux fermés et respirant à peine.

– Que lui as-tu fait ? Réponds !

– Je lui ai sauvé la vie et elle a besoin de repos. Le reste ne te concerne pas.

Le barde avait parlé avec un mépris qui blessa Kian en plein cœur. Aveuglé par la colère, il le frappa. Myrddin esquiva mais le poing de Kian l'atteignit malgré tout au visage et il faillit tomber.

– Kian! Non! cria Caius en se précipitant pour s'interposer. Arrête!

Myrddin recula vers la porte, une main sur la joue.

– Quelle ingratitude, tueur de berserker! Je dépose ta compagne dans ton lit et tu m'écrases ton poing sur la figure? Serais-tu jaloux, par hasard? Craindrais-tu qu'elle ait pu se lasser d'une brute de ton espèce pour lui préférer un être plus raffiné?

Kian n'était plus en mesure de se raisonner. Chaque mot du barde, l'inflexion dédaigneuse de sa voix, son regard arrogant, le blessaient aussi cruellement que les coups de fouet reçus lorsqu'il était esclave. Des larmes lui brûlèrent les yeux. Il tira son épée, balayant au passage une lampe qui tomba sur la mosaïque du sol.

– Calme-toi, Kian! répéta Caius en s'interposant.

Cette fois, Myrddin eut un rire plein de morgue.

– Quelle scène ridicule, tueur de berserker! Je comprends tes doutes, évidemment! Mais essaie de réfléchir. Si j'étais l'amant de la belle Niniane, tu nous aurais trouvés dans sa chambre, ou dans mon lit. Nous avions l'embarras du choix, non?

Kian, incapable de parler, voulut se jeter sur lui. La seule idée d'Azilis dans les bras du barde avait ranimé sa colère. Le sol paraissait onduler sous ses pieds, un brouillard envahissait la chambre. Myrddin le fixait avec un tel dédain!

Caius immobilisa Kian d'une prise au cou. Myrddin n'avait pas bougé d'un pouce et le narguait de sa moue ironique.

– Arrête, mon frère! chuchota Kaï à l'oreille de Kian. Écoute-moi! Il est désarmé. Tu ne vas pas attaquer un homme sans armes quand même?

– Sans armes? répéta Kian d'une voix étouffée. Sans armes? Il en possède plus que je n'en aurai jamais.

Myrddin leva un sourcil et une moue moqueuse s'afficha sur son visage qui semblait dire : « Tu n'es pas aussi bête qu'il y paraît ! ».

– Kian... Myrddin... Que se passe-t-il ?

Aussitôt, Caius libéra Kian. Ils se retournèrent d'un seul mouvement. Azilis les regardait en se soulevant sur un coude. Elle avait des cernes bleuâtres et les traits tirés.

– Tout va bien, Niniane ! Ne t'inquiète pas.

Caius jeta un regard de colère à Kian qui se sentit ridicule et déplacé, sa grande épée à la main.

Alors Myrddin sortit et lui lança par-dessus son épaule :

– Quand tu seras calmé, tueur de berserker, tu penseras peut-être à t'occuper d'elle !

# 4

Azilis tentait de recouvrer ses esprits. Caius était près d'elle, et Kian se tenait au milieu de leur chambre. Elle était donc revenue à la villa. Elle ne parvenait pas à se souvenir du trajet mais ce qu'elle avait vécu dans la grotte l'habitait encore. Le décor familier de la pièce – les tentures devant la fenêtre, le coffre, le brasero, ses objets de toilette rangés devant un miroir ébréché – lui paraissait lointain et étranger.

Ainsi que Kian, qui fixait sur elle un regard de fou et demeurait immobile au lieu de l'embrasser.

Elle tendit la main vers lui. Si elle n'avait pas été si faible, elle se serait jetée dans ses bras et aurait ordonné que personne ne les dérange.

– Kian?

Il secoua la tête de droite à gauche en reculant vers la porte. C'était si étrange, si incompréhensible, qu'elle rit nerveusement.

– Mais qu'est-ce que tu as?

– Pas maintenant... Plus tard... Je ne peux pas...

Il tourna les talons et sortit d'un pas incertain.

– Mais que se passe-t-il? demanda-t-elle à son frère. Explique-moi, Caius!

– Nous sommes arrivés hier soir et il t'a attendue la nuit entière, persuadé que Myrddin et toi... Enfin, tu m'as compris. Et il vient de coller son poing dans la figure du barde qui s'est ouvertement moqué de lui. Je vais le retrouver, ne t'inquiète pas. Mais toi? Tu es si pâle! Comment te sens-tu?

– Épuisée et affamée. Je t'en prie, dis à Kian que je veux lui parler. Tout ça est ridicule.

– C'est le mot qu'a employé Myrddin, je te conseille de l'éviter. Et, sans indiscrétion, où étiez-vous?

Comment expliquer sans trahir son serment? Ni Kian ni Caius ne seraient initiés à ces mystères. L'un comme l'autre étaient des êtres entiers, attachés à la terre par toutes les fibres de leurs corps. Ils ne pourraient jamais établir un pont entre deux mondes.

– Myrddin a accepté de me prendre pour élève, murmura-t-elle enfin. J'ai appris énormément auprès de lui pendant ces vingt jours. Ce qu'il m'a montré la nuit dernière était l'aboutissement de cet apprentissage. Je ne suis encore qu'une novice, évidemment. Mais il m'a enseigné un rituel secret que je ne peux vous révéler. Rien à voir avec ce que Kian a imaginé, s'empressa-t-elle d'ajouter en lissant son drap.

Caius émit un sifflement.

Son visage reflétait un mélange de stupeur et d'inquiétude.

– Bien. Donc, nous n'en saurons pas davantage. À toi de rassurer Kian avec si peu. Je vais tenter de le persuader de te rejoindre. Sois délicate, il a été plus blessé par les mots de Myrddin que Myrddin ne l'a été par son coup de poing.

Malgré sa fatigue et son inquiétude, Azilis ne put s'empêcher de sourire. Que Caius lui conseille d'être délicate ne manquait pas de saveur de la part d'un homme tel que son frère.

– Veux-tu que je t'envoie ta servante ? Comment s'appelle-t-elle déjà, cette mignonne ?

– Enid. Oui, s'il te plaît. Et ce n'est pas une servante, elle me seconde dans mon travail et elle est très douée.

Il quitta la chambre puis Azilis l'entendit qui s'arrêtait brusquement.

– Une dernière chose, déclara-t-il en revenant dans la chambre, méfie-toi de Myrddin. J'ai du mal à croire qu'il te fasse don de son savoir sans rien espérer en échange !

# 5

Caius ne retrouva pas Kian qui avait couru aux écuries, sellé Orion et quitté la villa au galop sans même savoir où il se dirigeait. Des larmes amères lui brouillaient la vue, il était possédé par le désir de tuer ce barde qui avait si bien su l'humilier.

Il s'arrêta lorsque Orion pénétra dans les terres marécageuses à l'ouest de la villa. Des tourbières et des marais couverts de roseaux s'étendaient jusqu'à la mer. Il s'assit sur le sol et laissa son regard errer sur ce paysage plat et désert. L'épuisement le gagnait.

Kian avait envie d'égorger Myrddin pour qu'il se taise. Il voulait réduire au silence cette voix qui criait ce qu'il se chuchotait en secret : il n'était qu'une brute et Azilis méritait mieux que lui. Elle lui disait « je t'aime » mais seuls leurs rapports physiques les unissaient. Un jour, cela ne suffirait plus. Elle se lasserait de lui. D'ailleurs, il l'ennuyait déjà. Elle ne l'avouait pas, cependant il le devinait. Même Enid lui apportait davantage ! Il n'avait pas fallu trois mois à la jeune fille pour apprendre à lire et à écrire, alors qu'il ânonnait encore. Comment pourrait-il ne pas l'avoir déçue?

Il s'allongea, insensible à l'humidité du sol. Orion broutait des touffes d'herbes hautes, un échassier prit son envol. L'immense ciel lumineux l'obligea à fermer les yeux. Il n'avait pas dormi depuis... longtemps. Et sa blessure à la cuisse le tourmentait.

Il se souvint de leur séjour chez Sextus Cogles. Les yeux d'Azilis étincelaient de bonheur quand le vieil homme conversait avec elle. Sans doute luisaient-ils ainsi quand Myrddin lui enseignait les plantes ou la magie ou Dieu seul savait quoi. Jamais elle ne l'avait regardé comme ça. Et jamais elle ne l'avait regardé comme elle regardait Aneurin.

Oh! bien sûr, les hommes ne se souciaient généralement pas de briller auprès de leur femme. Elles n'avaient qu'à obéir à leur mari et maître. Mais il n'était pas son mari et ne serait jamais son maître. Son ancien esclave, ça oui! Car un an ne suffisait pas pour effacer vingt-deux années de servage. Il se réveillait en s'étonnant encore de ne pas être couché dans l'écurie, et en s'émerveillant que domna Azilis Sennia ait daigné s'intéresser à lui.

Une larme coula sur sa joue, puis une autre. Il n'eut ni la force ni l'envie de lever la main pour les essuyer.

Le barde d'Arturus avait mis à jour ses points les plus fragiles, exposé ses doutes les plus profonds. Il n'était pas digne d'Azilis, c'était l'absolue vérité. Bien qu'il l'aimât à la folie.

Une fatigue énorme, invincible, l'enfonçait peu à peu dans le sommeil. Son altercation avec Myrddin passait et repassait dans son esprit, et les mots du barde revenaient en écho : « Se lasser d'une brute de ton espèce...

Lui préférer un être plus raffiné... Une brute... Un être raffiné... »

Oui, il aimait Azilis plus que lui-même. Il n'avait pas le droit de la garder pour lui. C'était pour cela qu'il devait lui rendre sa liberté. Comme un jour elle lui avait rendu la sienne.

# 6

– Il va revenir, dame Niniane, il était hors de lui. Il a eu besoin de se calmer.

C'était la première fois qu'Azilis pleurait devant Enid qui paraissait bouleversée. La neuvième heure était passée mais Kian n'était pas réapparu. Azilis avait eu une matinée agitée, sombrant parfois dans le sommeil puis se réveillant en sursaut avec l'espoir de trouver Kian à côté d'elle. Le tatouage sur son bras la brûlait mais elle n'osait pas le regarder devant Enid. La jeune fille n'avait pas quitté son chevet, Caius était venu la voir à plusieurs reprises, Myrddin ne s'était pas montré.

La porte s'ouvrit. Azilis fut une nouvelle fois déçue quand elle vit son frère s'asseoir près du lit. Enid se leva pour sortir mais Azilis lui prit la main et la retint près d'elle. Sa présence l'apaisait.

– Niniane, gronda Kaï, ça ne te ressemble pas ! Te mettre dans un tel état parce que Kian boude dans un coin !

– Il avait l'air fou furieux. Et désespéré. J'ai peur, Caius. J'ai tellement attendu son retour et il disparaît à peine arrivé.

– Il était impatient de te revoir lui aussi, et il n'a trouvé qu'un lit vide.

– Je sais ! C'est à cause de ce que j'ai vu...

Elle s'interrompit soudain, jeta un regard à Enid qui assistait à cet échange malgré elle.

Celle-ci se leva à nouveau et, cette fois, Azilis l'autorisa à sortir.

– Si nous sommes revenus si tard, c'est à cause de moi. J'ai vu Ninian, expliqua-t-elle en réprimant un sanglot. Il est prisonnier quelque part. Esclave. C'est bien une vision que j'ai eue cet été, j'en ai eu la confirmation cette nuit. Et ça m'a tellement bouleversée que j'ai perdu conscience, et qu'il a fallu que Myrddin me ramène. C'était horrible ! Sans lui, je serais morte ! Ensuite, j'étais trop faible pour quitter la... pour monter à cheval. Alors il a fallu attendre que je me sente mieux.

Caius la fixait sans paraître comprendre un mot à ses explications. Il demanda en fronçant les sourcils :

– Qu'il te ramène d'où ? Et de quoi serais-tu morte ?

– Oh ! C'est trop compliqué. Et je ne peux pas te le dire ! Il faut me croire, Caius. Ninian est en danger, nous devons l'aider !

– Comment ? J'irai au monastère dès mon arrivée en Gaule, je te l'ai promis. Mais si ce que tu as vu est vrai, il ne s'y trouvera plus !

– Je sais. Cependant on pourra nous renseigner, nous raconter ce qui s'est passé. Et Myrddin nous aidera. Il me l'a juré. Nous partirons en Gaule avec toi. Il n'est pas question que je reste à la villa pendant que vous recherchez Ninian. Qu'est-ce que je risquerai avec vous ?

– Toi, peu de chose, répliqua Caius. Mais Kian est un esclave en fuite, ne l'oublie pas.

– Je lui ai donné sa liberté, s'énerva Azilis, tu ne t'en souviens pas ? J'ai signé sa manumission à Condate quand nous nous sommes enfuis de la villa !

– Mais Niniane, ce document n'a aucune valeur ! Un esclave doit être affranchi dans une église, en présence d'un prêtre, et sûrement pas par une demoiselle mineure partie sans autorisation de la maison de son père ! Kian appartenait à papa bien qu'il l'ait mis à ta disposition comme garde personnel. Il serait donc maintenant la propriété de Marcus s'il était resté en Gaule.

Azilis demeura muette. Elle pressa ses poings contre ses paupières pour lutter contre un nouvel accès de larmes. Caius posa une main affectueuse sur son épaule.

– Ne t'inquiète pas, petite sœur. Il reviendra, ton tueur de berserker. Il est juste en train de calmer sa fureur et je crois qu'il a honte de ne pas l'avoir contrôlée. Quant à Ninian, on fera tout pour le retrouver. Avec l'aide de Myrddin, ce sera aisé.

Elle lui adressa un regard reconnaissant. Caius avait toujours su la consoler. Enfant, lorsqu'elle était triste ou – chose fort rare – quand on la grondait, il parvenait à la faire rire et, très vite, elle ne savait plus pourquoi elle pleurait.

– Lève-toi, ma Niniane. Arturus te réclame. Il souhaite que tu examines la joue de Gwynnan. Il est persuadé que tu la soigneras mieux qu'Alexion. Son chirurgien ne se préoccupe pas de l'aspect esthétique d'une blessure. Son seul but est de la guérir.

– C'est le plus important.

– Pauvre Gwynnan ! Son côté droit est toujours celui d'un Apollon mais son profil gauche évoque plutôt Vulcain. Il prétend que ça lui est égal, mais je le soupçonne d'être trop fier pour se plaindre.

« Peut-être est-ce le physique qui lui correspond, songea-t-elle. S'il est lui aussi un être double, pont entre terre et ciel, prêt à suivre son faucon dans les airs... »

– J'essaierai de favoriser la cicatrisation, promit-elle.

– Enfin, le dux espère partager un dernier repas avec toi, ce soir, avant son départ pour la Dumnonia.

– Il part donc dès demain.

– Oui. Et il piaffe d'impatience.

– Myrddin l'accompagnera?

– Je l'ignore. Tu penses à sa promesse de retrouver Ninian?

– Oui.

– Il faudra en discuter avec lui. Allez, viens! Et habille-toi comme une reine! Tu dois recevoir Kian dignement. Il n'a pensé qu'à toi pendant son absence, je te le certifie. Quant à moi, je n'ai vu que des guerriers hirsutes pendant vingt jours, cela me changera de contempler une jolie femme, fût-elle ma propre sœur! Tiens, et si tu proposais à Enid de se joindre à notre banquet?

– Trop tard, Caius. Gwalmai l'a séduite avant toi!

Son frère se leva, s'étira et demanda avec un large sourire :

– Tu crois vraiment que ça me pose problème?

# 7

Par-dessus une tunique de soie verte aux longues manches terminées d'un galon de fils d'or, Azilis enfila une robe plus courte, en fine laine pourpre. Ses cheveux n'étaient pas encore assez longs pour qu'elle songe à une coiffure sophistiquée. Elle se contenta de les relever sur la nuque et de les couvrir d'un voile retenu par une couronne d'or. L'ensemble avait appartenu à sa mère et, jusqu'à ce jour, elle n'avait pas osé revêtir ces vêtements taillés dans des étoffes précieuses importées d'Orient par son père. Mais quand Caius lui avait dit de « s'habiller comme une reine », elle avait immédiatement songé à ces superbes atours.

Elle ajouta quelques bijoux qu'elle ne portait jamais – pourquoi s'encombrer de bagues et de colliers quand on soigne des malades ou que l'on pèse des herbes dans une pièce obscure?

Elle s'apprêtait à quitter sa chambre lorsque la porte s'ouvrit. C'était Kian.

Il avait les cheveux en bataille et une barbe de plusieurs jours mais son regard était apaisé. Elle lui sourit, immobile, n'osant pas faire un geste alors qu'elle brûlait d'envie de se jeter dans ses bras.

– Tu es... très belle, murmura-t-il.

– Je me suis habillée pour toi.

Il referma la porte, les yeux fixés sur elle. Impatiente, elle prit la parole :

– Caius m'a expliqué ce que tu avais imaginé en ne me trouvant pas cette nuit. Ne te méprends pas, Kian. Myrddin m'a servi de professeur pendant son séjour et...

– Je sais. Je viens de voir ton frère. Il m'a tout raconté. Ta vision de Ninian aussi.

– Alors, tu es rassuré ?

Il s'avança vers elle et la serra contre lui sans répondre. Elle l'embrassa avec délices, décidée à oublier un instant sa peur pour Ninian. Et le baiser de Myrddin.

Quand elle quitta l'étreinte de Kian, l'heure du repas était presque arrivée.

– Je n'ai aucune envie d'aller dîner, soupira-t-elle en tentant de défroisser sa tunique. Si Arturus ne partait pas demain, j'inventerais un prétexte pour nous excuser.

Kian ne répondit pas. Elle le regarda à la dérobée, étonnée de trouver sur son visage une expression lointaine et fermée qu'elle ne l'avait pas vu arborer depuis longtemps. C'était un moyen pour lui de se protéger, elle le savait. Mais de quoi voulait-il se préserver en cet instant ?

Elle ramassa la robe jetée dans un coin, l'enfila. Kian s'habillait de son côté et lui tournait le dos.

Il s'était montré passionné, presque violent. Elle s'était laissée emporter par son ardeur avec un bonheur immense. À présent, une angoisse sourde lui nouait le ventre.

– Tu as été blessé à la cuisse, remarqua-t-elle en s'efforçant de prendre un ton léger.

– Oui.

Autant s'adresser à un mur. Elle revint pourtant à la charge :

– Tu n'as pas besoin de soins ?

– Non. Et toi, Azilis, c'est quoi ces marques sur ton bras ?

Le tatouage. Comment lui expliquer ?

– Oh ! Ça ? Ce n'est rien… Cela fait partie des rituels que Myrddin m'enseigne… Enid m'a dit que tu avais ramené un jeune Saxon. Où l'as-tu trouvé ? Comment s'appelle-t-il ? Est-ce que tu comptes le garder ici ?

Il lui jeta un regard étrange mais répondit à ses questions.

– Il était caché dans une ruelle, le soir de la bataille. Kaï voulait le tuer mais je l'en ai empêché. Il s'appelle Oswyn.

– Caius ? C'est impossible ! Pas un enfant !

– Tu es toujours aussi naïve, fit-il avec un sourire triste. Comme lorsque tu imaginais ton père incapable d'apprécier un combat de gladiateurs…

Elle fronça les sourcils à ce souvenir. Kian lui avait dévoilé la face sombre d'Appius peu de temps après qu'ils eurent fui la villa. Maintenant il lui présentait son frère aîné comme un être sans âme, capable d'assassiner un jeune garçon de sang-froid.

Il ajouta, impassible :

– C'est la guerre, Azilis.

– Toi, tu lui as sauvé la vie, remarqua-t-elle.

Il eut un haussement d'épaules, comme si son geste n'avait pas d'importance.

– Ne prends pas Kaï pour un monstre. Les Saxons agissent de même. Ou ils font des prisonniers pour les réduire en esclavage. Ce qui est peut-être pire, crois-en mon expérience !

Aussitôt, elle revit le visage de Ninian, ses yeux désespérés, le collier de fer qui encerclait son cou. Était-il captif des Saxons ? Mais comment serait-il tombé entre leurs mains ? L'angoisse qu'elle éprouvait pour son jumeau balaya tout. La froideur de Kian devenait dérisoire.

Il attacha sa ceinture et vérifia, comme toujours, que sa dague glissait facilement hors de son fourreau. « Réflexe de tueur », se dit-elle avec un frisson.

Un instant, le Kian qu'elle aimait n'exista plus. À sa place se tenait un inconnu aux yeux d'or, aux cheveux châtains, à l'allure impressionnante. Ses traits si familiers étaient devenus ceux d'un étranger. Il lui sembla découvrir pour la première fois les pommettes hautes, la cicatrice sous l'œil droit, le pli de la bouche un peu grande qu'elle trouvait si sensuelle. Elle cligna des paupières, effrayée, tenta de chasser cette image inquiétante.

– Je voudrais qu'Oswyn devienne mon porte-lance, déclara Kian en passant les mains dans sa chevelure pour tenter de discipliner ses mèches rebelles.

Un geste qu'elle lui connaissait bien. Rassurant, coutumier. Elle laissa échapper un soupir de soulagement.

– Ton porte-lance ? s'étonna-t-elle. Parce que tu comptes encore partir te battre ?

– Je suis un guerrier d'Arturus, non ? Je dois être prêt à le servir. Tous les autres ont un porte-lance, pourquoi pas moi ?

– Oui, bien sûr... Mais tu crois qu'Oswyn te suivra dans un combat contre ses frères saxons ?

– On verra, répondit-il en haussant les épaules. Il est jeune, ça me donne du temps. En attendant, je l'ai confié à Gwyar qui a entrepris de le gaver de fromage et de miel. Bon, tu es prête ?

Il sortit sans attendre sa réponse. Elle quitta la chambre derrière lui, déroutée par son attitude.

# 8

Gwyar s'était donné beaucoup de mal pour fêter dignement le retour des héros et la guérison du dux bellorum. Agneau rôti, oies cuites dans leur graisse, fèves et carottes... Sa cuisine simple mais savoureuse n'avait jamais été meilleure. Pourtant Azilis ne parvenait pas à l'apprécier. Au fil du repas, sa gorge, puis son ventre, s'étaient noués de peur. Elle serrait ses mains glacées sous la table, un sourire figé sur le visage, luttant contre la panique qui l'envahissait.

L'ignorance de ce qui devait frapper augmentait sa terreur.

Chaque atome de son corps l'avertissait d'un danger, ses sens étaient aux aguets. Myrddin ne lui avait pas seulement appris à chevaucher le vent. Il l'avait aidée à aiguiser sa perception de ce qui ne se voit pas, ne s'entend pas, et pourtant est.

Le repas se déroulait dans une ambiance de fête et d'amitié. Arturus était d'excellente humeur. Caius captivait son auditoire en racontant avec sa flamboyance habituelle – et sans doute quelques enjolivements – la prise de Portus Adurni. Azilis ne parvenait pas à se concentrer sur le récit de son frère mais Erid, qu'elle avait conviée au repas, ne détachait pas son regard du grand guerrier à la chevelure de cuivre qui faisait semblant de l'ignorer. Gwalmai, heureux d'avoir retrouvé Cannaid, ne s'apercevait de rien. Gwynnan, son faucon sur l'épaule, souriait en le nourrissant de morceaux de viande. Azilis avait nettoyé la plaie suppurante de sa joue avec du vin d'aigremoine dont Rhiannon lui avait souvent vanté les vertus astringentes. Elle avait ensuite appliqué une dilution d'alchémille pour favoriser la cicatrisation puis enduit la blessure avec un onguent à base de consoude dont elle avait maintes fois constaté l'effet miraculeux. Mais, pour assurer une guérison parfaite, ce traitement serait à renouveler chaque jour, et Gwynnan partait avec Arturus.

Lorsqu'elle était entrée dans la salle, Azilis avait eu la surprise de découvrir Kian parlant avec Myrddin. L'hématome d'un bleu violacé qui ornait la pommette gauche du barde témoignait du coup qu'il avait reçu. En voyant Myrddin serrer amicalement le bras de Kian, elle comprit que ce dernier lui avait présenté ses excuses. Le barde souriait mais le visage de Kian demeurait fermé. Il s'était assis entre Caius et Azilis, et n'avait plus dit un mot de la soirée.

La présence de son compagnon, loin de la rassurer, exacerbait son angoisse. Il était comme un gouffre, insondable et vertigineux. Myrddin semblait si rassurant, si chaleureux ! Elle était persuadée qu'il pourrait expliquer la peur qui la rongeait et trouver un moyen pour la calmer.

« C'est étrange, pensa-t-elle. Il y a vingt jours, nous étions assis à cette table et c'était Myrddin qui m'effrayait, pas Kian ! »

Elle osait à peine regarder le barde, de crainte que Kian ne les surprît et se méprît encore.

Le tatouage qui encerclait son bras la brûla soudain comme un bracelet de feu. Elle y porta la main en étouffant un cri. Le regard de Myrddin se tourna vers elle comme s'il avait perçu sa douleur. Il lui sourit et elle se sentit un peu mieux. Il avait su la protéger contre des démons, il saurait la rassurer et retrouver Ninian.

« Cette angoisse, c'est Ninian qui m'appelle, se dit-elle. Il court un grand danger. Je ressens sa peur. C'est ça, c'est sûrement ça ! »

Caius achevait son discours en décrivant Kian comme un nouvel Achille terrassant des dizaines de Saxons. Les convives l'applaudirent chaudement et Myrddin décréta :

– On voit que le sang de tes ancêtres bardes coule dans tes veines ! Arturus n'aura bientôt plus besoin de moi pour chanter ses exploits !

– Oh, que si ! répliqua Caius. Je suis incapable de jouer trois notes de harpe et je ferais fuir mes ennemis rien qu'en chantant. Quant à tisser des rimes savantes en breton, c'est encore pire !

– Terroriser ses ennemis par des chants, cela fait partie des attributions druidiques, répondit Myrddin avec un fin sourire.

– Buvons à ton voyage en Gaule, Kaï ! s'écria Arturus en se levant. Qu'il te permette de régler tes comptes avec le passé, qu'il nous aide à armer nos combattants !

« Et à retrouver Ninian », ajouta mentalement Azilis en trempant ses lèvres dans sa coupe.

– Buvons aussi à ton voyage en Dumnonia, s'exclama à son tour Caius. Qu'il t'offre l'allégeance de nouveaux clans et des hommes pour se battre contre les barbares !

Ils burent encore, joignant leurs vœux à ceux de Caius.
Puis, dans le silence qui suivit, la voix de Kian s'éleva :

– Arturus, m'accorderas-tu l'honneur de t'accompagner en Dumnonia?

Un très bref instant, Azilis admira les progrès de Kian en breton. Puis le sens des mots la percuta de plein fouet et elle lâcha la coupe qu'elle tenait à la main.

Arturus lui jeta un bref coup d'œil avant de répondre :

– Es-tu sûr de vouloir repartir si tôt? Je compte quitter la villa demain... Le voyage sera long. Deux mois peut-être...

– J'en suis certain, mon seigneur. Rien ne me plairait davantage.

Caius, figé, sa coupe à la main, regardait Kian et Azilis. L'incrédulité se lisait sur son visage. Arturus était visiblement mal à l'aise.

– Eh bien, dans ce cas... déclara-t-il, je serai en effet heureux que tu m'accompagnes, Kian. Un guerrier de ta trempe ne se refuse pas !

– Merci, mon seigneur, dit Kian en souriant.

Azilis le vit attaquer une côte d'agneau avec appétit. Elle s'assit à son tour, incapable de prononcer une parole. Elle étouffait. L'odeur des plats lui donnait la nausée. Elle se leva, raide et maladroite.

– Je vous prie de m'excuser. Je suis très fatiguée. Je vous verrai demain, avant votre départ...

Elle quitta la pièce sans se retourner. Sa peur avait disparu maintenant qu'elle avait été foudroyée. Elle n'était plus que poussière grise qu'un souffle de vent éparpillerait.

Une main se glissa sous son bras. Enid. La jeune fille l'accompagna jusqu'à sa chambre sans prononcer un mot. Elle l'aida à ôter ses vêtements, à brosser ses cheveux.

– Le seigneur Kian est un grand guerrier, dame Niniane, souffla-t-elle à son oreille. Il a besoin de se battre comme vous de soigner. Pourtant, je suis certaine qu'il vous aime. Ce matin, il était désespéré de ne pas vous trouver.

Azilis ne répondit pas et Enid la quitta sans rien ajouter.

Il restait une braise allumée sous les cendres froides du cœur d'Azilis. Une étincelle de rage qui menaçait de tout embraser.

Elle demeura assise dans un fauteuil, les yeux fixés sur la porte, et attendit le retour de Kian.

# Prophéties

# 1

– Tu ne peux pas m'abandonner ! Je n'ai jamais eu autant besoin de toi !

– C'est faux, Arturus. Tu te passeras très bien de ma présence.

– Pour détecter les mensonges, les fausses promesses ? Je ne sais pas, comme toi, percer les êtres et lire leurs pensées secrètes. Je vais échouer.

Arturus arpentait sa chambre, l'œil sombre, une ride inquiète entre les sourcils. Myrddin, assis sur un tabouret, regardait le vide, le visage serein.

– Il n'y aura pas de mensonges, affirma-t-il. Tu les convaincras ou non, et ils te le diront. Les chefs de clans bretons n'ont pas la langue fourchue des prélats romains.

– Et si je ne les convaincs pas ?

Arturus s'était arrêté devant son ami, le dominant de sa haute silhouette. Myrddin leva la tête vers lui et demanda :

– Quand prendras-tu conscience du respect que tu inspires, Arturus ? Tu n'es plus le bâtard d'Ambrosius ! Tu t'es forgé ton propre nom ! Ils savent que tu es l'homme qui a vaincu Aelle et repoussé son armée. Et pas grâce à moi, n'est-ce pas ?

– En partie grâce à tes conseils, en partie grâce à Kaledvour.

– Tu te sous-estimes encore. C'est ta grande faiblesse. Et cela confirme ma décision. Lorsque tu auras convaincu les clans sans que je sois à tes côtés, tu comprendras enfin que tu peux gouverner sans moi.

– Je ne crois pas que ce soit ce qui motive ton refus de m'accompagner. Tu souhaites demeurer auprès de Niniane. Elle t'a complètement envoûté.

Un fin sourire étira les lèvres du barde.

– Tu vois que tu parviens très bien à percer les êtres.

– Tu veux la séduire ? Comment as-tu incité Kian à me suivre en Dumnonia ?

Myrddin se leva, se dirigea vers la fenêtre et regarda la nuit avant de répondre.

– Niniane est ma compagne d'éternité. Elle m'est destinée depuis la nuit des temps, comme je lui suis destiné.

– Ta compagne d'éternité ! répéta le dux avec agacement. Qu'est-ce que tu racontes ?

Myrddin se tourna vers Arturus.

– Nous sommes les deux moitiés d'un seul fruit, même si elle ne le comprend pas encore.

– Pardonne-moi d'être brutal, Myrddin, seulement tu es mon ami et je te dirai franchement que tu parles comme un fou ! Niniane est amoureuse de Kian, cela saute aux yeux. Ce qui l'intéresse chez toi, ce sont les connaissances que tu lui transmets.

– Le tueur de berserker est un détail agaçant mais sans importance, répliqua Myrddin sèchement. Elle croit qu'elle l'aime, et elle se trompe ! Ils n'ont rien en commun, rien !

Arturus resta silencieux, observant son ami avec un étonnement non dissimulé.

– Pauvre Kian, murmura Arturus, songeur. J'espère que tu ne te berces pas de faux espoirs. Que Niniane n'entretient pas tes illusions pour te soutirer ton savoir.

Myrddin haussa les sourcils.

– Bien sûr que non! Elle est franche et candide! Jamais elle n'agirait ainsi.

Il posa les mains sur les épaules d'Arturus et plongea son regard dans celui de son ami.

– Arturus, mon destin est scellé. Je vivrai avec elle, ou je mourrai.

Le dux secoua la tête, visiblement ébranlé.

– Tu veux dire que si elle se refuse à toi, tu te tueras?

– Je n'aurai pas à me suicider. La mort viendra me chercher.

– Mourir par amour pour une femme? Qu'est-ce que tu racontes? Tu as aimé ma sœur Morgane, à elle aussi tu as enseigné ton art. Jamais tu n'as parlé ainsi!

– Ce n'est pas comparable! Morgane et moi étions amants, voilà tout. Je partirai pour la Gaule avec Niniane et Caius. Tu iras en Dumnonia et les chefs de clans se rallieront à toi. Si nous nous revoyons, je serai le compagnon de Niniane. Sinon je ne reviendrai pas.

Arturus pâlit et saisit les bras de son ami.

– Myrddin! Je t'en prie! Abandonne cette idée folle, viens avec moi! Dans quelques semaines tu auras oublié Niniane et...

– Tu ne comprends pas! Je l'aime depuis le jour où elle t'a remis l'épée. Non, c'est faux. Je l'aimais déjà avant de la connaître.

Le ton de Myrddin devint si grave, si prophétique, qu'Arturus frissonna. Le barde ne le regardait plus. Ses yeux fixaient un point invisible au-delà des murs de la villa.

– Tu ne peux pas le concevoir, Arturus, parce que tout ton amour va à la terre que tu défends. Tu aimeras toujours la Bretagne plus que n'importe quelle femme. Toi aussi, tu sacrifieras ta vie pour elle, sans le moindre regret. Parce que cette terre dont tu seras le roi te possédera entièrement, comme Niniane me possède de toute éternité.

Arturus lâcha les bras de Myrddin et recula sans le quitter du regard.

– Très bien, murmura-t-il. Je ne peux qu'espérer que Niniane t'aime comme tu l'aimes. Et prier pour vous retrouver ensemble à mon retour de Dumnonia.

Il prit Myrddin dans ses bras et ils se serrèrent comme deux amis qui craignent de ne plus jamais se revoir.

# 2

Elle le regardait et ses yeux verts luisaient comme des gemmes. Immobile, effrayante. Il fut heureux de voir la colère sur son visage, heureux que ce soit Niniane qui l'accueille et non Azilis, en larmes. Cela aurait été plus difficile si elle avait montré sa peine, si elle l'avait supplié de rester. Il n'aurait peut-être pas réussi à lui mentir.

– Explique-toi, dit-elle.

– Que dois-je expliquer? Que je désire suivre le dux bellorum? Tous les guerriers de Bretagne rêvent d'être acceptés parmi ses compagnons.

– Mais tu viens à peine de rentrer! s'écria-t-elle. Ça ne pouvait pas attendre quelques semaines? Je pensais que tu aurais envie de rester avec moi...

La voix d'Azilis se brisa sur ces derniers mots. Kian tourna la tête, répondit d'une voix sourde :

– Il part demain, pas dans huit jours. Et rester... pour faire quoi exactement? Attendre que tu sortes de ta chambre aux herbes en espérant qu'aucun malade ne viendra réclamer tes soins? Entraîner ces pauvres paysans à l'épée sans espoir de les voir progresser?

Écouter les histoires de Gwyar? Je ne suis plus ton esclave, domna Azilis! J'ai mieux à faire que de passer mes journées à attendre que tu sois disposée à me rejoindre!

– Tu t'ennuies tant que cela?

– Qu'est-ce que tu crois? Que je suis si stupide qu'il suffit de me nourrir et de me donner ton corps pour que je sois satisfait? Ça te suffirait, à toi?

Elle se taisait toujours. Il osa tourner la tête vers elle. Elle le fixait, pâle, les mains crispées sur les accoudoirs de son fauteuil. Il se força à poursuivre :

– Tu te plains de l'ennui parce que tu n'as plus de lecture alors que tu passes tes journées occupée à mille choses qui te passionnent. Mais moi, je n'ai pas besoin de m'occuper, n'est-ce pas? Est-ce qu'un cheval ou un chien a besoin d'occupations?

– Kian! Ce n'est pas ainsi que je te considère!

– Si. Exactement comme ça.

Elle demeura silencieuse et, de nouveau, il détourna la tête. Il avait trop peur de la voir pleurer.

– Je comprends, souffla-t-elle enfin. Je vais partir pour retrouver Ninian. Toi seul m'aurais retenu ici. Je n'ai plus aucune raison de rester.

– Alors, c'est parfait.

– Est-ce que je peux espérer te revoir après le voyage d'Arturus? Est-ce que tu reviendras?

Sa gorge était si serrée qu'il fut incapable de répondre. Respirer était un effort. Il ferma les yeux, lutta contre le collier de fer qui l'étouffait.

– Peut-être, murmura-t-il. Je ne sais pas. Quelle importance?

Il y eut un nouveau silence. Il se dirigea vers la porte, fit volte-face avant de quitter la pièce. Il ne voulait pas partir sans la regarder une dernière fois.

Elle n'avait pas bougé. Ses lèvres tremblaient. Il se retint pour ne pas se précipiter vers elle.

– Je ne dormirai pas dans ta chambre cette nuit, déclara-t-il d'une voix durcie par la peine. Je pense que c'est mieux ainsi.

# 3

– D'où partirons-nous si nous ne quittons pas la Bretagne depuis Portus Adurni?

Caius, assis sur son lit, répondit à sa sœur d'une voix distraite sans cesser de mordiller l'ongle de son pouce :

– Depuis Vindocladia[1] la voie romaine mène directement à la côte où se trouvent plusieurs ports de pêche. C'est là que mouillent les seules embarcations capables de transporter des chevaux jusqu'en Gaule.

– Vindocladia? Où est-ce?

– Pas très loin d'ici. À environ vingt milles au sud de Sorviodunum.

– Bien. Je vais préparer mes affaires. Ne t'inquiète pas, je ne t'encombrerai pas. Je veux surtout emporter quelques onguents et des herbes dont nous risquons d'avoir besoin.

Caius resta longtemps immobile une fois qu'Azilis eut quitté sa chambre. Elle était venue le trouver aux aurores, alors qu'il était plongé dans un rêve absurde et

1. Badbury, ville du sud de l'Angleterre située non loin de Bournemouth.

compliqué. L'expression de sa sœur, ses yeux rougis et ses traits tirés, l'avaient brutalement ramené à la réalité. Il avait été incapable de refuser qu'elle l'accompagne. Comment l'abandonner à Ynis-Witrin alors qu'elle était dévorée d'angoisse pour Ninian et ravagée par la peine que lui causait sa séparation d'avec Kian ?

Il se leva, passa les doigts dans ses cheveux et aspergea son visage d'eau froide. Il devait se préparer au départ lui aussi, rassembler armes et vêtements.

« Il a raison de partir. C'est mieux pour lui. » Il n'avait pas obtenu d'autre réponse d'Azilis lorsqu'il avait tenté de savoir ce qui s'était passé entre eux.

C'était incompréhensible. Kian ne lui avait-il pas déclaré deux jours plus tôt qu'il ne quitterait Azilis pour rien au monde ?

Donc, elle avait décidé de le quitter. Mais alors, pourquoi ces paupières gonflées par les larmes ?

Caius soupira, saisit un rasoir et un pain de savon – un bien précieux car de plus en plus rare. Il faudrait qu'il songe à en rapporter de Gaule. Il ne s'était pas rasé depuis des jours et cette occupation lui demanderait suffisamment de concentration pour qu'il cesse de penser à sa sœur et à Kian.

Les yeux fixés sur le miroir, il fit glisser la lame sur sa joue. Des idées confuses envahissaient son esprit, un mélange de souvenirs et de projets. Il allait revoir la Gaule pour la première fois depuis des années. Depuis sa rencontre avec Arturus, trois... Non, quatre ans plus tôt !

Arturus avait alors demandé l'autorisation de camper sur les terres d'Appius avec ses hommes et une quinzaine de chevaux qu'il avait achetés à Narbo Martius[1].

1. Narbonne.

Cette irruption de guerriers bretons dans le quotidien morne de Caius était une chance inespérée de quitter la Gaule pour rejoindre la terre d'Aneurin. Il était certain qu'ils se retrouveraient là-bas ! Et en se mettant au service du fils d'Ambrosius Aurelianus, il aiderait Aneurin à réaliser son rêve. Jamais il n'aurait imaginé que ce serait sa petite sœur Niniane qui accomplirait cette mission !

Caius sécha sa joue gauche, maintenant entièrement glabre, et s'attaqua à la droite. S'il regrettait un esclave, c'était bien celui qui servait de barbier quand il vivait chez son père. Il n'avait jamais trouvé personne qui l'égalât !

La traversée vers la Bretagne... Une mer houleuse, les chevaux qu'il fallait calmer au risque d'être tué d'un coup de sabot. C'était à ce moment-là qu'il avait gagné la confiance d'Arturus. Il avait maîtrisé un étalon au caractère rebelle qui se cabrait, ruait et menaçait de briser la coque du bateau. Le lendemain ils avaient abordé la côte sud de Vindocladia. Outre les chevaux, le navire marchand transportait des amphores de vin grec. Il en avait acheté une et, le soir venu, s'était saoulé avec Myrddin et Arturus. Manière comme une autre de sceller une amitié.

Comme il était jeune et naïf alors !

La guerre l'avait transformé en machine à tuer qui cherchait l'oubli des massacres dans les bras des femmes disponibles et pas trop vilaines. Une quête jamais satisfaite mais toujours poursuivie. Et un vide immense dans le cœur.

La lame ripa sur sa peau et l'entailla. Une petite douleur désagréable. Il essuya le sang qui perlait sur sa pommette d'un revers de main agacé.

Il ne voulait pas que Niniane et Kian connaissent cela! Il aimait trop sa sœur pour admettre qu'elle souffre, et Kian était devenu son frère d'armes. Il ne prétendait pas bien le connaître. Le compagnon d'Azilis était taciturne et ils avaient passé suffisamment de temps ensemble pour qu'il le découvre et l'apprécie. Suffisamment pour savoir que Kian ne pouvait pas « être mieux » sans Niniane, comme celle-ci l'avait affirmé. Elle mentait ou elle se trompait.

Ou on la trompait.

Caius se redressa brutalement. Comment n'y avait-il pas songé plus tôt? Tout était la faute de Myrddin! Il n'y avait que ce sorcier pour manipuler les gens ainsi! Il avait jeté son dévolu sur Niniane!

Il devait parler à Kian avant qu'il ne soit trop tard. Tenter de le convaincre de renoncer à suivre Arturus en Dumnonia.

# 4

Kian avait été tiré d'un mauvais sommeil par Lleyn peu avant l'aube. Il s'était réfugié aux écuries et avait dormi dans la paille, retrouvant les nuits du temps où il était l'esclave de domna Azilis. Depuis la veille, il s'était interdit de penser à elle, avait chassé son image de son esprit, fui le moindre souvenir. Mais il savait qu'elle était présente dans les rêves qui avaient agité les brefs instants où il s'était endormi.

Il épousseta ses vêtements, ramassa son épée. Il demanderait à Enid de récupérer le reste de son équipement. Il n'était pas question de revenir dans la chambre.

Les premiers rayons du soleil s'étiraient dans la cour sans chasser la fraîcheur matinale. Le ciel sans nuages annonçait une belle journée. Il quitta la partie réservée à la pars rustica et trouva Gwynnan devant la villa, occupé à nourrir son faucon. Il le salua d'une tape sur l'épaule. Le jeune homme lui sourit.

– Content que tu sois du voyage, Kian.

– Merci. Je suis heureux qu'Arturus ait accepté que je l'accompagne.

– Lui aussi doit être enchanté de ta présence. Petrus nous rejoindra à Isca Dumniorum[1] avec une douzaine d'hommes mais, jusque-là, nous serons les seuls compagnons d'armes d'Arturus. Sans compter les porte-lance, bien sûr.

– Et Myrddin? Il sait se battre, lui aussi.

Kian perçut l'hostilité dans sa voix quand il prononça le nom du barde, cependant Gwynnan ne parut pas s'en rendre compte.

– Myrddin ne vient pas avec nous. Arturus me l'a appris tout à l'heure. Il part pour la Gaule avec Caius.

– Pour la Gaule?

– Oui. Cela m'étonne. Sa présence aux côtés d'Arturus aurait pesé lourd pour convaincre les chefs de clans. La plupart sont des adeptes de l'ancienne religion. Ni les préfets ni les évêques n'ont réussi à imposer le Christ dans ces contrées. Tu verras, Kian, la Bretagne est presque aussi sauvage en sa pointe sud qu'elle l'est au nord du mur d'Hadrien. On a du mal à croire que les Romains ont dirigé l'île pendant quatre cents ans quand on se trouve là-bas!

– Vraiment? marmonna Kian.

Il n'avait aucune idée de ce dont Gwynnan parlait. Il n'avait rien écouté après qu'il lui eut confirmé que Myrddin partirait avec Caius. Et donc avec Azilis. Ainsi le barde avait tout manigancé. Et lui, gros lourdaud, s'était laissé prendre au piège!

Il se précipita dans la villa, décidé à s'expliquer avec Myrddin. Il grimpa les marches du perron en courant,

1. Exeter, ville du Devon, région située à la frontière nord de la Cornouailles.

la main posée sur sa dague, un désir de meurtre dans le cœur. Oui, il voulait le voir mort, l'écraser comme une vermine, lui planter sa lame dans le ventre ! Et peu importaient les conséquences !

Kian s'engouffra dans le péristyle. Et s'arrêta net.

Myrddin était là. Debout, appuyé contre une colonne, il paraissait attendre. La lumière de l'aube, douce et rosée, adoucissait son visage et lui donnait l'air plus jeune, presque vulnérable. Il tourna la tête vers Kian et lui adressa un sourire bienveillant.

– Bonjour, tueur de berserker. Prêt au départ ?

– Et toi ? T'es-tu préparé pour partir en Gaule avec elle ? Tu m'as berné, hein ? J'ai agi exactement comme tu le voulais. Quel imbécile je suis ! Tu dois être heureux de t'être débarrassé de moi si facilement !

Kian tira sa dague de son fourreau. Le regard du barde se posa sur l'arme, puis sur Kian qui le dépassait d'une tête.

– Je vois que tu es hors de toi, déclara-t-il posément. Mais je n'ai rien fait pour mériter tes accusations. Je ne t'ai jamais incité à quitter Niniane.

– Menteur !

– Quand t'ai-je suggéré une chose pareille ? C'est toi, et toi seul, qui as pris cette décision. Et si je vais en Gaule, c'est pour aider Niniane à retrouver son frère. Ce que je lui avais promis avant ton retour. Avant que tu choisisses de suivre Arturus.

*« Serais-tu jaloux, par hasard ? T'imagines-tu qu'elle ait pu se lasser d'une brute de ton espèce pour lui préférer un être plus raffiné ? »*

Les mots de Myrddin brûlaient encore dans sa mémoire. Le barde disait vrai. C'était lui, Kian, qui avait abandonné Azilis. Par amour pour elle. Parce que le jugement de Myrddin l'avait touché en plein cœur.

Pourtant l'impression d'être manipulé demeurait. Tenace, et impossible à justifier.

Kian rengaina la dague, les yeux baissés pour éviter le regard vairon du barde qui le mettait si mal à l'aise. Myrddin reprit d'une voix mélodieuse et cadencée, aussi persuasive que suave :

– Cesse de te méfier de moi, Kian, et écoute-moi. Quoi que tu en penses en ce moment, tu as fait le bon choix. En servant Arturus, tu parviendras à la gloire. Tu deviendras aussi puissant que Caius, voire davantage. Si tu le désires, un royaume t'attend.

Kian releva la tête et lança d'une voix amère :

– Tu penses me consoler avec ces boniments? Je me fiche de la gloire, et je n'ai pas l'ambition de devenir roi !

Myrddin sourit.

– Je le sais, Kian, fils de Widukind. Je sais plus de choses sur toi que tu ne l'imagines. C'est pour cela que je me permets de te conseiller. J'entrevois parfois l'avenir. Ou plutôt, un avenir possible se déroule devant moi. En suivant Arturus en Dumnonia, tu ouvres la route d'un destin qui effacera jusqu'au souvenir de l'esclavage. Qui t'offrira une fille de roi et l'amitié d'Arturus. Mais ce n'est pas scellé. Cela dépend de toi. Je voulais simplement que tu le saches.

Kian recula, effrayé. « Il connaît la magie, l'avait prévenu Caius. Il lit l'avenir dans les étoiles. » Quel poids avait une dague contre cette force-là?

– Comment connais-tu le nom de mon père? demanda Kian d'une voix étouffée.

– J'ai interrogé le vent et les astres. Widukind, m'ont-ils répondu. Un guerrier germain aux cheveux blonds.

Un sentiment de panique envahit Kian. Oui, Myrddin était un puissant sorcier. Plus effrayant que Rhiannon qui parlait aux morts et aux divinités des sources mais vivait en recluse au fond de la forêt sans se préoccuper de la destinée des hommes. Myrddin, lui, dirigeait des armées et gouvernait les rois. Il était plus puissant qu'Arturus. Et les astres lui révélaient les secrets des êtres et des peuples.

Malgré la peur qui l'étreignait, Kian l'interrogea encore :

– Et elle? Niniane. Quel futur vois-tu pour elle?

– Les voies sont toujours multiples, répondit Myrddin après une hésitation. Je ne prétends pas être certain de celle que Niniane empruntera.

Il se tut un instant puis les mots s'écoulèrent de sa bouche, résonnant sous les voûtes du péristyle comme une prophétie :

– Si je lui enseigne ce que je sais, sa puissance éclipsera la mienne et je vivrai dans son ombre. Je ne sais pas comment, ni pourquoi, mais c'est ce qui arrivera si je lui offre mon savoir.

– Tu le feras?

– J'ai déjà commencé.

Kian ne demanda pas à Myrddin pourquoi il se sacrifiait ainsi. La réponse était évidente. Lui n'avait plus qu'à partir. Il appartenait au passé d'Azilis, pas au futur de Niniane.

Il passa devant le barde sans rien ajouter, sans le regarder. Il se sentait faible, épuisé, comme après un combat difficile qu'il aurait perdu, et marchait sans savoir où il allait, la tête vide, étrangement apaisé.

# 5

Quelques instants plus tard, Kian se retrouva dans la cuisine, attablé devant des tranches de pain et du lard. Oswyn, assis en face de lui, souriait. Gwyar jacassait. Kian ignorait comment il était arrivé là.

Oswyn se leva et s'approcha de lui.

– Oswyn merci Kian, dit-il avec son accent guttural, en lui tendant un petit objet.

– Il a passé la soirée à fabriquer ça, mon seigneur, et je dois avouer qu'il se débrouille bien !

Gwyar se dressait à côté du garçon, les mains sur les hanches, avec une lueur de fierté dans les yeux. L'instinct maternel de la cuisinière avait balayé sans effort sa méfiance envers la gent saxonne. D'autant plus aisément qu'elle n'avait jamais vu aucun barbare dans sa région.

Kian prit le cadeau et l'examina. Son esprit était engourdi. Il lui fallut un temps anormalement long pour comprendre qu'il tenait dans sa main une minuscule épée sculptée dans un morceau de bois clair. Dans la poignée évidée, un cordon de cuir avait été glissé.

Il leva les yeux vers Oswyn qui l'observait avec appréhension, sans doute inquiet de son manque de réaction. Kian sentit sa gorge se serrer. Ce cadeau inattendu, qu'on lui offrait à un moment si difficile, était un baume sur une blessure ouverte. Il posa la main sur l'épaule du garçon et prononça d'une voix rauque :

– Merci, Oswyn.

– Non, merci Kian ! protesta Oswyn avec un grand sourire.

Kian passa le cordon autour de son cou. L'épée se plaça contre sa poitrine, non loin de son cœur.

« Une épée pour un guerrier, songea Kian en caressant le pendentif du bout des doigts. Il ne devrait rien y avoir d'autre dans la vie d'un homme dont la guerre est le seul métier. »

– J'emmène ce garçon avec moi, dit-il à Gwyar. Je vais lui apprendre à se battre. Il sera mon porte-lance. Penses-tu qu'on puisse lui trouver des vêtements de rechange ? Une tunique et des braies de Lleyn, par exemple. Ce sera sans doute trop grand mais je n'ai pas le temps de lui en faire confectionner.

Gwyar posa sur Kian un regard étonné :

– Oui, mon seigneur... Je ne savais pas que vous repartiez déjà.

– Je quitte la villa tout à l'heure. J'accompagne le dux bellorum en Dumnonia.

– Eh bien ! C'est un grand honneur... Un très grand honneur.

– Oui. Et j'en suis fier. Maintenant, dépêche-toi de trouver ce que je t'ai demandé. Nous avons peu de temps avant le départ... Oswyn, ajouta Kian en accompagnant ses paroles de gestes explicites. Suis Gwyar. Elle va te donner des vêtements.

Gwyar pinça la bouche dans un effort visible pour empêcher un flot de questions de franchir ses lèvres. Elle faillit se cogner à Caius en sortant.

– Ah! Kian, tu es là... Je voulais te parler.

Caius s'assit en face de lui. D'instinct, Kian afficha l'expression impassible qui lui servait de rempart contre le monde lorsqu'il était esclave. Il avait appris à revêtir ce masque très jeune, comprenant qu'un regard de colère ou une moue de dégoût se payaient par des coups et des brimades, que les larmes n'inspiraient que les moqueries. Il fallait être lisse, insensible et dur si on ne voulait pas souffrir. Il n'aurait jamais dû l'oublier.

– Kian, pourquoi as-tu pris une décision pareille?

– Quel guerrier ne souhaiterait pas accompagner le _dux bellorum_ dans une mission de cette importance?

– Mais Niniane? Tu m'as dit que tu ne la quitterais pour rien au monde et...

– Ce ne sera pas long. Je serai de retour à l'automne, je suppose. Et elle part en Gaule avec toi.

Caius secoua la tête, les sourcils froncés.

– Écoute, Kian, ne me raconte pas d'histoires. Tu étais si pressé de la retrouver, ce n'était pas pour la quitter le lendemain! Je suis certain qu'il s'est passé quelque chose. Est-ce que Myrddin...

– Il n'a rien à voir là-dedans.

– Tu nies trop vite pour que ce soit vrai.

– Ça ne te concerne pas, répondit Kian sèchement. J'agis comme je l'entends.

– Ça me concerne parce que ma sœur souffre par ta faute et que je suis persuadé que tu te trompes!

Caius s'était penché en avant, la voix pleine de colère. Kian se leva.

– Tu perds ton temps, Kaï. Je ferai ce que j'ai décidé.

– Ce que Myrddin a décidé!

– Parce que tu me crois trop bête pour prendre mes propres décisions ?

C'était au tour de Kian d'adopter un ton menaçant. Caius se leva aussi. Ils se fixaient, et Kian sut que Caius ne baisserait pas les yeux. Le frère d'Azilis était furieux, sans doute ému par la douleur de sa sœur, et cette idée emplissait Kian de fureur contre lui-même, contre le destin qui l'obligeait à meurtrir celle qu'il aimait et l'opposait à un homme qu'il appréciait et qui l'avait appelé « frère ».

S'ils se battaient maintenant, pensa Kian, la main sur sa dague, s'il laissait Kaï le tuer, tout serait réglé.

– Myrddin est capable de manipuler des prélats et des évêques, déclara Caius lentement. Il peut te faire dire noir quand tu voulais dire blanc, t'enivrer sans que tu aies bu, t'endormir sans que tu aies sommeil, te séduire alors que tu le détestes. Crois-tu vraiment être plus rusé que lui ?

Un doute s'insinua en Kian. Le sentiment d'être manipulé par Myrddin avait été si fort ce matin. Si Caius disait vrai... Mais non ! Il avait pris cette décision seul, parce qu'il savait qu'Azilis ne serait jamais heureuse avec lui. Malgré la haine qu'il éprouvait pour le barde, malgré la jalousie qui le dévorait, il devait l'admettre. Et ce que Myrddin lui avait révélé sur l'avenir confirmait sa décision.

– Je pars, Kaï. Tu perds ton temps.

– Par le Christ, s'écria Caius en frappant la table de son poing. Tu vis avec ma sœur depuis un an puis tu la quittes du jour au lendemain sans raison ! Je pourrais te tuer pour l'avoir déshonorée et trahie ! Je pourrais te tuer parce que tu détruis sur un simple coup de tête ce que, moi, je n'ai jamais eu ! Comment peux-tu être aussi borné ?

Kian n'eut pas à répondre. Arturus venait d'entrer dans la pièce et interrogeait les deux hommes du regard.

– Salut à vous. Kian, toujours décidé à me suivre ?

Le jeune homme prit une profonde inspiration et répondit en souriant :

– Plus que jamais, seigneur Arturus.

Arturus les regarda encore, immobile et silencieux. Sans doute avait-il entendu une partie de leur échange. La cuisine n'avait pas de porte et Caius avait haussé le ton. Le dux bellorum parlait suffisamment le latin pour avoir compris l'essentiel. Il n'en dit rien cependant.

– Les chevaux sont sellés et attendent dans la cour. Tes bagages sont-ils prêts ?

– Je ne les avais pas déballés et je n'emporte rien de plus. Par contre, mon seigneur, je souhaite emmener un garçon avec moi. Je veux lui apprendre le maniement des armes pour qu'il me serve dans les combats avant de devenir un guerrier lui-même.

– Ce n'est pas un problème.

– Il est saxon.

– Saxon !

– Je l'ai trouvé à Portus Adurni après que nous avons repris la ville. Il n'a pas plus de douze ans. Je lui ai sauvé la vie. Je suis sûr qu'il me sera fidèle.

Arturus hésita puis haussa les épaules.

– Si tu es sûr qu'il ne nous égorgera pas pendant notre sommeil… Suivez-moi, maintenant. Nous partirons dès que j'aurai fait mes adieux à dame Niniane.

# 6

Il y eut un grattement à la porte, suivi d'un petit coup timide. Azilis, allongée sur le lit, rassembla son énergie mais ne parvint pas à sortir de l'abîme où elle était tombée après sa visite à Caius.

– Dame Niniane? C'est Enid. Le dux voudrait vous faire ses adieux. Il s'en va.

« Il s'en va... » Ce n'étaient pas des mots mais des coups de poignard. Azilis tourna la tête, articula un « oui ». Puis se mit à pleurer.

Elle perçut une pression légère et douce sur son épaule.

– Dame Niniane...

À tâtons, Azilis prit la main d'Enid dans la sienne, s'efforça de calmer ses sanglots.

« *Concentre-toi. Mieux que ça!* »

La voix de Myrddin claqua dans son esprit. Elle avait pris la place de celle de Rhiannon. Il était devenu son maître, son guide. Il l'aiderait à surmonter cette épreuve. Il ne l'abandonnerait pas, lui.

– Ça va, Enid. Ne t'inquiète pas.

Elle s'assit, inspira profondément, la questionna :

– J'ai les yeux rouges?

Enid acquiesça d'un signe de tête. Le chagrin d'Azilis la plongeait dans le désarroi.

– Le nez aussi, je suppose, murmura Azilis en s'efforçant de sourire. On va tenter de camoufler ça. Pas question de flatter l'orgueil masculin en se montrant affligée. D'ailleurs, pourquoi une femme ne serait-elle rien sans compagnon? Je peux très bien vivre sans lui.

Ces derniers mots tremblèrent dans sa gorge et Azilis détourna la tête, fermant les paupières pour refouler de nouvelles larmes.

– Bien, reprit-elle en s'éclaircissant la voix. Prépare-moi une infusion de myosotis.

– Nous n'avons pas le temps. Ils sont sur le départ. Ils vous attendent dans la cour de la villa.

– Vraiment? Alors je me contenterai d'un peu d'eau froide. Aide-moi.

Très vite, Azilis revêtit une tunique et des sandales, brossa ses cheveux, tamponna ses yeux. Enid se taisait, le visage grave. Sa présence discrète était un réel réconfort.

Elles remontèrent le péristyle qui baignait dans la douce clarté du matin. Tout prenait une teinte onirique : le jardin mouillé de rosée d'où s'élevait une brume légère, les chants des oiseaux dans le silence, une toile d'araignée qui scintillait dans la lumière.

Comment Kian pouvait-il la quitter par une matinée si belle?

– Niniane!

Myrddin apparut devant elles comme surgi du néant, leur arrachant à chacune un cri de surprise.

Contrairement à son habitude, il ne portait pas un vête-
ment sombre mais une tunique blanche qui éclairait
son visage et lui donnait l'air plus jeune. Il s'approcha,
mains tendues, et prit celles d'Azilis dans les siennes.

– Je t'attendais, chuchota-t-il, trop bas pour qu'Enid
entende. Tu as beaucoup pleuré.

Elle baissa la tête, honteuse que sa douleur soit si
visible.

Myrddin reprit :

– Cette nuit, je savais que tu souffrais. Je le sentais
au fond de mon âme. J'aurais voulu venir près de toi,
t'apporter un peu de réconfort. Je n'ai pas osé. J'ai
pensé que tu désirais être seule.

– Tu as eu raison. Maintenant, je veux dire adieu à
Arturus puis je me préparerai à partir pour la Gaule
avec mon frère. Es-tu toujours d'accord pour nous aider
à retrouver Ninian ?

– Plus que jamais. Je suis à ton entière disposition,
Niniane. Tu le sais, j'abandonne le dux bellorum pour
te venir en aide.

Émue, elle se contenta de hocher la tête. Elle avait
tant besoin du soutien de Myrddin, tant besoin de
ses conseils, de ses encouragements, et même de ses
moqueries !

De son amour aussi, sans doute.

– Tu ne me croiras pas, murmura Myrddin à son
oreille, mais je suis désolé de ce qui arrive. Je déteste
te voir malheureuse et je comprends à quel point le
départ de Kian t'afflige. Je n'ai jamais souhaité cela, tu
sais.

La voix du barde était si chaude, si belle, qu'Azilis fut parcourue de frissons. Malgré cela, elle réagit
vivement.

– Jamais souhaité cela! Tu mens, Myrddin! C'est exactement ce que tu voulais!

– Je te jure que non! protesta-t-il. Je rêvais que tu le quittes, de ton plein gré, par amour pour moi. Pas qu'il t'abandonne au moment où tu avais tant besoin de lui.

Elle ne sut que répondre. Peut-être disait-il vrai. Et si Kian la laissait, c'était uniquement sa faute. Parce qu'elle l'avait négligé depuis qu'ils vivaient à la villa. Myrddin n'y était pour rien.

Les mains du barde tenaient toujours les siennes. Elles diffusaient en elle une douce chaleur qui l'apaisait.

Elle soupira, comme on soupire après avoir épuisé son corps de sanglots et que l'on sent le sommeil nous gagner.

– Me crois-tu, Niniane?

– Oui.

– Alors montre-toi telle que tu es. Forte, indomptable. Ne le laisse pas partir persuadé qu'il t'a brisé le cœur. Si tu le retenais, tu l'empêcherais de marcher vers son destin, et tu refuserais d'accepter le tien.

– Que sais-tu de notre destin? Nous le tissons sans aucun dieu pour nous en indiquer le motif.

– Chacun de nos choix en construit le dessin. Et je prétends deviner à quoi ressemblera le futur selon les décisions que nous prenons. Kian a raison de suivre Arturus. Tu l'as sorti de l'esclavage, il t'a aidée à fuir la Gaule. Vous vous êtes mutuellement offert la liberté. Vous ne pouvez rien vous apporter de plus. Auprès d'Arturus, il deviendra l'un des hommes les plus puissants de Bretagne. S'il en fait le choix.

– Et moi?

Il sourit et lui souleva le menton en plongeant son regard bicolore dans le sien. Elle sentit son cœur chavirer. Comment était-elle demeurée si longtemps insensible à la séduction de Myrddin ? Et comment pouvait-elle en avoir une conscience aussi aiguë en étant ravagée par la peine que lui causait le départ de Kian ?

– Toi, belle Niniane, je t'ai déjà dit ce que l'avenir te réservait, lui chuchota-t-il à l'oreille. Si tu suis la voie qui t'est destinée, ton pouvoir sera sans pareil car tu feras plus que m'égaler.

Il la lâcha et se retourna avec légèreté, lançant d'une voix tranquille :

– Allons souhaiter bonne route à Arturus et à ceux qui l'accompagnent !

# 7

Quand Azilis rejoignit le dux et ses hommes dans la cour, elle marchait la tête haute et le sourire aux lèvres.

Elle chercha Kian du regard. Il était déjà en selle et regardait au loin, le visage fermé. Assis devant lui, un garçon aux cheveux blonds observait les cavaliers de ses grands yeux bleus.

Arturus s'approcha d'Azilis. Il posa ses mains sur ses épaules et déclara :

– M'autorises-tu à t'embrasser comme une sœur, Niniane, toi dont le frère est le plus fidèle de mes compagnons ?

Le regard d'Arturus glissa vers Myrddin quand il prononça ces mots et elle perçut le reproche dans sa voix.

– J'en serais très honorée, Arturus.

Il l'embrassa affectueusement avant de poursuivre :

– Je vous souhaite de retrouver Ninian vivant et en pleine santé. Je tiens aussi à te remercier une fois encore pour les soins que tu m'as prodigués. Si je devais être gravement blessé, c'est ici que je me ferais conduire, n'en déplaise à Alexion ! J'ai en tête un cadeau à t'offrir qui, je crois, devrait te plaire. Mais je ne pourrai te le donner que dans quelques mois, après mon retour de Dumnonia. De toute façon, il n'est pas... tout à fait prêt.

Il souriait et Azilis ne put s'empêcher d'être intriguée. Cependant, Arturus se pencha vers elle et murmura :

– Ne m'en veux pas de te priver de ton compagnon.

Il se redressa aussitôt et se tourna vers Caius qu'il serra contre lui avec affection :

– Reviens-moi vite, Kaï.

– Avant la fin de l'été. Avec des coffres remplis d'or et de beaux chevaux.

– Dont nous avons grand besoin. Myrddin...

Il se tourna vers le barde.

– J'espère te retrouver très vite. Ici, à Venta, ou ailleurs.

Myrddin s'avança vers lui et ils se donnèrent l'accolade. Azilis prit congé de Gwalmai qui venait de saluer Enid, de Gwynnan et de Cannaid, son porte-lance. Puis elle s'approcha de Kian qui baissa enfin les yeux vers elle.

– Je te souhaite un bon voyage, Kian, dit-elle en latin, d'une voix plus ferme qu'elle ne le craignait. J'espère que tu trouveras ce que tu cherches.

– Je te souhaite bon voyage, Niniane. J'espère que tu trouveras ce que tu cherches.

Elle serra les dents. Il était si froid, si dur ! Et il l'avait appelée Niniane. Il n'aurait pu mieux décréter que tout était fini entre eux.

– Tu ne descends pas d'Orion pour me dire adieu ?

– C'est déjà fait, non ?

Elle recula. Elle ne franchirait pas le mur qu'il avait dressé entre eux. Elle se détourna pour qu'il ne voie pas ses larmes et rejoignit Enid d'un pas rapide.

## Azilis

Quelques instants plus tard, la troupe de cavaliers quittait la villa au galop. Azilis les regarda s'éloigner jusqu'à ce qu'il ne subsiste d'eux qu'un nuage de poussière à l'horizon.

# 8

– Je ne veux pas rester ici sans vous, dame Niniane. Je vous en prie, ne m'abandonnez pas seule à la villa pendant des semaines ! Je ne le supporterai pas !

Dans la chambre aux herbes, Azilis achevait de ranger les derniers sachets de simples et les pots d'onguent qu'elle voulait emporter en Gaule. La matinée se terminait et Enid tentait une fois encore de persuader sa maîtresse de l'autoriser à l'accompagner.

– Je crois surtout que tu rêves de séduire Caius, répondit froidement Azilis.

– Oh ! Dame Niniane ! C'est faux ! Je suis si inquiète pour vous...

Enid s'interrompit brutalement. Azilis la vit rougir et une vague d'affection la submergea. La jeune fille s'était enfin trahie. Elle lui prit la main et demanda doucement :

– Tu penses que je supporterai mieux le départ de Kian grâce à toi ?

– Non, ce serait bien vaniteux de ma part. Seulement, je vous serai utile. Vous pourrez me parler. Je vous préparerai des infusions en cas de migraine, ou d'autres petits soucis que les hommes ignorent.

– Je peux les faire moi-même.

– Mais quand on se sent mal, on est content d'avoir quelqu'un qui s'occupe de vous.

– Et Adwen? Tu y as pensé? Sa mère doit nous l'emmener dans peu de temps. Personne ne sera là pour l'accueillir.

– Gwyar lui expliquera que nous sommes en voyage et que nous rentrerons à l'automne.

– Et les malades qui se présenteront? Qui les soignera à ma place?

– Sans vous, je risque de me tromper et d'empirer leur mal!

Malgré la peine qui lui serrait la gorge depuis des heures, Azilis sourit.

– Tu argumentes avec autant de brio que Cicéron, petite Enid. Néanmoins, je suis sûre que tu ne me dis pas tout. Il y a autre chose qui te pousse à vouloir m'accompagner.

Enid se mordit les lèvres.

– Je n'ose pas vous le dire, dame Niniane. Vous allez vous fâcher.

– Je te promets que non. C'est Caius?

– Non. Myrddin. J'ai peur qu'il vous fasse du mal.

– Mais je n'ai rien à craindre de lui! Au contraire, c'est un ami. Il va m'aider à retrouver mon frère.

– Je ne lui fais pas confiance, dame Niniane. Il est comme ses yeux.

– Qu'est-ce que cela signifie?

– C'est difficile à expliquer, fit Enid en plissant le nez. Il y a du bon en lui, c'est vrai. Du joyeux et du brillant, comme son œil bleu. Et il y a du mauvais, du ténébreux. Comme son œil noir. On ne sait jamais lequel regarder. Et on ne sait jamais quel Myrddin il est.

– Eh bien, murmura Azilis, tu t'es parfaitement exprimée. Ce que tu dis est vrai, mais il n'empêche que Myrddin est mon ami et que son soutien me sera précieux.

« Enid aussi possède le don de percevoir ce qui demeure invisible à tant d'hommes, songea Azilis en enveloppant des tiges d'achillées dans des bandes de lin. C'est la raison pour laquelle elle est si douée pour soigner et comprend si finement les choses... Mais comment peut-elle s'imaginer qu'une jeune fille de quinze ans aura un quelconque pouvoir contre Myrddin? »

Après tout, pourquoi se séparer d'elle? Azilis savait qu'Enid lui manquerait, pourquoi s'interdire sa compagnie et aggraver sa solitude?

– C'est d'accord, déclara-t-elle. Tu nous accompagneras. Mais à une condition : que tu te tiennes à l'écart de Caius.

Le visage d'Enid trahit sa déception. Néanmoins, elle murmura :

– Je vous le promets, dame Niniane.

– Je te mets en garde pour ton propre bien, lui assura Azilis. Caius est un chasseur de femmes qui ne s'intéresse plus à son gibier une fois celui-ci attrapé. Il a toujours été ainsi, et il s'en vante! Ne te berce pas d'illusions, Enid. À moins qu'il te soit égal d'être traitée comme une prostituée.

Enid rougit violemment. Elle acquiesça, les yeux baissés.

– Je comprends, soupira-t-elle. Je ne me laisserai pas berner.

– Très bien. Dépêche-toi de préparer tes affaires, nous partons après le déjeuner.

– J'y vais tout de suite !

Enid sortit en remontant le bas de sa robe pour courir plus vite. Azilis la regarda partir avec attendrissement. Enid était si jeune, si naïve, si courageuse aussi...

« Il fallait que je l'avertisse, songea Azilis. Elle a suffisamment souffert en perdant son fiancé au combat. »

Azilis ôta de son cou une chaîne à laquelle était suspendue une petite clé. Elle ne l'avait encore jamais utilisée. Elle se dirigea vers le fond de la pièce et tira un coffre rangé sous une étagère, essuyant la poussière accumulée sur le couvercle. Elle déverrouilla la serrure et examina les fioles de poisons qu'elle avait emportées avec elle en s'enfuyant de Gaule. Qui sait si, cette fois, elles ne lui seraient pas utiles ?

Elle les rangea à part des autres préparations et songea qu'il faudrait avertir Enid de ne pas les ouvrir.

« J'emmènerai Enid chez Rhiannon, se dit-elle. Je suis sûre qu'elle l'appréciera. »

La perspective de revoir l'Ancienne de la forêt lui apporta un peu de joie. Elle avait hâte de la retrouver, de lui parler de Myrddin. Que penserait Rhiannon du barde d'Arturus ? Devait-elle le lui présenter ? Peut-être pas avant d'avoir discuté seule à seule avec sa vieille amie, pas avant d'avoir recueilli ses paroles avisées.

Azilis prit les sacs et les coffres disposés sur la table, ferma soigneusement la porte de la chambre aux herbes.

Elle était prête.

# 9

La longue bande de sable s'étirait entre les dunes et les vagues, sous un ciel sillonné par les mouettes. Des ajoncs et des genêts frissonnaient sur les dunes, secoués par un vent d'ouest humide et frais.

Des filets séchaient, étendus entre des pieux. Le parfum enivrant des algues et de l'iode emplissait les poumons. Un village de huttes grises se cachait à l'abri des tempêtes, au fond d'une anse calme aux eaux limpides. Relié à la côte par une jetée de pierre en arc de cercle, le port semblait minuscule. Pourtant, c'était de là qu'ils partiraient.

Ils étaient arrivés la semaine précédente. Caius avait négocié âprement leur traversée et était parvenu sans trop de mal à leur trouver des places sur un navire marchand qui transportait de la laine pour le continent. Mais il avait fallu attendre que vents et marée fussent favorables, ce qui les avait obligés à loger dans une hutte de pêcheurs aux relents de poisson et au sol infesté de puces.

Le voyage jusqu'à la côte avait duré quatre jours. Azilis, en acceptant qu'Enid les accompagne, avait oublié que la jeune fille ne savait pas monter et ne possédait pas de cheval. Elle l'avait donc prise en croupe jusqu'à la forteresse de Vindocladia où elle avait échangé une bague d'argent contre un poney robuste et calme. La pauvre Enid ne s'était pas plainte une seule fois, mais sa démarche raide montrait assez les courbatures que cette initiation rapide à l'équitation avait provoquées.

Azilis ressentait un calme étrange depuis leur départ de la villa. Un abattement que seule leur étape à Sorviodunum avait brisé. En revoyant les remparts d'où elle avait observé la grande bataille qui opposait l'armée bretonne aux guerriers d'Aelle, elle s'était mise à sangloter. C'était dans ces lieux qu'elle avait remis Kaledvour à Arturus, dans ce fort qu'elle avait avoué son amour à Kian, et qu'elle avait tremblé pour lui pendant qu'il se battait.

Tout cela était si loin désormais. Un morceau de son passé mort et enterré. Elle devait s'efforcer de l'oublier, s'élancer vers sa nouvelle vie. Pourtant, son amour pour Kian était toujours vivant, tapi dans son cœur comme un secret inavouable.

À Sorviodunum, Caius avait choisi cinq guerriers de toute confiance pour les accompagner en Gaule. Une troupe de sept hommes armés risquait peu d'être attaquée. Et contribuerait à donner du poids aux arguments de Caius quand il exigerait de Marcus sa part d'héritage.

Assise sur le sable à côté d'Enid, Azilis plongeait ses mains dans le sable fin et le laissait couler entre ses doigts, s'émerveillant des grains de nacre qui luisaient au soleil. Parfois, elle levait la tête et regardait au loin Caius et Myrddin diriger l'embarquement des chevaux. Les deux hommes se parlaient peu. Caius était sombre depuis leur départ, cependant il ne s'était pas confié à sa sœur qui ignorait ce qui le préoccupait. Myrddin n'avait pas tenté de se trouver seul avec elle mais il se montrait charmant et attentionné. Sans lui, le voyage aurait été sinistre.

– Vous pouvez monter à bord, leur lança Myrddin en s'approchant à grands pas. Il ne faut plus tarder sinon nous manquerons la marée.

Il tendit la main à Enid qui évita son regard et se releva seule. Myrddin eut un sourire amusé. La jeune fille ne cachait pas la méfiance qu'elle éprouvait envers lui, il ne s'en offusquait pas. Elle partit devant et il dit à Azilis en riant à moitié :

– Je ne sais pas ce qu'elle me reproche mais il est clair qu'elle ne m'aime pas !

Azilis s'était levée, conservant dans sa paume un peu du sable de Bretagne. Si elle s'y prenait adroitement, elle pourrait emporter un peu de cette île avec elle.

– Elle a peur de toi, répondit-elle en lui souriant.

– Et toi, Niniane ? As-tu peur de moi ?

Il avait planté son regard dans le sien et s'était approché tout près d'elle pour la première fois depuis des jours.

– Je devrais ?

– Non, bien sûr ! Je t'aime, tu ne t'en souviens pas ?

Elle détourna les yeux, à la fois gênée et heureuse qu'il lui rappelle son amour.

– D'ailleurs, ajouta-t-il dans un murmure, ce serait plutôt à moi d'avoir peur.

– Pourquoi ?

– Pour diverses raisons... que je n'ai pas le temps d'exposer. Regarde ! Ton frère s'impatiente et nous observe. Il a l'air furieux. Il me passerait volontiers son épée à travers le corps si je cédais au désir de t'embrasser. Il pense que je t'ai volée à Kian, et il m'en veut. La rancune de Kaï n'est pas à sous-estimer !

– Je lui parlerai. Il comprendra.

– Je n'en suis pas si sûr. Mais peu importe. Viens, Niniane, on nous attend. Il n'y a pas que Caius et l'équipage qui veulent que nous embarquions. Il y a aussi la mer, le ciel, le vent, les forêts de Gaule et notre destin. C'est vers lui que nous voguerons. Et nous ne devons plus le faire attendre.

Ils montèrent à bord du bateau. Un marin leva l'ancre et Azilis sentit la mer emporter la lourde coque vers l'est. Elle se pencha par-dessus le bastingage. Le vent souleva ses cheveux.

Elle ouvrit la main.

Une épopée de Valérie Guinot

Tome 1
L'épée de la liberté

Tome 2
La nuit de l'enchanteur

Tome 3
à paraître fin 2010

www.lesmondesimaginairesderageot.fr

# Table des matières

# L'auteur

Valérie Guinot est née à Paris en 1964 mais n'en conserve aucun souvenir. Elle se souvient d'avoir vécu très tôt de merveilleuses aventures grâce à la lecture de romans variés – ce que ni ses parents ni la réalité ne lui auraient permis de vivre « en vrai ». C'est peut-être parce qu'elle aimait particulièrement le rock anglais qu'elle a étudié la langue de Mick Jagger, ou parce qu'elle adore les scones (à moins que ce ne soient le thé et les promenades sous la pluie ?). Elle enseigne maintenant cette langue tout en menant à bien d'autres projets – par exemple écrire des romans pour la jeunesse avec Pierre Guinot sous le pseudonyme de Valpierre ou encore tenter d'élever leurs enfants, Tristan et Hermione.

Valérie Guinot s'intéresse à la légende arthurienne depuis 1975 grâce à une série anglaise sur le « vrai » roi Arthur. Elle a rechuté à l'adolescence avec le film *Excalibur* puis a définitivement perdu le contrôle de sa passion en se plongeant dans une thèse sur la reine Guenièvre. L'écriture d'*Azilis* ne doit donc rien au hasard !

# L'illustratrice

Née en 1976, strasbourgeoise, **Stéphanie Hans** a fait les Arts décoratifs avant de travailler pour l'édition jeunesse et la bande dessinée. Pour elle, les couvertures sont la première main tendue vers le lecteur : elles doivent refléter, en une image unique, l'essence de l'intrigue.

Elle adore se plonger dans la lecture des mythes, quand ils magnifient la réalité historique, et en offrir de nouvelles interprétations. *Azilis* lui permet de puiser à la source de l'histoire et de donner vie à des personnages de fiction.

Vous pouvez la retrouver sur son site :
http://stephaniehans.free.fr/blog/

Impression réalisée par

CPI
Brodard & Taupin

*La Flèche*

pour le compte de Rageot Éditeur
en septembre 2009

Imprimé en France
Dépôt légal : octobre 2009
N° d'impression : 54555
N° d'édition : 5007-01